徳間文庫

サラマンダー殲滅 上

梶尾真治

徳間書店

Contents

〈上〉

SALAMANDER
EXTERMINATION
kajio shinji

飛びナメ

I

1

静香《しずか》はうなされていた。

いつも、その夢のくり返しだ。

夫の啓一《けいいち》と娘の由里《ゆり》の笑顔だった。

四歳の由里が、「ママ、早くすませてね」と、ミニスピナーの助手席から手を振っている。静香は、その場を走り去りながら、自分もその場に立ち止まっていなくてはならないと思い続けている。しかし、足が言うことをきかない。夫の啓一も、遠ざかる静香に笑みを送っている。

「やめて。行かないわ。ここにいる」

悲鳴に近い声で静香は叫ぶが、足だけが意志に反して動き、ミニスピナーから離れていく。踵《きびす》を返そうとすると、泥の中にでもいるように身体の自由が利かなくなる。

ミニスピナーが点のように小さくなったときにそれが起こる。

全世界が強烈な輝きを伴って発光するのだ。

静香は、全身のエネルギーを振り絞り、悲鳴をあげる。その瞬間、身体《からだ》中に与えられていた呪縛《じゅばく》が消失し、ベッドの上で身を起こす。

白一色の病室だった。

激しく肩で息をくり返しながら、静香は、全身に貼《は》りつけられたコード類を無意識にむしり取る。その途端、リズミカルな小さな信号が、小虫の羽音に変化する。

それから、静香は無表情のままベッドの上で荒い息を吐き続ける。だが、覚醒《かくせい》しているわけではない。

病室の扉を開いて、中年の看護師が入ってきた。

「神鷹《こうたか》さん。神鷹静香さん。コードを外《はず》してしまったら、データがとれないじゃありませんか」

そう言いながら、感情がひとかけらも含まれない機械的な手つきで、静香が外したコードをてきぱきと再び彼女の身体に貼りつけてゆく。「まるで戦争神経症の症状だわ。これは……」看護師は、作業を続けながらひとりごとのようにそう呟《つぶや》いた。

「また、例のあれを夢でみたのかしら……。この女《ひと》、これから一生、あの夢にうなされ続けるにちがいないのね」

虫の羽音が再び、リズム音へと戻る。看護師は、静香の病室を出ると、隣の部屋へと移動した。その部屋には、初老の男と医師がいる。壁の一面が光の透過性を持っているため、ベッドの上の静香の様子が常に観察できるようになっている。

　初老の男と医師は壁際で椅子に座り、静香を見守っていた。もちろん、静香の部屋からは、彼女が正常な意識を取りもどしたとしても、その部屋の存在はわからない。

「静香さんの心の中は、何も描かれていない白紙のようなものです。ただ、例の事件の最後の瞬間だけが、心の中に残像のようにくり返し夢として現れるのです。それだけ彼女にとっては強烈な体験だったのですから。だから、他の記憶においても、外界の刺激に対しても何も反応を示さないんです」

　医師は、そう初老の男に説明した。

「それはわかっている。だからこそ、治療を、このヤポリス星営病院にお願いした。静香は、たった一人の私の娘なんだ。たかが夫と子供を失ったくらいで、心神障害を起こすなんて。そんな症状は、ここではありきたりのものでしょうが」

　医師はあからさまに眉《まゆ》をひそめた。静香の父と言った男は、失言を悟《さと》ったらしく一つ大きな咳《せき》ばらいをした。

「秋山《あきやま》さん。心理治療というものが効果があるのは、外界に対して何らかの反応を示す患者だけです。神鷹さんに関しては、時の経過だけが薬としか申しあげようがありません。原則的には」

医師が、腕を組み、秋山の言葉を待つ。

「どうも……。感情を表に出してしまわないようにしてはいるのだが。しかし、一人娘がこのような状態になってしまえば、言いかたも興奮した過激なものになってしまう。私は、娘を……静香を手放したくなかったんだ。それを、静香は……神鷹啓一に惚《ほ》れてしまった。あの娘も一度決めたら絶対に自分の意志を曲げない性格でしたからね。娘たちは、確かに幸福な日々を過ごしていた。それは結婚に反対した私にはくやしいことだったが認めざるをえなかった。あの、〝ヤポリス・サースデイ〟さえなければ、静香の家族は、大過なく人生が送れたのだ」

秋山は肩を落とす。自分の喋《しゃべ》っていることが、何の役にも立たない繰《く》りごとであることが自分でもわかるのだ。少女時代から娘を溺愛《できあい》してきた男が、娘のベッドの側《そば》で、何もしてやれずにいる。若い頃に妻を亡くし、守ってやるべきものは、娘だけだった。その娘を、どこの誰か正体もわからない神鷹啓一とかいう男に奪《と》られた。そして今、静香は夫と子供を失い、父親である秋山のところへ帰ってこようとしているにちがいないのだ。しかし、肝心《かんじん》の静香には意識がない。ふと秋山は顔をあげた。

「さっき、原則的にはという表現を使われましたね。とすれば、何か他に、不確実だが可能性のある手法というものが、残っているのですか?」

少し、医師は口を尖《とが》らせた。口を滑《すべ》らせたことを後悔しているのかもしれなかった。

「いちばんいいのは、神鷹静香さんの意識の回復を時間をかけて待つことです。他の手法で強制的に意識を回復させた場合、さまざまな後遺障害が残るケースがあります。だから、これは特殊な療法ということでめったには行いません」

「後遺障害というのは……日常生活の中で、特に支障をきたすようなものでしょうか？」

医師は少し考えこむように首をひねった。

「そうですね。外見は……正常に見えるはずです。普通どおりの会話もできますし、日常生活に必要な行動の記憶も取りもどすはずです。しかし、回復させるための心理矯正の結果が、どのような場合に歪曲《わいきょく》した形で発現するのか予測がつかないのです。これは被験者によって、発現するケースがまったく異なります」

「たとえば？」

「ちょうど、精神世界にメスを入れ、〝生きる目的〟という核を心に挿入するのです。それに伴い、日常生活の記憶を暗示とともに人工的に植えつけます。この暗示は、一定の時間とともに消滅しますが、それまでに、本人の直接の記憶が部分的に少しずつ再生してきます。そのとき、二種類の記憶の違和感に苦しむ人もいれば、まったく自分なりの第三の過去を創造してしまう被験者もいます。そのとき、自己の精神的平衡を保つための補償機能として、突飛《とっぴ》な行動をとる場合が出てきたりするのです。そういう行動がまったく出ない被験者もいますが、本人も意識せず、どんな異常と思える行動を瞬間的にとっても不思議ではないと、言うことができます。その異常行動が、後遺障害と呼べると思います」

「たとえば、どのようなケースが」

秋山の質問に、医師は黙したままだった。

「かまわない。特殊な手法であっても、いつ回復するか、あてのない状況で静香の帰りを待つよりもいい。やってください。生活に支障をきたさない程度であれば、気長に私が治していくつもりだ。どのようなケースがあるにしても」

医師は目を剝《む》いた。秋山を睨《にら》みつけた。

「じゃあ、症例を申し上げましょう。ハルデ星の鉱山で落盤に遭い、数日閉じこめられた男のケースです。その男は、無意識に、自分の排便を食うんです。なぜかは、わかりませんがね。

ザルンバラⅡの地表を調査中に、探査隊全員が流砂に呑《の》まれたことがあります。百十三名が同時に……。全員が同時に足をとられて身動きできずにいた。その流砂で、胸まで瞬間的に呑みこまれ、それから、一時間に二センチずつ、ゆっくりと沈んだらしい。全員が埋没するときは、地獄のような光景だったといいます。奇跡的に生き残った一人の男に、その治療を施《ほど》こしました。特殊な治療を。それから、悲鳴です。長い長い悲鳴。その男は発作をおこします。筋肉硬直《カタレプシー》を不規則に。それから、それだけですがね。それ以外は、一般社会に住む人間と変わりはありません。本人にとっては、発作や奇妙な習慣が苦痛というわけではありませんが、やはり、後遺障害と呼ぶべきものでしょう。

娘さんがこのような後遺障害を持つ可能性について、納得されますか？」

さすがに、秋山という初老の男は、返事をためらったようだった。それから大きく、何かを振りはらうように頭を振った。

「その治療に承諾書が必要だとすれば、私はどこへサインすればいいのだろう」

2

静香と由里が乗りこんだ途端、啓一はミニスピナーを発進させた。開け放った窓から、オゾンの匂いが車内へ飛びこんでくる。

「どこへ行こう」

啓一が静香に言う。呆《あき》れた……と静香は思う。まだこの人は行き先を決めていないんだわ。「静香の行きたいところにしよう。今の気持ちを大事にして、行きたいところを言ってみろよ」

四歳になる由里が、「じゃあ、地球。地球に行ってみたい」とはしゃぐ。静香は「それはちょっと無理のようね」と娘の柔らかな髪に触れた。

「セントラル・レイクはどうかしら。水遊びができれば、由里ちゃんも満足できると思うし」

啓一がステアリングを持ったまま目を細めてうなずいた。スピナーの速度があがった。

啓一と知り合って五年になる……。そう静香は思う。彼はこの惑星ヤポリスで生まれ、育った。英京大学を卒業後、現在のナリム・ヤポリス宙商株式会社に勤務している。静香とは英京大時代の先輩と後輩の間柄だった。在人類惑星条約機構の契約軍人であった秋山題吾《だいご》の一人娘の静香は、退役した父に連れられて惑星ヤポリスで暮らすことになった。少女は成長し、英京大の門をくぐり、啓一と知り合うこととなった。

静香を盲愛していた秋山題吾は、神鷹啓一との交際に猛反対した。かといって、自分の目にかなった他の男性との交際ならば許そうという性質のものでもなかった。男手一つで愛情を注いで育てあげた静香を他の誰にも取られたくなかったというだけのことだ。それが静香にはわかっていたからこそ、頑固な父親の反対を押し切って、本当に自分が幸福になれると信じた道を選んだ。

最終的に、秋山は静香の結婚を認めはしなかった。しかし静香は、父のことは悲しくはあったが自分が幸福になれる最高の道を選んだのだと信じた。啓一との結婚の後、日を追うに従い、より一層その確信を深めることになった。

ナリム・ヤポリス宙商株式会社での神鷹啓一は、平凡なサラリーマンだったかもしれない。しかし、啓一も娘の由里も静香にとっては特別な存在だった。休日は、今日のように家族でドライブに出掛け、ちょっとした言葉の中にも、おたがいへの思いやりと愛情を感じ合うことができる。

「セントラル・レイクか……。由里が満足いくまで遊んでいる間に、ワインが楽しめるな」思い出したように、啓一が言った。甘えてねだっている口調もある。

「でも、帰りもスピナーを運転するんでしょう」

「大丈夫だ。アルコール中和剤をいつもダッシュボードの中に入れてある。帰る十分ほど前に二粒ほど飲んでおけば、体内のアルコール分は消失してしまう」

啓一がダッシュボードをぽんと叩《たた》いてみせる。それを静かに開いてみると、確かに青色の錠剤の入った小瓶《こびん》が納まっていた。「まあ、呆れちゃうわ」

啓一が得意そうに「なっ、大丈夫だろう」。

「じゃあ、どこかでスピナーを停《と》めて。ワインを買ってくるから」静香は肩をすくめた。

「由里ちゃんはキャンデー」

由里も静香に甘える。

セントラル・レイクは惑星ヤポリスの首都ヤポリス市の中央にある人工湖だった。その湖を取り囲むように道路が走り、ヤポリス一のショッピング街が連なっていた。街をひと飛びすればセントラル・レイクなのだが、ワインを買うためにはショッピング街の入口でスピナーを待機させる必要がある。

街は治安官でごった返していた。

「ママこわい」

由里がおびえた声をあげる。ヤポリスの治安官そのものが恐怖心をあおる存在というわけではない。しかし、街角に数人ずつ、完全武装をした治安官たちが緊張した様子で警備に就《つ》いているという情景は、子供にとって充分に不安感を高めさせるものだった。由里は窓から顔を隠し、身を縮ませた。それで治安官から隠れたつもりらしかった。

黒いヘルメットに、熱射銃を携えた治安官たちの表情は、黒のサンバイザーに覆われて知ることはできないのだが、周囲の変化に常に注意をはらっている。それは、静香や啓一にとっても、見なれた街の光景ではなかった。

「まるで戒厳令下だな。静香は何か聞いているかい」

静香は首を横に振った。「知らないわ」

啓一はショッピング街の入口の道路際にあるパーキングエリアへとスピナーを寄せた。すぐに治安官の一人が気づき、スピナーへと近づいてくる。由里が静香に抱きついた。

サンバイザーを装着したまま、治安官は啓一に丁寧《ていねい》な口調で身分証明書の呈示《ていじ》を求めた。啓一のカードを受けとると、そのカードを胸に装着したコードの先端のセンサーでなぞった。

「ありがとうございました。用事でしたら、てばやくすませてください」

表情のわからない治安官は、カードを啓一へ返した。

「わかりました。でも、今日は何の騒ぎなのですか。これだけの治安官の方たちが警備にあたっているというのは」

啓一の質問に治安官は答えた。「警備です。心配されることはありません。ただの警備にすぎません」

言葉とは裏腹な重装備の治安官が去っていくのを確認して、啓一と静香は顔を見合わせた。啓一が言った。

「じゃ、急いでワインを買ってきてくれ」

「もう行ったほうがいいんじゃない？」

「うん。しかし、この気分を直すのに一番効果があるのは、やはりワインみたいだ」

静香は啓一の言いぐさに思わず笑ってしまった。

「仕方のない人ね。じゃ、すぐ買ってくるわ」

啓一は子供っぽさの残る笑みを浮かべていた。

ミニスピナーを降りた静香は、数人の治安官が自分に視線を向けているのに気がついていた。いったい、今日は何があるというのだろう。由里もやっと周囲の雰囲気に慣れてきたらしく、助手席の窓から顔を出し、手を振った。「ママ、早くすませてね」

静香は、娘に笑顔を返しながら、何か得体のしれない不安に襲われているのを感じていた。言いようのない、邪悪な気配。

「気のせいだわ。いつもと街の雰囲気がちがうから、そう考えてしまうんだわ」

ショッピング街の入口から数軒目に酒屋はあった。人通りはまばらだった。通行人より、ここでも治安官の数のほうが勝《まさ》っていた。

ワインを買う間中、不安が去らなかった。いや、むしろ高まっていくのだ。何か……虫が知らせているのだ。早くスピナーにもどらなくてはならない。

支払いのカードがポケットに入っていない。そのことに支払うときになって気がついた。

バッグの中に入れてあるのかしら。バッグの中を静香はまさぐった。バッグのチャックの中でカードを発見するのに、それから数分間を要した。

ワインを右手に持って酒屋を出たときに、まっ白い閃光《せんこう》が、突然に静香の眼前ではじけた。熱風が走り、肌に痺《しび》れを伴った刺激が襲った。

静香は思わず目を閉じていた。耳の中で、理解のできない音質の巨大な谺《こだま》が鳴り響く。あの不安の正体がこれだったのだとは、まだ静香は結びつけてもいない。

目を開いた静香は、本能的にミニスピナーのあった場所へ走りに走った。周囲には再び静寂がもどっていた。

ショッピング街の入口を曲がって静香は両足を開き、立ち尽くした。長い悲鳴をあげた。

そこには、何もなかった。

文字通り何もないのだ。あれほどいた治安官の姿も、一人たりとも見えない。スピナーもない。樹木もない。ビル群もない。

静香の視野いっぱいに巨大な穴があった。何か、巨大なスプーンがヤポリスの地表の一部をえぐりとったかのようだった。黒褐色の土など、舗装《ほそう》され尽くしたヤポリス市の地表では、まず見ることはない。それが、今、静香の眼前にあるのだ。直径数キロにも及ぼうという非日常的な穴からは、無数の筋となって煙が立ち昇っていた。

それが何を意味するのか、悲鳴をあげながら、静香は理解していた。ミニスピナーは消滅した。乗っていた夫の啓一も娘の由里も消滅した。

静香の手から落ちたワインの瓶が、粉々に砕け散った。

何が起こったのか。なぜそのようになったのかは、静香にはわからなかった。理解したのは、自分が世の中で一番愛していたものが一瞬にしてなくなったということだった。

そのとき、静香の精神世界は閃光の色、白一色となった。

静香は悲鳴だけをあげ続けた。

3

――生きる目的を与えなければなりません。今の神鷹静香さんは、最愛のものを目の前で失ってしまい、生きる〝意味〟を喪失してしまっています。それを静香さん自身に見つけ出してもらう必要があります。それは暗示誘導によって引き出すことが可能なはずです。

――どんな……生きるための目的を、静香が見つけ得るというんだ。夫や娘の存在以外に。そんなことが可能なのだろうか。

――可能です。可能だと思います。

静香は悲鳴だけをあげ続けていた。眼前で起こったできごとに理解不能の状態でいるのだ。

「聞きなさい！　静香」

静香の心の内部で、彼女の知らない存在の声が突然、響いた。しかし、静香はまだ悲鳴をあげていた。

「聞きなさい、静香」

未知の声が、再び呼びかけた。静香はまだ、その存在に気づこうとはしない。

高い電圧のショックが、静香の体内を駆け抜けていった。

「こちらへ注意を向けるんです。私の声を聞きなさい！」

静香は、やっと悲鳴をあげるのをやめたが、視線は虚《うつ》ろなままでいる。

「何が起こったのかを説明しようとしているんです。私の話を聞きなさい」

未知の声の口調は激しくはなかった。理解するまで何度でも静香に語りかけよう、そんな粘《ねば》り強い意志を感じさせた。

静香の視界にある風景が、突然に変化した。地表が消滅する前のヤポリスの街並みだった。多数の治安官が道路沿いを往復している。

「これはかつて存在したヤポリスの光景です。でもご存知のとおり今は消滅してしまいました。この事件は〝ヤポリス・サースデイ〟として記録されています。なぜ、このように治安官が多数、動員されていたと思いますか。しかも武装したうえで。

彼らは警備の任に就いていたのです。

その日ヤポリスには、在人類惑星条約機構の事務総長、エルンスト・グレムが訪れていました。そして、〝ヤポリス・サースデイ〟の時刻に、彼は静香さんたちがいたショッピング街から数百メートル離れたコンベンション・ホールで講演をしていました。

そのコンベンション・ホールが標的になったのです。目的は、もちろんエルンスト・グレムの暗殺にありました。これは確実です。〝ヤポリス・サースデイ〟の消滅中心点が、このコンベンション・ホールにあたるからです。それに、汎銀河聖解放戦線の犯行声明も、その直後に出されています。

つまり、静香さん。あなたの夫、神鷹啓一さんと娘の由里さんは、エルンスト・グレム暗殺というテロ行為の巻き添えを食ってしまったのです」

巨大な映像が、静香の目に入ってきた。頰のそげた厳しい表情の中年の顔だった。映像の下部にエルンスト・グレムとテロップが入っている。

神鷹静香の目に光がもどった。「啓一と由里は、殺されたのね……」

——奇跡だ。静香が話した！　四十数日も外界の反応を拒否していたというのに。

——充分に意味を理解させなければなりません。今、われわれは意識を閉ざした静香さんの精神の深層部分に、ちょうどメスを入れたところなのです。これから、その切り口から入りこんで、生きる目的を植えつけるところなのです。

——どんな〝生きる目的〟を植えつけるんだ？　くどいようだが、どうしても気になって仕方がない。

——お父様は、効果のある回復を望んでおられるのでしょう。

——もちろんです。

——一番、効果がある方法です。

静香さんは愛の対象を失ってしまっている。それに代わる一番効果的な〝生きる目的〟は、〝憎悪〟しかありません。それが、静香さんのこれからの人生の行動における基本的な原理として働きます。

「そうだ。結果的に、殺されたことになります」と声は言った。

静香は黙したままだった。未知の声に対して唇を噛《か》みしめるだけだった。

「使用された武器は、クリーンリネス弾です。その兵器がもたらした効果は、驚異的なものです。汎銀河聖解放戦線は、エルンスト・グレムをテロ行為によって〝処刑〟するために、コンベンション・ホールの聴衆三千人だけでなく、ヤポリスの一般市民を五万七千人も道連れにしてしまったのです。奴《やつ》らは惑星ヤポリスの首都の繁華街十キロ四方を、そっくり消滅させてしまった。その市民のほとんどが、汎銀河聖解放戦線の主張はもちろん、名前さえも耳にしたことがない人々ばかりです。彼らは、目的のためであれば手段を選ぶことをしない」

再び、静香の目の前には、汎銀河聖解放戦線によって荒地と化した無機世界の穴が広がっていた。静香は、ふと思った。自分はたった数十メートル家族と離れていたために助かってしまったのだと。なぜ自分だけが生き残ることになってしまったのか。自分が生き残ったことに、何か意味があるのだろうか。

「静香さんが生き残ったことには意味があります」

未知の声が強い口調を発した。静香の思考をすべて読み取っているかのように。

「このような〝処刑〟という名の犯罪を許せますか」

静香は、長く艶《つや》のある、くせのない黒髪を幾度もせわしなくかきあげた。自覚してはいないが、それが静香のくせだった。問題に突き当たったとき、迷ったとき、一人のときも啓一の前でも、長い髪を、よくかきあげた。静香は顔をあげた。

「許せないわ。誰にも、罪のない啓一と由里を〝処刑〟する権利なんてないはずよ。汎銀河――なんて知らないわ。どんな目的があったにしても啓一と由里を殺したことは、許せない」

「そうでしょう。汎銀河聖解放戦線をどう思います」

「許せない。許さない。私は憎みます。啓一と由里を殺した組織を、絶対に許さない。今、私はわかったわ。なぜ私だけが生き残ることになったのかが。啓一が一人生き残ったとしても同じことを決心したと思う。

私は、啓一と由里を私から奪った人たちに審判《しんぱん》を下さなければならない。審判を下すために、私だけが生き残ったのよ。それが今、わかったの」


――静香が叫んだ！

――予想以上の効果だと思います。静香さんは、自分で、自分の生きる目的を発見してしまっている。こちらは誘導部分までで、まだ暗示を挿入するところまでも達していなかったのです。静香さんは、すでに自力で目的を探し出したのですよ。回復は時間の問題にすぎません。

――目的を探し出した……。

――そうです。あのヤポリス・サースデイのテロ組織を、心底、憎んだのです。静香さんは、汎銀河聖解放戦線に対して復讐《ふくしゅう》さえ決意したようです。

――フクシュウだって……。

どうやって二十四歳の主婦だった女が復讐するというんだ。汎銀河なんとかの誰をやっつけるというんだ。宇宙の涯《はて》のどこに存在するかもわからないようなテロ組織を。

――問題は、静香さんが正常な日常生活を送ることができればいいわけでしょう。復讐の実現性とかは二次的問題です。憎む相手が現実から縁の薄い存在であればあるほど、日常生活のうえで影響が少ないということでもあります。汎銀河聖解放戦線など、ふだんであれば、報道の中にしか登場しない単語にすぎないのですからね。

――しかし、もし、静香が……万に一つの可能性としてだが……もし、静香の周辺に汎銀河聖解放戦線のメンバーが、一人でも近づいてきたらどうする。しかも静香が、それが夫と子供を殺したメンバーの一人だということを知ったとしたら。

静香は復讐のための行動をとるのではないだろうか。とすれば、結果的に静香を危険な目に遭《あ》わせることになってしまう。そんな可能性も絶対にないとは言いきれない。

――その心配は、ほとんどないと言ってかまわないでしょう。どうしても、不安でしょうか。

——万が一ということを考えてしまう。まさかとは思うが。……でも私は、娘をこれ以上危険な目には絶対に遭わせたくないのだ。

——わかりました。安全装置を一つこしらえておくことにしましょうか。まだ、静香さんには暗示は与えてありません。この暗示によって、そう突飛な行動を、静香さんはとることができなくなるはずです。

未知の声は、もう静香の脳裏《のうり》で響くことはなかった。静香は瞼《まぶた》を閉じて涙を流していた。心理的に拒否していたさまざまな思考が蘇《よみがえ》るのと同時に、過去のできごとの思い出が浮かびあがってくるのだ。啓一との出会い。結婚。由里の誕生。そのすべての場面が自分にとってどれだけ大切なものであったかを再認識していた。

しばらくの後《のち》に瞼を開いたとき、もう、そこには涙の跡はかけらも見ることができなかった。ただ哀しみのために赤く充血した目が、あたかも炎のように見えていた。いずれにしろ、ここは静香の幻影の世界なのだ。

「必ず、啓一と由里の仇《かたき》をとるわ。どんなことがあっても……。そのためにはどうやっても生き残ってみせる。必ず復讐するわ」

未知の声が、そのとき静香に呼びかけた。

「さあ、現実の世界にもどれ。静香。もうあなたは、現実の世界で充分にやっていけるはずだ。覚醒するんだ……覚醒するんだ……」

静香の視界にあるすべての風景が、ゆっくりと霞《かすみ》がかかるようにぼやけ始める。かわりに、あの白い光が……。

しかし、静香は悲鳴をあげなかった。憎悪をこめた視線で、その光を見据《す》えただけだ。

――安全装置をつけておきました。そのことに静香さん本人は気がつかないはずですけれど。

――どんな安全装置だ。父親として、私も知っておくべきだと思うのだが。

――さきほど、秋山さんが心配されたとおりのことですよ。万が一、汎銀河聖解放戦線のメンバーが静香さんの前に現れたとします。そして静香さんが、そのテロリストに対して復讐の行動をとろうとするでしょう。そのときに〝暗示〟という安全装置が、効果を発揮するんです。

静香さんは、その瞬間から汎銀河聖解放戦線のメンバーが立ち去ってしまうまで、両足と右手がまったく動かなくなってしまうんです。

4

ヤポリス星営病院の精神工学応用棟で静香が意識を回復して、五日が経過した。表情には暗さが残っていたが、それは悲劇を体験したからであって、いずれ明るさをとりもどすにちがいないと秋山は信じていた。あとは、時間が薬となるはずだ。それ以外の点では、秋山静香だった頃の娘と何も変わることはない。

三階のその病室からは、病院の庭の芝生を見下ろすことができた。ゆったりとした日差しの午後、病室へ秋山が入ると、静香は窓の外をぼんやりと眺めていた。

秋山は果物の入った袋を棚に置き、どうだ調子は、そう声をかけた。

振り向いて笑みを浮かべた静香を見て、秋山は、自分の娘であることを忘れてしまいそうな、まぶしい美しさを感じていた。

「今日は、とってもいい気分よ。お父さん」

そうか……と笑顔を返し、自分の妻だった女との相似点を何カ所か、あらためて秋山は発見していた。これから残された限りある人生を、自分はこの静香と二人でのんびりと暮らしていくことになるのか。それはそれで幸福な老後と言えるはずだ。その考えに、秋山はいたく満足していることに気がついていた。

担当の細西《ほそにし》医師からは、あと数日で退院も可能だと言われている。特殊な精神工学治療をうけた痕跡《こんせき》など微塵《みじん》も残っていないようだ。

「銀行から連絡があったが……。保険金が振り込まれているそうだ。例の……事故の分だ。これから、それだけでも充分に静香は食べていける。ヤポリス政府からの見舞金とナリム・ヤポリス宙商からの退職金も入っている。一応、知らせておくよ」

あまり静香を刺激してはいけないと、できるだけ気を遣った表現をした。あの悲劇の記憶を娘に呼びもどさせたくはないのだ。しかし、これからの生活の心配も取り除いておいてやる必要もある。啓一という働き手がいなくなったわけだ。心配しないほうが、おかしい。

だが、静香の口座に振り込まれた保険金や退職金は、彼女がゆったりとぜいたくに暮らしても充分におつりのくる額だった。

「そう」

窓の外に顔を向け、静香はそれだけ答えた。

「住んでいた家はどうするんだ。処分して、父さんのところで一緒に暮らさないか。父さんだったらかまわない。それに父さんは、自分の分は自分で食っていけるくらいの蓄えは持っているし」秋山はついでのようにつけ加える。

「そうね……。いずれにしても、あの家で一人で暮らす気はしないわね。処分してもらうように手配してもらえますか」

もちろん、かまわないさ。秋山は何度もうなずいた。満足だった。

「お父さん」

「ん、何だ」

本を読んでいた秋山に突然静香が言った。

「頼んでいいかしら」

「何を？」

「この病院の売店の横に、確か情報プリンティングサービスのボックスがあったわよね」

「ああ、そうだったかなあ」

「お願いします。今から私が言うものについて、有料公衆データベースから情報プリンティングをしてきてもらいたいんですが」

娘の申し出にいやな予感に襲われた。自然と眉をひそめてしまう。

「いやでしたらいいんです。すみません。看護師さんにでもお願いしますから」

いや、かまわないと秋山は言った。そんなに手間はかからないはずだし。

秋山はメモ用紙を取り出した。

「何の情報だい。言ってごらん」

「ええ……」静香は、少し照れるようにためらっていた。

「ええ……。はんぎんがせいかいほうせんせん。字は、こう書くんです」

秋山は静香の顔を穴があくほど凝視した。思わず筆記具を手から取り落としていた。

「静香。いったいおまえは何を考えているんだ。おまえは、まだ療養中の身なんだぞ」

「それだけではありません。もっと他にもあるんです。お願いします。いいですか？ヤポリス・サースデイ。エルンスト・グレム。以上です。お願いします」

その言葉には外観とは比較にならないほど激しく強い静香の意志が伴っていた。その静けさとは裏腹な迫力には、誰も抗することができないだろうと、秋山は思った。やはり、この娘の血には、自分の……在人類惑星条約機構の契約軍人として活躍した男の……鉄の意志を持った血が流れている、そう確信していた。

「わかった。情報プリンティングサービスからデータを取ってくるよ」

仕方がないというように立ちあがり、部屋を出る前に、さりげなく大きく身体の伸びをした。

データベースの情報が印字される間中、ずっと秋山は、その可能性を考えていた。やはした。

り、自分の娘は復讐を考えているのだろうか。女手一つで、何ができるというんだと。しかし、復讐の気配を見せるどころか、かつての自分の夫や娘のことについての話題一つ出そうとはしない。それが、逆に復讐を心深く決意し、行動しようと待ちかまえている証《あかし》になるのではなかろうかと。

数枚の記事を持ち帰り、静香に渡した。

静香は自分の父に礼を言って、そのままデータに目を走らせた。

汎銀河聖解放戦線＝惑星タナトスにおいて宇宙暦二〇三年、エネル・ゲの独立宣言によってタナトス国家が誕生。後に、タナトス消滅後、エネル・ゲを頭として汎銀河聖解放戦線を組織する。関連事項＝ナボコフ事変＝デルタデルタ事件＝他七十二項目。センターに問い合わせのこと。

ヤポリス・サースデイ＝検索項目が見あたりません。

エルンスト・グレム＝〔宇宙暦三二七〜　〕在人類惑星条約機構六代目事務総長。惑星シュルツの貧しい開拓移民の家に生まれる。十五歳のとき勉学のため首都ヴィクへ移住、その後、トライ・シュルツグループの長である父サタジット・グレムの援助を受けながらも雑貨商を営むが失敗。翌三五一年、シュルツ議会議員に立候補するが落選。しかし、少年時代に養われた不撓《ふとう》の開拓者精神と、正直な人柄がしだいに近隣の支持を得て次期選挙に当選。三五八年には独学で弁護士の資格をとった。三六五年上院議員となり、在人類惑星条約機構のシュルツ代表を務める。三六八年より現職となる。父、サタジット・グレムは現グレム財団総帥。

著書＝『形象の宇宙活性』『デルタデルタ事件の追想』『シュルツ前史』等。

たぶん、これだけでは何の意味もないはずだ。そう。秋山は黙読を続ける静香を見ながら考えた。あくまで興味がなさそうに、秋山は情報紙に読みふけっているふりをする。

静香は、データの紙をベッドの横の棚に置いた。

予感ははずれていた。秋山は、娘が「これじゃ、何もわからないわ」と言いだすにちがいないと考えていたのだ。静香は、データを見終わっても、リアクションを何も返してはこない。それどころか、ベッドの上に起きあがったまま、窓の外の遠いところを眺めている。その心の中までは秋山には知ることができない。

「どうだった、情報プリンティングサービスのデータは。気がすんだかい」

秋山はこともなげな様子を装って、言った。

「ええ。お手数をかけて、すみませんでした」

微笑《ほほえ》みながら、静香はそう答える。

この娘の裡《うち》では、多分、葛藤《かっとう》が渦巻いているのではなかろうかと秋山は思った。自分の夫と娘の命を奪った汎銀河聖解放戦線の情報が充分に得られない焦立《いらだ》ち。心配を隠しきれない父親を安堵《あんど》させるための努力。細西医師の心理誘導によって、実は爆発するような復讐心を抑えに抑えているのかもしれない。そう思うと秋山は、背筋を少し痺れのようなものが突き抜けていくのを感じた。

それさえなければ、穏やかな病院の午後なのだ。ときおり看護師が病状をチェックに入室し、軽口を叩きながら去る程度のことなのだ。時間が緩慢《かんまん》に流れていく。

あと数日で、静香も退院することになる。それから後の、娘と二人の生活を空想しているほうがいい。秋山はそう考えた。それが一番だ。取りこし苦労ばかりしてどうするというのだ。

秋山は、若い頃から根っからの軍人だった。妻が他界するときも、側についていてやることはできなかった。在人類惑星条約機構の契約軍人としても、惑星防衛大学の教官として在職していたときも、ほとんど家庭をかえりみることはなかった。あの頃は若かったんだ。人生に対しての見方も、今とは百八十度ちがっていたからなあ。最近は、よくそんなことを考えたりする。亡くなった妻には申し訳ないと思っている。愛してもいた。だが……自分が妻を愛していたとは、どういったことだったのだろうと深く考えることはしない。深く考えたくないのだ。

その思い残したものを、これからの静香との二人だけの暮らしの中で償《つぐな》うことができればという思いもあるのだ。

あくせくとしない、ゆったりとした、娘と二人だけの生活。しかし、それ以前の自分を静香は理解してくれたのだろうか……秋山は、そんな不安も持っていたりする。だからこそ、あんな神鷹啓一という青年のところへ、私を振り切ってまで嫁いでしまったのでは。

しかし、終わったことだ。すべて終わった。私にとっては、あの〝ヤポリス・サーステイ〟は幸運な事件となるのではあるまいか。あとは、これからのことだ。これからの静香と私の暮らしのことだ。

そこまで思い巡らせていたとき、室内灯が数回、不規則に明滅した。

「どうしたのだろう」

秋山が立ちあがったが、すぐに室内灯の調子はもとにもどった。「何かの調子が悪かったようだな」

数分後、病室のドアがノックされた。

静香と秋山は思わずドアの方角を見た。外来の客だ。あきらかに看護師たちと扉の叩き方がちがう。強い調子の叩き方だった。

巨大な影が入ってきた。

痩《や》せた骨格をしているが、丈《たけ》は高い。病的な痩せ方ではなく精悍《せいかん》な筋肉質だった。三十歳前後の男が花束を持って入ってきたのだ。

その頬のこけた三白眼《さんぱくがん》の男には、静香も秋山も見覚えがあった。濃紺の軍服をまとっていた。髪は短く、軍人特有の形に刈り込まれている。薄い唇が酷薄《こくはく》な印象を抱かせるが、不細工な顔だちではない。むしろ不思議な個性を持った美男子と言ったほうがふさわしい。

「ごぶさたしています。教官、覚えておられますか。夏目郁楠《なつめいくなん》です。惑星防衛大学では、お世話になりました」

あ、ああと、秋山は戸惑《とまど》ったような声をあげた。忘れるはずもなかった。秋山題吾が教官として惑星防衛大学で教鞭《きょうべん》をとっていた頃の最優秀学生の一人なのだ。印象は、その点だけに限られるのではなかった。夏目という学生は、さまざまな異常ともいえるエピソードを無数に残している。そのエピソードのいくつかは、彼が軍という一つの組織の中ではあきらかに不適格であるという事実を示していた。具体的には、静香も、二、三の例を聞いている。その夏目が花束を持ってきている。

静香にとっても忘れようのない人物なのだ。年齢は三つほど静香のほうが下になる。夏目は、父の直接の教え子として自宅へ遊びにきたことがある。その時、初めて会ったのだ。夏目は、一目で静香に好意を寄せたらしかった。それから、何かにつけて秋山の家へ近づこうとした。強引な性格だったのだ。静香にも直接、デートの申し込みをした。断った。静香は夏目に対して得体《えたい》の知れないものを本能的に感じていたからだ。安心して交際できるタイプの男性とは思えなかった。

アルバイトで稼いだ金をばらまき、模擬戦闘訓練で敵の同級生を全滅させたという。喧嘩《けんか》の相手に回復不能なダメージを与え、事実上、大学から追放した。すべてに何らかの夏目独特の計算が働いているらしかった。その基準が奈辺《なへん》にあるかは誰も知らなかったという。

静香は父に、夏目のことについてはすべて話している。秋山も、これ以上、自宅に来ないようにと夏目に告げていた。

神鷹啓一と婚約した直後、卒業していた夏目から静香にプロポーズの電話があった。
「婚約を解消すればいい」と受話器の先で、夏目は言った。「遅すぎることはないんだ。静香さんさえ心を決めればすむことじゃないのか」

静香は呆れた。自分の心はすでに神鷹啓一と決まっている。今さら、心を決めるもなにもないことなのだ。

静香は状況を客観的に夏目に告げた。自分は、誰よりも神鷹啓一を愛していることを。自分のことはあきらめてもらいたいし、このような電話は、自分を苦しめるだけであることを。これから、自分が神鷹と結婚するについては、夏目さんにも祝福してもらいたいと結んだ。

夏目は、しばらく押し黙り、最後に言った。

「その結婚が終了した段階で、また連絡をとらせていただきますよ」

そのことについては、充分に秋山も知っているはずなのだ。

「どうして、ここへ」

秋山は突然の来訪に戸惑っていた。夏目は静香がその花束を受け取るまで、黙ってそれを差し出していた。静香は仕方なく、両手でその花束を受け取った。

「被害者名簿で見たんですよ」

夏目はこともなげに言った。「ヤポリス・サースデイの」

静香は、夏目の得意そうな横顔を凝視《ぎょうし》した。

「夏目君は、今は、何を」

「私ですか。在人類惑星条約機構の契約軍人ですよ。所属は対テロ防衛特別工作室独立班です。静香さんは興味ありませんか？」

静香は黙ったままだった。かまわずに、夏目は続ける。

「本当に偶然です。ふだんは、惑星メフィスの在人類惑星条約機構の本部にいるんですが、今回の〝ヤポリス・サースデイ〟の捜査で引っぱり出されることになってしまった。いやいや引き受けたんだが、名簿の中に静香さんと秋山先生の名前を発見して飛び出してきたというわけですよ。いやあ、ラッキーでした」そう言いつつ胸を張る。

「他意はありません」そうつけ加えた。

秋山は、静香の表情の変化を悟った。夏目の来訪の際の表情と、彼の現在の職務を知った時点からのそれは、雲泥《うんでい》の差がある。何かが堰《せき》を切って溢《あふ》れ出そうとしているのを静香は必死で抑えているのだ。

それから、思い出話と他愛のない会話がしばらく続き、夏目は立ちあがった。

「私は、数日間ヤポリスに滞在します。ハイヤット・ヤポリスホテルに泊まっているんです。あ、名刺を置いておきますよ。

今日は、突然うかがって失礼しました」

何かを計算したかのように、夏目はこう言い添えた。

「例のヤポリス・サースデイの汎銀戦の工作員を一人捕まえています。今、訊問《じんもん》中なのですがね。

なかなか、口が固い。私が訊問を担当しているんです」

静香は口を開き、何かを言いかけた。秋山は歯噛《はが》みした。何という刺激的なことを口にするんだ。病人の前だぞ。

「お大事に。失礼します」

夏目は深く一礼して病室を出た。その後をすぐに秋山が追った。

「夏目君。待ってくれ」

廊下で夏目は立ち止まって振り返った。夏目が秋山を見下ろすような形になった。

「夏目君、これ以上、静香の前に現れないでくれ。病状によくないんだ」

「病状？　あんなひどい暗示をかけておいて、病状はないでしょう」

夏目は腕組みし、ニヤニヤ笑い続ける。

「暗示のことをなぜ知っているんだ」

秋山は、あんぐり口を開いた。

「当然ですよ。病室を訪問する前に予備調査を入れておいたんですよ。秋山教官に教わった情報収集術です。細西医師に訊《たず》ねたら教えてくれました。職業的倫理とやらで最初は相手にもしてくれなかったんですがね。電気コードを使ったら、すぐにすごく素直になってしまわれた。なにせ、こちらはプロなんですから。訊問にかけては」

秋山は呆然《ぼうぜん》と立ち尽くしたままだった。さっきの室内灯の不自然な明滅を、そのとき思い出していた。

5

ハイヤット・ヤポリスホテルのその部屋はカーテンが閉められ、室内灯も点《つ》けられていない。テーブルが片づけられていて、殺風景としか言いようもない。そんな薄暗がりで、男が規則的な動きをくり返している。左腕を背中に当てて右腕を床につけていた。肩に何袋ものH・C《ハンディキャップ》を吊《つ》るし、腕立て伏せをくり返しているのだ。上半身には、H・C以外何も身につけていない。永遠とも思える時間、男は屈伸をくり返す。全身から滝のように汗が噴き出し、筋肉を極限まで緊縮させる。だが、その表情には笑みが宿っていた。極度の肉体酷使を連続させることにより、男は脳から快楽物質を引き出しているのだ。脳内で製造されたエンドルフィンが身体中の苦痛感覚を消失させ、同時に、男にとっての女神の姿を幻覚として出現させていた。

女神は、神鷹静香の顔を持っていた。もちろん、実像ではない。男の心象の中で徐々に美化され続けた結果の女神〝神鷹静香〟だ。男は肉体の鍛練《たんれん》作業を極限まで行うと、いつも静香の幻影に会えるという歓《よろこ》びを知っていた。それが、彼の肉体を形成する源であるという不思議な効果が生じている。

男は着痩せする体質なのだろう。露出させた上半身は、盛りあがった筋肉が伸縮のたびに躍動する。

男は、夏目郁楠だ。

夏目は身体の動きを止めて、しばらくその姿勢のままでいた。唇がめくれ、白目が剝き出しになった異様な笑い顔が凍《い》てついていた。

数十秒が経過した。夏目はゆっくりと立ちあがり、肩から吊るされたＨ・Ｃ《ハンディキャップ》を一つずつ取り去り、ベッドの上へ放った。ベッドがズンと音をたて、その大きさの割には巨大な凹《へこ》みがそこに生じる。かなりの重量をＨ・Ｃが持っていたことがわかる。

バスルームで夏目は、全身の汗を流す。熱湯に近いため、すぐに室内に湯気が充満した。昼間の静香との再会の記憶を反芻《はんすう》しながら、数年間、自分の心の中で培《つちか》った静香の理想像との差を比較した。

変わっていない。そう思った。私が庇《かば》ってやらねば壊れてしまうような頼りなさを、静香はまだ持ち続けている。しかし、あの瞳はどうだ。かつての幼児《おさなご》のような輝きはどこへ消え去ったというのだ。視線を変えるときにふと浮かぶ激情の輝きはどうだ。あんな静香は、これまでに見たこともない。あれが医師が施した回復の術の副作用というものだろうか。

ひどい連中だ……と夏目は思った。あの女性は、静かな平和な場所に似合う、天使のような人のはずだ。その静香に憎悪を吹き込むなどとは。

だが……。夏目は、にやりとする。

信じて待っていた甲斐《かい》があったというものだ。彼女には、必ず私という存在が必要となる。医師たちの施した治療が、結果的に私に幸運をもたらすような気がする。

初めて夏目が静香を見たのは、秋山の自宅の玄関だ。

夏目は、一目見たときに静香の姿、そしてそのすべてを気に入ってしまった。それまでは、女などとるに足らぬ存在と決めつけていた。女とは、騒がしいだけの馬鹿な存在。諜《ちょう》報《ほう》学のいくつかのテクニックを使えば、いか様にも簡単に操縦できるものだと信じていた。だが静香は、夏目を受け入れなかった。そのような経験も夏目にとって初めてのことだった。夏目は静香に執心した。

結果的に、静香はほかの男を選んでいた。死んだ神鷹啓一だ。そのとき夏目は、静香以外の女性など頭にはなかった。静香の婚約を知ったときに、夏目は決心した。何がどうあっても静香を自分のものにすることを。

それまでの人生の中で、夏目は自分の欲するものはすべて手に入れていた。そういう人生を歩いてきたのだ。子供の頃から生存競争の中に生きてきた。父と兄二人の四人家族。そして一家離散。児童養護施設。優待生への応募。それまでの足跡の中で四度、死の淵《ふち》を体験した。思い出したくもない。思い出したくはないが、しかしそんな体験の積み重ねが今の自分を作り出していると思う。自分の欲するものを我慢して生きていく性格であれば、これまでの人生のどこかで潰《つぶ》れていたにちがいないのだ。欲しいものを手に入れるためには、いかに些細《ささい》なことであろうと、全力を尽くす。合法的に手に入れることが難しければ、結果が合法的となるように策を巡らせる。それが不可能であれば、手段を問わないケースもある。それが夏目のこれまでの人生のハウツーなのだ。

バスルームから出たときに、ドアのノックの音が響いた。夏目は、ガウンのポケットから小さな装置を取り出し、ドアに向けた。装置は緑色の光の点滅をくり返す。武器を携行した人間ではなさそうだ。フロントからの連絡はなかったが……。機構の者であれば、それなりのサインがある。

ドアを薄く開いた。

あっ、と思わず声をあげた。ロックを解除した。ドアの外に立っていたのは若い女だった。それも、今まで夏目自身が夢想し続けていた女が立っていたのだ。

静香だった。

静香は化粧一つせずに普段着の姿でいた。夏目の顔を見あげ、一瞬、安堵した表情を浮かべたが、それから戸惑いのそれに変わった。どう切りだしたものか迷っている。

「さ、どうぞ中へお入りなさい」

夏目は、そう言って静香を部屋へ招き入れた。こういう状況は予測していたはずだった。静香の病室を見舞いに訪れたときも、それだけの伏線を張り巡らせておいたのだから。しかし、冷静を装う夏目の胸中は激しく高鳴っている。どんな危急の事態でも動揺しない自分が興奮気味になっていることが、夏目にはおかしかった。

かくも早く、理想の女性と二人っきりで部屋にいることになろうとは。動揺しないほうが、おかしい。

しかし……静香の目的は、わかっている。自分に会いたくて、ここまでやってきたのではない。それは、夏目はよく心得ている。しかし、これはチャンスなのだ。天が夏目に与えた絶好機なのだ。これを利用しない手はない。

夏目はすべての室内灯を点け、椅子を部屋の隅から出して静香に勧めた。

「今日は、お見舞いをありがとうございました」

静香は椅子に着く前に、そう言った。頭を下げた。

夏目は笑顔を返した。笑みを浮かべ慣れないせいか、引き攣《つ》ったものになった。会話が途絶《とだ》え、しばらく沈黙があたりを支配した。夏目は静香の反応を観察していたのだ。静香は、どのように話を始めるべきかを模索しているらしかった。

「今日、退院されたのですか?」

夏目はそう口を開いた。

静香はきっぱりと首を横に振り、それを否定した。

夏目は肩をすくめた。演技の効いた動作だった。

「じゃあ、病院を抜け出したというんですか? 何でまた」

明らかに、じらしていた。静香は、これから自分に頼むのだろう。涙を見せるかもしれない。しかし、その糸口が見つけられないでいる。

「しかし、驚きましたよ。数年間お会いしていなかったが、美しさは、全然変わらない。それどころか、一層、輝いておられた」

静香は、夏目の言葉に笑いを浮かべる余裕さえなくしているようだった。

「一段と魅力的になられた。本当に感激しましたよ。私が、静香さんが婚約されたときに入れた電話のことは記憶していますか? 私は結婚が終了した時点で、また連絡をとると伝えました。不謹慎かもしれませんが、静香さんが一人になられたと知って、私は正直、小躍《こおど》りしましたよ。私はずっと待っていました。いまも独《ひと》りなんです。もし、あんな不幸なできごとがなかったら、これからも、ずっと待ち続けていたはずです」

静香は、夏目が喋り続けている間、決して目をそむけることはなかった。

「お願いしたいことがあります」

静香の声は、はっきりと自分の意志を伝えていた。夏目は言葉を止めた。

「何ですか」

「汎銀河聖解放戦線のことを、すべて教えてください。それから〝ヤポリス・サースデイ〟のことを。

夏目さんだったら、すべてご存じのはずです。お願いします」

夏目は、少し口を尖らせた。しばらくの間の後、うなずいた。

「わかりましたよ。わかっていましたよ。少し時間をください。服を着替えますから。それからご案内しましょう」

6

ホテルを出て、イエロー・スピナーに乗っている間中、夏目と静香は言葉を交わすことはなかった。治安本庁の別館前で、イエロー・スピナーが停止した。

軍服に身をかためた夏目が、静香がイエロー・スピナーから降りるのをエスコートする。その地域の周辺は、街灯もない。斜め前に建つ治安本庁本館のビルが、闇でできた構築物のように不気味にそびえていた。

別館へ向かう階段の方角に、二、三歩進んだとき、夏目が突然に静香の身体を押し倒した。押し倒すというより、電線にでも触れた反動で静香に身体ごとぶつかってきたというのが当たっている。静香が悲鳴をあげる間もなかった。そのまま夏目は、後方へ数度転回を続けていた。静香が顔をあげると、夏目は宙を舞っていた。舞い、回転を続けながら腰に手を当てた。深紅の光の筋が夏目の腰あたりから同時に放射される。着地と同時に再び閃《ひらめ》き。

闇の彼方《かなた》で呻《うめ》きが二カ所から漏れた。

何かのセンサーが反応したのか、いくつもの光が洪水のように治安本庁の屋上あたりから放射された。あたりは白昼の光で満たされた。白光の中で、不意のできごとの因果を静香は道にへばりついたまま知った。

夏目が手にしているのは、静香の目にしたことのない銃火器だった。それを両手で握りしめた姿勢のまま静止している。静止させてはいるが、周囲の気配の変化に全神経を集中させている。

先刻まで闇だったあたりに、二人の男が立ち尽くしていた。男たちの手にも凶暴そうな火器が握られていた。しかし、その目的にそれを用いることは不可能のようだ。男たちの眼球はすでにその焦点を失っていた。一人の男の手から火器が道へ落下する。それが合図となったように、二人の男の身体が、軟体動物のように、その場で崩れ落ちた。

野生の獣のような身のこなしを見せた夏目が、ゆっくりと銃をホルスターに納めた。

別館の玄関から、夜勤らしい治安官がばたばたと数人飛び出してきた。

「夏目中佐。大丈夫ですか」

治安官の一人が声をかけた。夏目はそれにうなずき、そのまま静香のいる場所へ近づき、ひざまずいて手を差し伸べた。

「静香さん。手荒く扱って申し訳ない。しかし、あの場合、ああするしかなかった。さもないと、こちらがやられることになった」

静香は、わかりましたというふうにうなずき、立ちあがった。夏目の差し伸ばした手には頼らなかった。夏目は表情を変えず、手を引っ込めた。

「二人とも、即死です。心臓を射貫かれています」

治安官が、夏目にそう報告する。

「刺客に対して、私は手加減というものができない。私はそういう性質なのだ。急所を外しておけば、後で何らかの情報をもたらしてくれるかもしれないのだが、身体がそう動いてはくれない。自分を狙《ねら》ったものに対しては、必ず死をもたらしてしまう」

口調が、自然と鋭くなった。自戒の念の故かもしれなかった。

「誰なんですか。あの人たちは」

静香が訊ねた。夏目は静かに首を振った。

「わかりません。遺留品からも、ほとんど手がかりらしいものは得られないはずだ。それがいつものパターンですからね。推理することはできる。デブリ評議会の連中か、汎銀戦の刺客か。しかし、死骸になったものにはどちらでもいいことだ。私の身体を狙えば、今の行動で反応されるしかないのだから」

夏目が汎銀戦という単語を口にしたとき、静香は自分の肉体がびくんと硬直するのを感じた。

「行きましょう」

夏目は静香を促した。静香たちが中へ入ろうとするのと入れ代わりに、わらわらと何十人もの治安官が表へ飛び出してくる。騒ぎを知ったのだろう。

「役立たずが……」

歩きながら夏目が、治安官たちを見やり、そう呟くのを静香は聞いた。

「まず、在人類惑星条約機構のヤポリス分室へ行きましょう。静香さんが知りたいことについて、存分に知ることができる」

静香はうなずき返した。地下一階へ階段で降りる。それから、廊下を直線にどこまでも歩いた。行き止まりのなんの変哲もない扉の前で、夏目は小さな孔《あな》の中に自分のカードを差しこんだ。

「来客も一緒だ。もちろん、記録してかまわない」

夏目が扉に向かってそう伝えると、扉の一部が開き、白い画面が現れた。

「両手をそこに当てて！」

夏目に言われたとおりに、静香は白い輝きに両手を押し当てた。ひんやりとした感触だった。輝きは、すぐに消えた。「もういいですよ」

静香が手を離すと、画面が隠れ、元の扉の中央が開く。中は小さな部屋になっていた。

二人が入ると、夏目は壁に一つしかないボタンを押す。部屋が地下一階から下降を始めた。

「なんと大仰な仕掛けだと、私はいつも思うんですよ。惑条機構の正式なヤポリス駐在所は、ちゃんとした場所にあるのですが、ここは、独立工作班の分室になっているんです。

いろいろと非合法的な分野での活動が入ってくるもので、どうしても治安庁の助けが必要になってくる。たいした助けになりはしませんがね。

しかし、なぜもっと便利のいい位置に分室をもってこなかったのだろう。この位置を決めた奴は、よほどスパイ小説が好きだったとみえる」

静香は黙っていた。夏目は少しずつ饒舌《じょうぜつ》になっているように見える。

浮遊感が消失した。到着したらしい。入ってきた扉が開くと、壁自体の照明が静香の顔を照らした。階上の治安庁の暗く固い雰囲気はここにはなかった。壁には、在人類惑星条約機構の、いくつもの惑星が球状の宇宙に拡《ひろ》がるデザインのマークが飾られている。

そこは広間になっていて、いくつかの部屋に続いている。右手の一室の扉の孔に、夏目は例のカード状のものを差しこむ。扉が開く。

「どうぞ」

夏目に言われるままに、静香はあたりを見まわしながら部屋に入った。そう広い部屋ではない。機能性を重視した金属製の机が一つあるだけだ。

「機構の独立工作班の連中が交代で使用する執務室です。私も、この部屋は数日しか使わないのでね。これでも充分だと思う。機能的な利便性という面では。

これにお座りなさい、静香さん」

夏目は、金属製の机の後ろから椅子を引き出して、勧めた。静香は言われるままに腰をおろす。

「早速、お見せしましょう」

部屋が暗くなった。机の横のパネルを、夏目は操作しているらしかった。

壁の一面に、一見しただけで嘔吐《おうと》感を催しそうな、ぶくぶくと肥《ふと》った皺《しわ》だらけの顔の男が映し出された。縁《ふち》なしの丸い眼鏡をかけているが、眉毛《まゆげ》も毛髪も、一本もない。何やら、ぬめっとした印象の男だった。あまりにも怪異な風貌《ふうぼう》をしているため、その表情が、どんな感情のもとで映されたものか判別をつけようがない。ぎょろりと突出した目玉と、厚くぼってりとした唇が、膨れあがった顔の中央部に寄り集まっているのだ。

「この男が、エネル・ゲです。汎銀河聖解放戦線の主席です。言い換えれば、静香さんのご主人と娘さんを殺害した張本人ということになる。……失礼」

喰いいるように、静香は、その初めて目にする顔を凝視していた。忘れようもない……一度目にしたら、悪夢の中に必ず登場しそうなタイプの男だった。

「汎銀河聖解放戦線のことを、わかりやすく教えてもらえませんか？」

目はエネル・ゲの映像を凝視しながら、憎悪をこめて静香は言った。

「わかりました」

夏目がそう答えると、同時に映像が切り換えられた。

氷雪の地だった。一面の白い景観。遠くの山脈、丘、そして灯火のともった無数の半球状の建造物。そのすべてが白だった。

「これは、かつての惑星タナトスの情景だ」いつしか、夏目の口調が、職務に没頭《ぼっとう》するもののそれに変化している。

「もう二百年近くも昔の映像だが……。しかし、当時のタナトスの雰囲気は充分に伝えている」

映像が変わる。崖《がけ》の壁面。何百という人々が、ロボットにロープで腰を繋《つな》がれて、崖の窪《くぼ》みの植物らしきものを採集していた。

「この映像でわかるはずだ。惑星タナトスは流刑星だったのだ。在人類惑星条約機構に属するすべての惑星で発生した犯罪で、極刑に値する囚人は、皆、タナトスへ送りこまれた。囚人たちが何の作業をしているか、この映像でわかりますか？」

「いいえ。草を採っているように見えますが」

「そのとおり。草を採っている。ただし、特殊な草だ。デンドール・タナトス。この星でしか採取されない。何に使われると思う？　香辛料だ。スパイスだよ。乾燥させ粉末にして料理にかけて食していた。特殊なアルカロイドが含まれている。合成不可能のね。〝サバランのよだれ〟という調味料だ。聞いたことはないはずだ。もう、現在〝サバランのよだれ〟を目にすることはできなくなっているのだから。私も知識としてしかわからないのだが、一種の麻薬効果があったらしい。味覚の幻覚症状が現出したという。どんなありふれた料理にでも、一振りその〝サバランのよだれ〟をかけると、めくるめく味わいが舌側縁を駆け巡ったそうだ」

「………」

「とにかく、そんな……その時代、貴重なスパイスが惑星タナトスで産出されていた」

画像が三たび変わった。数百人の囚人たちが集合し、撮影者の前に座っている写真。どこかのサークルの集合写真と言われれば、そう信じてしまうかもしれないアングルのものだ。全員が厚手の防寒着をまとっている。看守らしい数人は、赤い防寒着なのでそうとわかる。残りの全員が白。赤い防寒着の男たちが銃器らしいものを手に持ち、笑みを浮かべているのに対して、残りの白い防寒着全員が、こちらを凄《すさ》まじい形相《ぎょうそう》で睨みつけているのが対照的だった。

「これが、流刑星タナトスとしての最後の集合写真だ。すでに、数回のトラブルが発生している。しかも、看守と囚人の比率が、かなりかけ離れ始めていた。この数カ月後に汎銀戦の連中の言う〝革命〟が発生したんだ。これが、エネル・ゲだ。わかりますか？」

画面は一人の人物に向かって急速に拡大された。ややうつむき加減に前方の撮影者を睨む男の表情。粒子が荒れ、ぼんやりとした印象しか伝わってこない。とても、先ほどの人間離れした風貌の人物と同一とは思えない。

「この時点での彼らは、単なる受刑者たちだ。エネル・ゲは殺人罪でこの惑星へ送りこまれた。他に、誘拐《ゆうかい》犯、偽札《にせさつ》犯、詐欺《さぎ》師、破壊活動者を始め、経済犯、爆破魔、殺人鬼、ハイジャック犯など、ありとあらゆる極刑に値する奴らなのだ。

この写真が撮影された一カ月後、暴動が発生した。原因は、二人の囚人が看守に食事の待遇改善を要求したことに始まる。タナトスには四カ所の刑務基地《プリズン・ベース》があったのだが、ナボコフ基地でのこのトラブルが、そのまま暴動にエスカレートすることになった。暴動は翌日、すべての基地に伝染してしまったのだ。ナボコフ基地が占拠されてから、囚人たちの間で急速な組織づくりが実施されたらしい。そして代表として、現在のエネル・ゲ主席が選出された。

暴動の伝播《でんぱ》は、看守の全員虐殺という形で終結した。これを〝ナボコフ事変〟という。死亡した看守とその家族は、三百二十七名。二万近い犯罪者にとって、惑星タナトスは自由の地となったわけだ。それに続くタナトス国家の独立宣言」

「国家ですって……」さすがの静香も呆れた声をあげた。

「暴動の段階で援軍を送って鎮圧できなかったのですか？」

「タイミングが悪かったのだ。連中は卑劣な手段を使った。ちょうど暴動発生時に、タナトスへ在人類惑星条約機構の人権保護委員会の一行が視察に訪れていた。トラブルの原因となった食事の待遇改善にしても、委員会の連中が視察に来ているという時機を選んでなされたらしいのだが、予想外の連鎖反応を引き起こしてしまった。

彼らは看守全員とその家族を虐殺した後に、独立宣言の声明と、この写真を発表した」

映像が変わる。

静香は、うっと呻くような声を漏らす。

二人の男が逆さ吊りにされた写真だ。しかし、すでに生きてはいない。顔を除くすべての部分の皮が剝がされている。眼球はくり抜かれたらしく、ぽっかりと黒い穴が開いているだけだ。垂れ下がった両腕の先には、指が一本もない。切り取られている。

「すまない。少し刺激の強い写真だとは思ったのだが……」

静香には、申し訳なさそうな声には聞こえなかった。むしろ、静香の反応を楽しんでいるようでさえある。

さらに無気味だったのは、逆さ吊りにされた死体の横でナイフを持って立っている防寒着の男だった。前歯のない顔で惚《ほう》けたような笑いを浮かべている。正常な人間の浮かべる笑いではない。まるで、自分が狩猟で仕留めた獲物の横で、記念写真を写しているという風情だ。

「右側の遺体は、在人類惑星条約機構シュルツ星代表。左側は、その妻だ」

静香は絶句した。遺体は二つとも男性と思っていたのだ。

「遺体は、この後、喰われたらしい。左側に立っていたのは、タナトスに送られる前には料理人をなりわいとした男だそうだ。

この写真は、連中が……タナトス国家が〝警告〟として発表したものだ。このとき、二十六名の委員会の連中が捕らわれた。そのうちの二名の変わり果てた姿だ。そして、彼らにとって幸運なことには、その捕虜の中に二代目の在人類惑星条約機構事務総長ラビム・ノアが含まれていた。事務総長といえば、治安を象徴する人物だ。本来であれば、全宇宙の軍事力を集結させて、暴動を鎮圧させたはずだ。しかし囚人たちは、要求を発表すると同時に、もし要求が受け入れられないときは、この写真のように捕虜を処刑していくと脅迫してきた。とにかく、俺たちは腹を減らしているんだ、とね。

独立声明とともに囚人たちは、さまざまな〝援助〟を要求した。初めは、充分な食料。そして都市を建設するための資材。〝援助〟要求は、日を追うに従ってエスカレートを続けた。惑条機構に属する星々では、議論が百出した。〝援助〟要求には毅然《きぜん》とした態度で臨《のぞ》むべきだというもの、人命を尊重するべきだ、要求をかなえて交渉したほうがいいというもの。

結論が出ないままに、タナトス国家からの要求のいくつかがかなえられることになった。それはタナトスの糞《くそ》囚人どもを増長させるだけのことだった。呆れたことには、数十隻の宇宙船まで提供してしまったのだ。そんな超法規的な〝奉仕活動〟を続けても、人質返還交渉は、不調のままに推移した。

その中で、対テロ防衛特別工作室が惑条機構内に誕生した。その頃、タナトスは何を始めたと思う。あろうことか、提供された宇宙船を使ってタナトス周辺の宙域の宇宙船を襲い始めていた。やることはまがいようもなく宇宙海賊なのだ。

特別工作室は誕生すべくして誕生したんだ。

最初の任務は、驚くべきものだったらしい。タナトスに秘密裡《り》に潜入せよ……というものだ。それまでは、わかる。そして与えられた指令は、捕虜となっている惑条機構の委員会の全員を殺害せよ、というものだった。

数十名の工作室員がタナトスへ潜入し、指令を遂行した。

表面上の発表は、タナトス国家によって捕虜は処刑されていた……ということになっている。惑条機構は、ここで一気にかたをつけてしまいたかったのだ。それからやっと……全軍事力をかけて〝弔い戦争〟に移った。後顧の憂いのない攻撃ができたはずだ。

二時間半で攻撃は終了した。

惑星タナトスは、消滅した。同時にタナトス国家も消滅した。そこには、惑星であった無数の破片が浮かんでいるだけだ。

それで、すべてが解決したはずだった。

ところが、数百名の囚人たちがタナトスから脱出していたんだ。

その連中が組織したのが、汎銀河聖解放戦線だ。名前ほど偉そうなものではない。エネル・ゲが目指しているのは、自分の呪《のろ》いの成就でしかない。つまり、自分をそんな立場に追いこんだ在人類惑星条約機構の崩壊だ」

画像が、最初の怪物じみたエネル・ゲの顔になった。この男は狂人なのだ。そう静香は思った。

「エネル・ゲはどこにいるんですか？」

室内が明るくなった。

「わからない。しかし、彼のテロ行為の足跡は知ることができる。それはもういいでしょう。それを知って、どうするというんですか？　静香さん」

夏目は机の上に腰をおろして腕組みをした。静香が答えるまで数秒の刻《とき》が流れた。静香は唇を噛んだ。一度、長い黒髪をはらった。膝《ひざ》の上に置かれた両手が拳《こぶし》を作って震えていた。

「私、決めたんです」

ぽつりと言った。

「え？」

夏目が訊《き》き返す。「何を」

「私、啓一さんと、娘の由里の仇をとるんです。今、私は復讐の相手を知りました」

爆発したような笑いを、夏目は発した。

「すごい決心だ。こりゃあ、おもしろい。我々も、昼夜を問わずに汎銀戦の連中を追い続けているんだ。それを、静香さんが一人で乗り出して、エネル・ゲをやっつけようというんですか。なんともはや」

笑い続ける夏目の姿が、静香には凄まじく巨大に見えた。

「汎銀河聖解放戦線という名も、エネル・ゲという人物も、この前までは、どうでもよかった。でも、私の大事なものを奪う権利は彼らにはなかったんです。

私は今、自分がなぜ、こうして生きているのか……その理由がわかっています。復讐するために、私だけが生き残ったんです。世間を何も知らない私のような女がこんなことを言うのは、異常だということは知っています。でも、そんなことはどうでもいいんです。エネル・ゲを必ず私の手で殺します、啓一さんと由里のために」

夏目は笑うのをやめた。真顔にもどった。

「無理だ。不可能です」

「でも、必ずやります。そう決めたんです」

静香はきっぱりと、そう言いきった。

夏目は机の上から腰をはずすと、静香を手招きした。

「不可能だと言ったのは、もっと根本的なところに問題があるからです。静香さんの気持ちは、わかりすぎるほどにわかる。その理由を教えてあげよう。まだ解説の途中だったけれども、そのほうが話は早いと思う」

7

夏目に案内されて静香は部屋を出た。惑条機構のマークの壁の前を通り、通路をしばらく進んだ。

例のカード操作で部屋を開くと、在人類惑星条約機構の軍服を着た兵士が銃器を携えて直立していた。何の調度品も見当たらない。部屋の中が壁でさえぎられて、入口からは見渡せない構造になっている。

兵士は、夏目の姿を見るなり敬礼する。

「異常ありません」

夏目は兵士に敬礼を返し、先へ進んだ。中には、軍服の男が二人と椅子に座った若者が一人。

若者は二十歳を超えているとはとても見えない。幼さが残っている。ひょろりと痩せていて、足が長い。上半身を裸にさせられ、後ろ手に手錠をかけられてうなだれていた。

「何か有用な情報を持っていたか？」

軍服の男に夏目は訊ねた。

「何も喋りません。まだ、ショックは体験させていませんが」

答えを聞いて、やはりというように、夏目はうなずいた。

「さて」夏目は振り返って静香の顔を覗《のぞ》きこむように凝視した。「静香さんに復讐など不可能だということを身をもって体験してもらおうとここへ連れてきた」

自分の言葉の効果をはかるように、夏目は何度もうなずく動作をくり返しながら、腰のホルスターに手を伸ばした。

「さて、静香さんは復讐を決意したわけだが、その汎銀戦に対する憎しみは変わらないね。エネル・ゲを頂点とする汎銀河聖解放戦線の一味には……」

静香は、うなずいた。

「目の前にその汎銀戦の一味が現れたら躊躇《ちゅうちょ》なく殺すことができるね」

念を押すように夏目は言う。

「できます。そのために生きているんですから」

夏目は仕方がないというように口を尖らせてみせる。

「よし、わかった」

腰のホルスターから銃を引き抜き、静香に手渡した。予想外の重量に、静香は身体全体をふらつかせた。

「使用法は簡単だ。エネルギーカセットの横にSAFETYと書かれたレバーがある。それを一度上に上げ、右に押しこむ。それから銃を両手で構える。照準を覗けば、より確実だ。熱気塊が、どの場所で集束されることになるかを確認できるから。そして、これでよしと思ったら引き金を引く。BOM！　簡単なものだ。静香さんにも充分に使える。少々重いのを我慢すればね、安全装置をはずしなさい」

静香は言われたとおりに銃のＳＡＦＥＴＹと書かれたレバーを動かした。

「そうだ。構えて。その少年を狙うんだ」

「なぜですか」

「あの少年が、ヤポリス・サースデイのとき事前に工作していたんだ。汎銀戦のテロリストの卵の一人なんだよ。これ以上、訊問を続けても、何も有益な情報は得られない。私が許す。あの少年に復讐してかまわない」

そう夏目は言いきった。軍服の二人の男が驚愕《きょうがく》の表情をした。

「夏目中佐！　まだ訊問は終わっていないんです」

悲鳴に似た声をあげた。

「かまわん。責任は私がとる。さあ、静香さん、復讐するんだ。引き金を引くだけでいい。できるだけ近づいてやれば、狙いがはずれることもない」

まず静香は、まさかと思った。この少年がヤポリス・サースデイに関わった汎銀河聖解放戦線の一員だとは信じられなかった。エネル・ゲの怪異な風貌とどうしても結びつかないのだ。しかし、夏目の言葉に嘘《うそ》はないようだった。ということは、やはり……。啓一と由里の最後の姿が蘇った。「許せない……」少年に対してめらめらと憎悪が炎のように燃えあがっていくのを感じた。

銃を両手で持ち、ゆっくり少年に銃口を向けた。静香の動きは、何かに憑《つ》かれたようだった。

「夏目中佐!!」

軍服の男が叫ぶ。

「心配ない！　黙って見ていろ」

夏目は軍服の男に怒鳴り返した。

照準の中の少年の胸に赤い光点が点滅するのを静香は確認した。今、引き金を絞れば、少年の胸に命中するのだ。

「由里……やるわ。手伝って」

右手の指の力が抜けた。憎悪は頂点に達していた。自分の両足から、感覚が消失していく。静香の足がぐにゃりと折れ、その場に崩れるように彼女は倒れこんだ。

何が起こったのか、その瞬間、静香には理解できなかった。自分の身体が自分で制御できなくなっているのだ。まるで痺れ薬でも盛られたように、身体の自由が奪われてしまった。

夏目は床の上を滑っていく自分の熱射銃を軍靴のつま先で止めた。

「わかりましたか、静香さん。あなたに人は殺せない。少なくとも、汎銀戦の連中は殺せない。それを証明したんです。どんなに憎悪しても不可能なんだ」

だが、夏目は予想外の光景を見て息を呑んだ。次に発する言葉を失っていた。

床の上で、静香は顔をあげていた。その瞳には、憎しみが渦巻いている。静香の顔立ちが整いすぎているだけに凄絶《せいぜつ》さがあった。夜叉《やしゃ》の表情で、夏目の靴の下にあるものを凝視していた。右手と両足は、糸の切れたマリオネット人形のように動きはしない。しかし、静香は、左手一本で指を床に突き立て、夏目の足もとに少しずつ……少しずつ近づいてこようとしていた。

夏目にとって、それは信じられない光景だった。ヤポリス星営病院で担当医の細西医師から聞きだした情報では、これほどの状況は予想していなかった。医師の話では、汎銀河聖解放戦線のメンバーに出会って憎悪を抱いた瞬間に、暗示によって静香は右手と両足の自由が奪われてしまうということだった。わずかに左手だけには自由が残されるが、それは最低限の運動機能として残しているだけで、憎悪を復讐という形で実現するなどには、ほど遠い。不可能、ということではなかったのか。左腕一本で全身を引っ張ることなど至難の業《わざ》だということは、夏目にはわかっていた。ところが、今、現実に静香は、それを実行している。頬に、額に、びっしり汗を浮かべ、全神経を左手に集中させて、虫が這《は》いずるように静香は夏目の足もとへ近づいてくるのだ。

狙いは熱射銃なのだ。静香にとって、身体の自由が奪われた理由を探るよりも、唯一《ゆいいつ》動かすことのできる左手で、熱射銃を汎銀戦の少年に使うことのほうが、優先するのだ。熱射銃まで十数センチの位置に静香はたどりついていた。夏目は、手ばやく足もとの熱射銃を拾い、再びホルスターに納めた。

それから、何も言わずに、床の上の静香を抱きかかえた。

夏目は静香の顔を見た。くやしさからなのか、涙が目一杯にあふれて、唇を横一文字に結んでいた。

壮絶な静香の行為に夏目は言葉を失っていた。彼女の視線から目をそらすのが、夏目にできる唯一の行為だった。

「失礼したな。このことは内密だぞ」

軍服の二人の男は、あっけにとられている。夏目はそれに関せずに、静香を抱きかかえたまま部屋を出た。

そのまま、夏目の執務室へもどる。他に人影はない。夏目は静香を椅子に座らせた。

「知っていたんですね」

静香は言った。激しい口調ではなかった。情けなさに戸惑っていた。

夏目はうなずいた。「あきらめてくれるのではないかと思った。復讐など、静香さんには似合わない。しかも、あんな現場を体験すれば、不可能だということを知ると思った。すまない。許してほしい」

「どういうことなんですか。私の身体のこと。どうなっているんですか。教えてください」

夏目は、病院で細西医師に聞いたとおりの内容を、静香に話した。できるだけ主観が混じらないように伝えたつもりだった。

語り終えた頃、静香の身体の痺れは消失していた。静香は何度も右手の調子を確認した。

「だから、静香さんの復讐心は、静香さんの本心ではないはずなんです。静香さんの精神治療の作用にすぎない。それがわかれば、復讐という行為は、愚かだということがわかるはずだ」

「愚かだとは思いません」

静香の答えに、夏目は呆れた。

「私が必ず、ご主人と娘さんの仇をとってやる。それが私の仕事なのだから」

「かえって、今の話は聞いておいてよかったと思います。父のことも恨みはしません。父親として当然の判断だったのでしょうから。でも方法はあります。汎銀戦のメンバーに近づくためには、車椅子を使えばいいと思います。右腕については、訓練が必要でしょう。

心理療法を他の医者に施してもらおうと思っています。その暗示が解ければ、私……在人類惑星条約機構の軍人としての適性は備わっているでしょうか」

「静香さんは軍に入るつもりなのか?」

「いいえ、復讐は私一人でやります。これは、私一人の戦争なのですから。でも、一人ででも、戦争をやるとすれば、戦士としての素質は最低、必要とされるでしょう」

「…………」

「私一人では何もできそうにないことは、わかっています。でも、私一人の力で汎銀戦のエネル・ゲに復讐をとげたいんです。夏目さんにぜひ協力していただきたいんです。お願いします。啓一さんと由里のために、ぜひやっておかなくてはならないんです。お願いします」

夏目は話題を変えた。「私は、静香さんを一目見たときから、好きになっていた。学生時代から、結婚するなら静香さんをおいて他にはいないと考えていた。その考えは、今でも変わってはいない。汎銀戦への復讐という実現性の薄いことは考えずに、私と一緒になってもらえないだろうか……。私は、絶対に静香さんを幸福にする自信がある、これまでの数年間は静香さんの人生ではなかったと考えればいい。私と、新しい人生を送るんだ。絶対に後悔させはしない」

夏目は、思いのたけを、すべて凝縮させていた。多くの言葉で表さなくても、先刻、静香は承知しているはずだった。

「わかりました」と静香は答えた。「必ず夏目さんの妻になります」

あまりのあっけない返事に、夏目は自分の耳を疑ったほどだった。目をしばたたかせた。

これは夢ではないのか。自分は今、激しい肉体訓練の運動中なのではないか。エンドルフィンが与えた幻覚ではないのか。

しかし、現実だった。

夢の中の静香は、こんな激しい真剣な表情で夏目を凝視したりはしない。

「ほ、ほんとうですか」

自分の声が、制御できないほど、うわずっていると夏目は思った。

「でも、待ってください。私が目的を達成するまで。それが終わったら私……喜んで、夏目さんのところにまいります。だから、お願いします。一刻も早く、私が目的を果たせるように、夏目さん、協力してください。

お願いします」

静香は頭を下げた。

あ……。夏目は思った。何という女だ。そこまで覚悟して復讐をとげようというのか。

すべての苦海を静香は渡るつもりでいる。目的を、復讐を果たすために。

負けたよ。

「協力します。私にできることであれば」

夏目は言った。そう言いながら、夏目は自分が静香の言葉の罠《わな》にはまったことを悟っていた。

だって、そうではないか。どうやってエネル・ゲに静香が復讐できるというのだ。裏を返せば、静香が目的を果たさなければ、いつまでも、夏目と結ばれることなどありえない。夏目の協力を得るための、言葉の綾《あや》にすぎないのだ。だが、夏目としては、協力せざるをえない。

しかし、万が一……いや、億に一つだ……静香がもしも復讐を果たしたとすれば、静香は自分との約束を守ってくれる。

それは、確かに途方もなく魅力的な条件であると夏目は思った。

「まず、戦士としての資質を身につけるべきだと思うんです。知識の面でも、肉体面でも。どうすれば習得できるでしょうか」

静香は言った。すでに心は、次の段階へと進んでいるのだ。

夏目は腕を組んだ。しばらく考えた後に伝えた。

「まず、私と惑星メフィスへ行きましょう。どんな準備をするにしろ、あそこがいちばん手っとり早い」

どのような目的であっても、他の惑星への移動は個人にとって大事業といえる。しばらく考える時間が必要な問題だ。しかし、静香は、その場で夏目に同意した。

8

その若者は、〝ラッツオ〟と呼ばれていた。

本名は別にあるのだが、誰も本名で彼を呼ばなかった。子供の頃から〝ラッツオ〟と呼ばれていたのだ。ネズミを意味する名前らしい。〝テンズレのラッツオ〟なのだ。

たしかに、その若者のもつ雰囲気はネズミを連想させる。小柄な身体つきだった。門歯が大きく、ある種の齧歯《げっし》類の小動物を思わせる。大きな目が、落ち着きなく、いつもおどおどと周囲を見回していた。

黒っぽい厚手のコートをざっくりと着込んでいる様は、ドブネズミそのままなのだ。

だが、ラッツオは生まれてこのかた、二十四年間、ネズミというものを見たことがない。惑星ヤポリスにネズミは存在しないのだ。だから、自分がネズミに似ているという意味でラッツオと呼ばれるのだとわかっても、それが馬鹿にした呼び名だろうという漠然としたイメージしか持っていなかった。

　ネズミというのは、〝ツイてない〟動物なのだろうかと考えたりする。

　そして頭にテンズレとつく。〝テンポがズレてる〟の略である。何故かというと、ラッツオは、これまでの人生で、一度もツキがまわってきたことがないのだ。たとえば、人生では、誰もが何度か、ギャンブルに出ねばならない状況に遭遇する。ところが、それがラッツオの番になると、勝利の女神がその時に限って午睡《ごすい》をしていたり、昼食に出掛けたりしているとしか考えられない結末になるのだ。だから〝テンズレ〟なのだ。

　ラッツオは、ホテルの従業員室で、制服に着替えた。その部屋は簡易フードの包装、灰皿からこぼれたおびただしい量のタバコの吸い殻、ジュースの空き缶、いかがわしい新聞や雑誌の類《たぐい》、そんなものが無数に散乱している。猥雑《わいざつ》、不潔、混沌《こんとん》、そんなイメージを視覚化すると、この部屋になってしまう。

　勤務まで数分の余裕がある。ラッツオは、足の踏み場もないその部屋で、大股《おおまた》で自分のロッカーへ近づいた。

　ロッカーを開くと、扉の内側に、最新式のラムジェット・エンジンの宇宙船〝メフィス・エキスプレス〟の写真が張られていた。その写真をうっとりとした表情で眺める。それから私服をフックに吊るして、上の棚から分厚い本を取り出した。

『宇宙船操縦必携マニュアル三七五年度版』とある本の中頃を無造作に広げた。

そのページには、「磁渦機関噴射推進併用〝ドッグマンME&R・T七〇〇Z〟」と表示され、機体の平面図と側面図が描かれていた。

ラッツオは、それがクセであるかのように大きな目をすぼめ、ぶつぶつと呟くように言った。

「機密項目チェック。磁渦メイン・スイッチ操作。負荷七十パーセントより百パーセントへ操作。磁渦制御開放。メイン・パネルP1よりP36までチェック。異常ある場合はサブ・パネルP1よりP24までチェック……」

呟き終えると、次のページをめくった。そこには、呟き続けた内容が、一字一句異なることなく記載されていた。それを確認すると、ラッツオは満足げにうなずき、笑みを浮かべた。

従業員室のドアが開き、毛玉のような眉毛をした獅子鼻《ししばな》の男が顔を突き出した。

「ラッツオ！　何をぐずぐずしていやがるんだ。交代時間を過ぎているんだぞ」

ラッツオは反射的にロッカーの扉を閉じた。

「は、はい。すぐに行きます」

ラッツオは、獅子鼻の男の脇をすり抜け、フロント目指して一目散に廊下を走った。その背後から「ホテルの中を走りまわるんじゃない」と怒号が飛んだ。

「は、はい」

〝ヤポリス・ニルバナホテル〟は、観光ガイドブックではエコノミークラスの欄に紹介されている、客室数十八というちっぽけな安ホテルだ。

客室の数からもわかるように、このホテルの社員はオーナーを含めて二人しかいない。ラッツオは、そのニルバナホテルの社員ですらない。臨時の雑用役で雇われている。だが、その職務はフロントからボーイ、ポーター役からメイド役まで、何でもこなさなくてはならない。やらなくてすむのは、キャッシャーだけだ。それはオーナーの仕事なのだ。ラッツオが頬杖《ほおづえ》をついているフロントのカウンターの下に、客からは見えない位置に張り紙があり、こう書かれている。

従業員心得（厳守のこと）
一　客にチップをせがむな
一　客のものを、くすねるな
一　火事を起こすな

一　勤務中に麻薬をやるな
一　一人旅の女性客にちょっかいを出すな

その程度のレベルのホテルなのだ。本来の接客サービスを主とする一流ホテルであれば、従業員に対して会話の技術なり、客への心配り、気ばたらきのノウハウを心得として教育するはずだ。それにしても「勤務中に麻薬をやるな」とはなんと低次元のモラルであることか。

それには、この「ヤポリス・ニルバナホテル」の立地条件も関係している。ホテルはヤポリスきってのスラム街、パーロン地区のほぼ中央部にある。心ある旅行者であれば、ガイドブックのアドバイスに従い、一歩たりとも足を踏みいれたりはしない場所に、この安宿は建っている。

まともな客が泊まりそうもないホテルは、まともじゃない従業員が働いていても、なんら不思議ではない。

一カ月前にラッツオはニルバナホテルの臨時従業員として採用されたのだが、その前任者については、守銭奴の獅子鼻オーナーに聞かされた。客のトランクを荒らしていたときに、その宿泊客が部屋に帰ってきたという。

前任者は、その宿泊客に殴り殺された。だから人手が一人分足りなくなったのだと、平然とオーナーは告げた。

予約もなしに客はやってくる。だが宿帳には、存在しない惑星の名を住所欄に記し、宿泊費をキャッシュでオーナーに支払う。見るからに犯罪者の風貌をした客もいるし、人目をはばかっておどおどした客もいる。

そんな客たちをラッツオは部屋へ案内し、さまざまな要望を承《うけたまわ》る。客に罵《ののし》られ、馬鹿にされながら、ラッツオは夢のない仕事を続けるしかない。

身寄りもない。学歴もない。恋人もない。金もない。何も持たない小男の若者が一人で生きていくには、どんな仕事だって黙ってやっていくしかない。しかも不器用ときている。いつもやることのテンポがずれる。だから、テンズレ。

でも、ラッツオには一つだけ残されているものがあった。夢だ。宇宙船の航宙士になる夢。ラッツオは、宇宙船が好きでたまらない。機能美を備えた巨大な人工物が宇宙の大真空の中を未知へと向かってつっ走る。こんなロマンのある存在が他にあるだろうか。その宇宙船を、小男で何の取り柄もない自分が自在に操っている光景を、何度夢想したことか。

だが、それはラッツオにとっては夢だ。それも閉ざされた夢。

その原初的な夢は、ラッツオが幼児の頃にいた児童養護施設《オーファン・センター》ですでに生まれていた。彼は、幼心《おさなごころ》に、大きくなったら宇宙船の操縦士になるのだと決めていた。知能指数も決して低くはなかった。

だが、ラッツオは〝ツイてない奴〟だった。

ヤポリス星立大学の奨学生制度試験はもとより、一般試験においても次々と不合格となった。ラッツオよりもできの悪かったオーファン・センターの仲間や後輩たちが合格していくのを横目で睨む結果になった。

ラッツオは大学へ進学することをあきらめた。しかし、航宙士になる夢までも捨てたわけではない。大学へ行かなくても、ヤポリスの国家認定試験に合格することによって、航宙士資格を取得することができる。

ラッツオは認定試験の挑戦に夢を託した。独学でも航宙士になることができるのだと。

しかし〝ツキ〟は、ここでもラッツオを見放した。

認定試験は年二回実施される。ラッツオは必要科目を必死で勉強した。最初の春、全問正解したと信じたにもかかわらず、彼は不合格だった。答えを急いで解こうと焦ったあまり、受験ナンバーを書き忘れたのだ。その年の秋、試験会場に入って、受験票を紛失していることに気がついた。次の春、試験会場へ行く公営スピナーが追突事故を起こし、試験が終了する時間まで、公営スピナーの中で失神していた。その秋の試験で、ラッツオのすべての望みが断《た》たれることになった。

その回の試験から、受験資格が設けられた。

航宙士としての必要最小限の体格を有する、という条件——身長百七十五センチ以上。

目の前にある受験要項を記した紙が、視野から急速度で遠ざかっていく感覚がラッツオを襲った。

「嘘だ。こんなこと」思わず呟いた。ラッツオの身長は百五十八センチだった。航宙に、身長が何の関係があるというんだ。宇宙船にブレーキがついていて、それを足を伸ばして踏まなければいけないのか？　百七十五センチ未満の人間は、宇宙病にでもかかりやすいというのか？　自分は、やっぱりテンズレなのか。

得体の知れない怒りが、体内で爆発寸前にまで高まった。なぜ自分だけが、世の中のすべてから背を向けられなければならないのかという不条理感。

オーファン・センターのかつての仲間たちに試験のヤマをかけてやり、それが的中して合格したと、彼らは心底喜んで、ラッツオに礼を言った。合格の喜びに酔いしれたかつての仲間たちの顔を、なぜかふと思い出し、言いようのない憎しみさえ覚えた。合格した仲間には、ラッツオより背の低い男もいたのだ。

怒りが徐々に消失していくのと同時に、ラッツオは虚脱感に支配された。

「よほど、ぼくはツイていないんだなあ」

自分は幸運の女神からも馬鹿にされているのではないだろうかと、溜息《ためいき》をついた。

何度も資格試験に挑戦している間に、ラッツオは職を転々と変えた。皿洗い、メッセンジャーボーイ、輸送スピナーの助手、警備員、いかがわしい飲み屋の客引き。いずれも、長期間続くことはなかった。労働は厳しく、その割に賃金は安かった。そして、何よりもラッツオにはどの仕事にも適性がなかったのだ。

だが、我慢した。夢があったからだ。いつかは、自分が宇宙船を操り、大宇宙を駆け巡るという夢。そのために、すべての辛酸をあえて舐《な》めることに耐えてきた。その夢のつっかい棒が、すべて潰《つい》えてしまったのだ。

二カ月前のことになる。

一カ月間は、ラッツオは放心していた。前の職も辞《や》めた。しかし、夢は潰えたものの、食っていかねばならない。それで、ニルバナホテルの臨時従業員の募集に応じた。これからは、何を目標に生きていけばいいのかと迷いつつ。

採用が決まった日、ラッツオは『航宙士資格受験問題集』を破りすてた。『宇宙船操縦必携マニュアル』を手にとって破ろうとした。しかし、その本は破れなかった。ラッツオは、本質的に宇宙船が好きで好きでたまらないのだ。

心の中で、ラッツオの天使が叫んだのだ。

「ラッツオ、あわてるな。いつか、おまえの番がまわってくる。これまで、こんなにツイてなかったんだ。ツキがまわってきたときは、すごいもんだぞ、きっと……」

ラッツオはその言葉を信じた。だから『宇宙船操縦必携マニュアル』と『ヤポリス窮乏生活術』の二冊は捨てずに大事にとってある。だが、ツキがまわってくるまでは、彼はドジでテンポのずれた〝ツイてないラッツオ〟であることは、まちがいない。

先日の仕事中も、客のトランクを運ぼうと持ちあげたとたんに、トランクの止め金が外れてしまい、中身を客の眼前でフロアにばらまいてしまった。次の日には、案内していた客の首をエレベーターのドアで絞めあげてしまう結果になった。

そんな日々なのだ。まして接客がうまいほうではない。この仕事を自分はいつまで続けることができるのかと迷ってしまう。そんなとき、『宇宙船操縦必携マニュアル』を眺めることだけが、ラッツオの心の傷を癒《いや》してくれた。

しかし、望みの薄い〝ツキ〟はいつの日にラッツオに巡ってくるものやら。このままでいけば、一生、このヤポリスのゴミため地区から抜け出せないまま朽ち果ててしまう。それが、ラッツオにとって一番恐ろしいことだった。一生に一度でいい。大宇宙を自分の手で操縦する宇宙船で飛びまわってみたい。宇宙船の操縦って、あんなに簡単なのに！

左目に眼帯をつけ、銀色のコートを着た、異常に背の高い客が一人、エレベーターで現れ、ラッツオに無言でキイを渡し、外出していった。

「行ってらっしゃいませ」

ラッツオが声をかけた。

オーナーが金の勘定をしながらラッツオに言った。

「いまのは九号室の客だ。留守の間に掃除をやっておけ」

「は、はい」

すべての雑役が、ラッツオの仕事なのだ。掃除道具を手にして九号室へと向かった。

ノックをする。もちろん返事はない。

しかし、この部屋の客は、いい身なりをしていたっけな。なぜ、もっと高級な、たとえば「ハイヤット・ヤポリスホテル」とかに泊まらずに、ここみたいな安宿を使うんだろう。

そう、ひとりごちながら、ラッツオは部屋に入った。バス、トイレを掃除し、ベッドメイキングをした。シーツ類を廊下に出して床にクリーナーをあてる。よほどこの部屋の客は整理好きらしい。ゴミらしいゴミは落ちていないし、テーブルの上にも無駄なものは何も置かれていない。クローゼットの中に一個、そう大きくもないトランクが一つ置かれているだけだ。

ラッツオはクリーナーを動かす手を止めた。どんな動物のものだかわからない皮革製のトランクだが、渋い光沢を放っている。単純に、センスのいいトランクだなと思ったにすぎない。好奇心にかられて、そのトランクに手を伸ばした。カタンと音をたてて、ロックされていたバネが開いた。

「わっ」驚いて、後ずさった。

「開いちゃったよ。不用心だなあ」

再び、おずおずと手を伸ばす。ウィーンという音が、部屋中に広がった。

「わわわわわ」

手にしていたクリーナーのスイッチを緊張のあまり、思わず入れてしまったのだ。スイッチを切り、大きく溜息をついた。

トランクは何の抵抗もなく開いた。着替えがきれいに整理されて納められている。その上に銀色の袋が置かれていた。

「何だろう、これ」

ずしりとした重さがあった。手を差し込み、持ちあげる。突然、胸が激しく動悸《どうき》を打ち始めた。目にするまでもなく、それが何かをラッツオは知ったのだ。

百万宇宙クレジットの札束が五つ。五百万宇宙クレジット。

それに、それに……熱射銃が一丁。

「わっ」

あわててトランクを閉じた。

「この部屋の客、いったい何者なんだ」

クローゼットを閉めた。急いで、出ていくしかない。クリーナーのコードに足をかけて転びそうになる。こんなところに長居は無用だ。

「待てよ。何をあわててるんだ。〝ツイてないラッツオ〟」心の中の天使が呼びかけた。

「止まれよ。落ち着くんだ。これは、ツキがおまえにまわってきたということなんだぞ」

どういうことなんだ。ラッツオは自問した。

五百万宇宙クレジットがあれば……。そうだ、何だってできる。しかし捕まってしまえば、ラッツオ、おまえの人生は終わりなんだぞ。じゃあ、こんなパーロン地区の片隅で、これからも希望のない生活を延々と果てしなく続けていくというのか。捕まったところでかまわないじゃないか。捕まるまでに、本当にやりたいことをやっておけば悔いは残らない。

「そ、そうだ。もう、ぼくは誰にもテンズレなどと呼ばせないぞ」

ごくりと生唾《なまつば》を飲みこみ、銀色の袋を握りしめてトランクを閉じた。ゴミ袋の中に銀色の袋を押しこみ、掃除道具を持って部屋を出た。獅子鼻のオーナーが階下で、いらいらしてラッツオを待っていた。

「ぐずぐずしやがって。おい、俺は隣でブリッジの約束があるんだ。掃除が終わったら、俺が帰るまでフロントの番をしていろ」

「は、はい」ラッツオは、そう答える自分の息が異常に荒くなっているのに気がついていた。しめた。チャンスだ。二十年に一度の大ツキらしい。

オーナーがホテルを出ていくなり、従業員室へ走った。あわてて制服を着替える。ベルトを締める手が、小刻みに震えた。ロッカーから私物を出し、まとめてナップザックに詰めこんだ。

何時間で発覚するだろうか。

オーナーのブリッジは、最低三時間はかかるはずだ。客が帰ってきて騒ぎだし、治安官を呼べば、もっと早くなる可能性はある。しかし、それを案じていては、すべてのチャンスを放棄する結果にしかならない。短時間で最大の効率をあげる方法を考えるべきだと、ラッツオは自分に言い聞かせた。

もう引き返せない。

どうする。どうすればいいんだ。

この金で夢をかなえる。そうすれば悔いは残らない。自分の手で宇宙船を飛ばすんだ。ラッツオは、棺桶《かんおけ》状のニルバナホテルを、沈没寸前の船から逃げだすネズミのように、飛び出した。喉《のど》から、笛の音のような息が激しくもれる。

四つめの角から路地を曲がり、壊れかけた階段を駆け降りた。薄暗がりに向かって息を弾ませながら叫んだ。

「じいさん。メカトンのじい。大至急だ。作ってくれ。ぼくの星間渡航パスポートだ」

暗がりの中で何かがキラリと光った。顔の上半分が機械化された老人の、双眼鏡状の目玉が光を反射したのだ。

「なんと、ラッツオか。大至急かの。高いぞ。二十万宇宙クレジットはかかるぞ。本物同然の星間渡航パスポートはの。もちろんこのお代にはマル秘料も含んどるがの。払えるかの。払えるなら前金じゃの。明後日《あさって》までにこさえておくでの。大至急での」

ラッツオは、この老人とは顔馴染《なじ》みだった。このパーロン地区の特殊能力者の一人だった。完璧《かんぺき》な贋作《がんさく》のプロなのだ。より完璧さを求めて、自分の右腕と頭部をサイボーグ化したのが若い頃のこと。絵画、彫刻から、公文書類にいたるまで、本物と見分けがつかない贋作を製作することができる。

なぜ紙幣を贋作しないのかとラッツオは訊ねたことがある。「金はの、作るもんじゃなくての、稼ぐもんだ」と老人は答えた。

誰ともなく、老人をメカトンと呼んだ。メカニック・プラトンの略らしかった。まるで、隠者のような暮らしだった。その腕は完璧なくせに、気に入った依頼人の気に入った仕事しかやろうとはしない。そのくせ、空腹になるとニルバナホテルの前へ物乞《ものご》いに来たりしていたのだ。

「そんな。間に合わない。十分で作ってもらわないと。……これで頼むよ。急いでるんだ」

ラッツオは銀色の袋から、百万宇宙クレジットの束を一つ老人に手渡した。老人は驚愕《きょうがく》したらしく、双眼鏡状の目をくるくると風車のように回転させ、ほえぇぇと声にならぬ声をあげた。

「できるかい！　メカトンじい。ぼくは今、一か八かの状況にいるんだ」

「お、おぉ。できいでか。こ、これで、手術費用が、全額揃《そろ》った。十分？　なに五分で作ってみせるでの。ラッツオには世話になったからの」

「手術？　誰の」

「わしじゃ。もう贋作はやめるでの。虚しゅうなるばかりだ。完全な複製を求め続けておったのだが……もう、年齢《とし》での。もとの人間らしい身体にもどって、人間らしい死にかたをしたくなっての」

そのとき、メカトンじいの目が激しく輝いた。

「うっ、まぶしい」

眩《くら》んだ目がもとにもどる頃、ラッツオは老人の後頭部から紙片が出てくるのを見た。

それが、ラッツオの証明書用写真だった。それからの老人の手さばきは見事なものだった。色のついた紙片を右腕で熱処理し、裁断する。複雑な紋様のデザインを猛スピードで模写していく。それは神業としか言いようがない。写真が貼られ、腕の凹凸で刻印し、最後に指で本状のパスポートをパチリと綴《と》じた。

「できたぞ。わしの最高傑作だの」

ラッツオは受け取り、パラパラとめくった。

「素晴らしい。本物だ。これは」

「戸籍もスペアに買いとっておいたものがあるし、磁気部分にも、万能用パスワードを入れておいたから、ひっかかる心配はない。最高のできだ。外観も機能も。しかし……」

そこで老人は口ごもった。「しかし……皮肉なものだ。あれだけ、肉体を機械に交換してまで贋作の最高傑作をこさえようと腐心したのに、自信を持って最高傑作と呼べる作品が、自分の機械の身体を元にもどす費用を稼ぐためのものだったとはの」

ラッツオは礼をのべて、パスポートをポケットに納めた。

「メカトンのじいの素顔を見たかったのになあ。幸福を祈ってるよ」

「ラッツオ。危ない橋を渡るんかの。あの金はただごとじゃないかんの。でも、金の出所は聞かん。これから、どうするつもりかの。そのパスポートで」

ラッツオは肩をすくめてみせた。「ぼくの夢をかなえるんだ。残りの金で行ける星までの宇宙船のチケットを買う」その後の言葉を、心の中で続けた。……そして、自分の手で宇宙船を操縦させてもらうんだ。この熱射銃を使って……。誰もけがをさせたりはしないさ。熱射銃を持って、操縦させてくれって頼むだけだ。もうドジじゃないぞ。

「いくら持ってるんかの？」と老人。

「あと四百万宇宙クレジットくらいかな」

ふむ……と、メカトンじいはうなずいた。

「メフィス行きに乗れるな。メフィスまでが、たしか三百八十五万宇宙クレジットだったかの。あの宇宙船は、確か、最新式のラムジェットタイプじゃったかの。ええと〝メフィス・エキスプレス〟とかいう」

9

惑星ヤポリスから惑星メフィスへと飛び立とうという寸前まで、静香の周囲はあわただしさの連続だった。

ヤポリス星営病院を退院し、父の家へと移った。それから神鷹啓一の資産を処分すると、最小限の荷物をまとめ、メフィス行きの定期宇宙船〝メフィス・エキスプレス〟に乗った。

簡単な経過のようだが、実は、そうではなかった。

出発直前に、自分の気持ちを静香が告白したときの、父の秋山の狼狽《ろうばい》ぶり。発《た》とうとする静香をヤポリス宙港へ追いかけてきた秋山が、人目をはばからずに号泣《ごうきゅう》し哀願《あいがん》した。

それを振りきることが、静香に決意を最終的に固めさせる結果となった。二度と父に会うことがないという思い。自分を愛してくれている人を裏切るという行為に静香は罪悪感を抱いていた。

しかし、自分がこれから乗り出していこうという復讐行では、目的を果たすために、どれだけの罪を犯しても足りるかわからないのだ。

このような〝未練〟を断ちきれなくては、不可能に近いとも思える標的に鉄槌《てっつい》を振り下ろすことはできない。

「許してください」とだけ静香は父に告げて、コンコースで踵《きびす》を返した。それだけが、静香が秋山に言える精いっぱいの言葉だった。

振り向かなかった。

振り向けば、父には静香の涙が見えたはずだ。秋山はその涙を見て、よりしつこく追いすがるにちがいなかった。

三百人乗りの宇宙船への乗りこみには、エレベーターを使う。出国手続きと厳しいボディチェックの後に、静香は〝メフィス・エキスプレス〟の機内に乗りこんだ。ラムジェットタイプの宇宙船は、船の先端が人体でいう口にあたり、後部が肛門になる。つまり、先端で星間物質を採集し腸内でエネルギーに変換して、後部から噴射しつつ加速して飛行する。そのため、乗客は宇宙船の中央部にリング状に乗りこむことになる。全体からすれば、人間の移動できるスペースは、ほんの一部に限られている。リング部分の一室が操縦室。残りが、乗客のための空間にあてられている。しかも、人工的な機械製腔《こう》腸《ちょう》動物状の宇宙船は、腸部分を中心に回転しつつ飛行するため、乗りこんだときは乗客は横になる姿勢だが、航宙中は、椅子に腰かけた状態に自動的に変化する。

指定シートにたどりついた静香の横には、夏目がすでにいた。三人ごとのシートが島となって続いている。

静香は、すぐに夏目郁楠の隣に横になった。

「いよいよメフィスですね」

嬉《うれ》しそうに夏目が目を細めた。

「お待たせしました。よろしくお願いします」

静香は言った。夏目は、確実に静香をメフィスへ連れ帰るため、何かと理由をつけ職務をひねり出して、〝ほんの二、三日の滞在〟のはずだったヤポリスでの滞在期間をこれまでに延長したのだ。

私服の夏目を見るのは、静香にとって、これが初めてだ。コットンのスラックスにスニーカー、革のブルゾンという姿は、とても刃物の鋭さを放つ軍服の夏目と同一人物とは、信じられない。

しかし、彼の三白眼の鬼気迫る眼光を見れば、すべてが民間人へと変わっているわけではないことがわかる。

静香には、これから自分がどのような運命をたどることになるのか、皆目見当がつかない。とにかく、メフィスで自分が戦士として最低限必要な知識と技術を習得することだ。

夏目の手を借りて……。

目的を遂げるまでにどのくらい時間がかかるのだろう。一年、三年……。〝エネル・ゲ〟――在人類惑星条約機構が、いまだにその所在さえ突きとめられない相手を、何年で追いつめることができるというのか。

ひょっとすると、手がかりさえつかめずに自分は一生を終えることになるのではないか。

静香は、思わず唇を嚙み、その考えを振り捨てた。

「ひとつ静香さんに、ことわっておかねばならないことがある」

夏目が言った。

「何でしょうか」

「惑条機構のヤポリス分室にいた汎銀戦の若者を覚えていますね」

忘れもしない。自分が、汎銀河聖解放戦線の連中に手も足も出ないと、あれで思い知らされた。

「はい」静香は答えた。

「あの若者は、シロでした。自白剤やら、精神改造技術やら、いろんな手法を使いましたが、彼は単なるメッセンジャーボーイに過ぎなかった。自分の行動がどのような結果をもたらしたのかも理解していなかった。あの若者は汎銀戦ではなかった」

「そうですか」

「つまり、こうです。知っておいたほうがいい。現実に汎銀戦でない連中に出会っても、汎銀戦と教えられると、静香さんの身体は暗示が発動してしまう」

「…………」

「逆に言えば、静香さん」

そう夏目が続けたときに、船内の照明が淡いブルーに変化し、柔らかな音楽が流れ始めた。キャビン・アテンダントが近づき、夏目にシートベルトを装着するように注意した。

「惑条機構の対テロ防衛特別工作室の人間が、シートベルトをつけろと注意されてしまった。やれやれ」

夏目は肩をすくめた。

「軍服姿でない夏目さんって珍しいんですよね」

静香の言葉に、夏目はむせ返ったような咳をした。それから、あわてたように言った。

「定期宇宙船の中では、熱射銃さえ持ちこめない。惑条機構の契約軍人である私でさえね。熱射銃のない夏目郁楠は、もう軍人とは呼べないでしょう。民間人のつもりで過ごしてもかまわないんじゃないかな。ひょっとして自分と静香さんは、人目には、これからハネムーンに出掛けるカップルに見えるかもしれない」

最後だけは、押しつけがましくつけ加えた夏目の願望だった。それに対して、静香は反応らしいものを返さなかった。

出発まで、あと三十分と迫っている。出発前二十分になれば、新たな搭乗者は乗りこんでこない。座席はほぼ乗客で埋まっている。満席に近い状態のようだ。だが、静香の隣のシートには客はいない。

ばたばたと足音が近づいてくる。静香の近くでその足音は止まり、「26のF。26のF」と呟いている。静香の席が26のEだから、隣の席ということになる。

「ここが26のFですよ」

静香が声をかけて26のFを探している男を見た。若者だった。

小柄で、古びた厚手のざっくりした黒いコートを着ている。きょろきょろとせわしなく周囲を見回している。目が大きく、前歯が二本目立ち、まるでネズミを連想させる。

若者というより少年だった。

静香に声をかけられた若者は、は！　と驚いたような声をあげて、「す、すみません」と腰をおろした。

シートベルトのつけかたがわからないらしく、静香の隣で、じたばたとやっている。シートの中にベルトが引っこんでしまい、それを力まかせに引っ張り出して、バランスを失い座席から床の上に転げ落ちてしまった。何ともドジな若者らしい。

見かねた静香が、起きあがって、若者にベルトを装着してやった。

「あなたは、いい人ですね。全宇宙に存在するすべての神の祝福があるように祈ってますよ」

若者はそう言って横になったが、何か、まだ、もぞもぞと身体を動かしている。

静香はその様子を観察していて、わかった。若者は通路に手を伸ばそうとしている。通路に自分のナップザックを置きっぱなしにしているのだ。それをなんとか取ろうとするのだが、手が届かない。シートベルトを外せば簡単なのだろうが、再装着する自信がないのだろう。その様子が、静香には珍妙に見え、笑いをこらえるのに必死になった。

静香は再びベルトを外し、自分の用をするふりをし、それからナップザックを取って、若者に渡してやった。ずしりと予想外の重さが静香の腕に伝わった。

「あ、あ、ど、どうも。たびたびご迷惑をかけます」

横になっている若者は人形のように顎《あご》を何度も上げ下げした。頭を下げているつもりらしい。

「すごく重いものが入ってるんですね」

静香はそう言って、再び横になった。

「あ、あぁ、そ、そう。本です。本が入ってるんです」

若者はラッツオである。ニルバナホテルで偶然手に入れた金で、一生の夢をかなえるために〝メフィス・エキスプレス〟に、滑りこみで飛び乗ったのだ。

ラッツオがおどおどと落ち着かないのも無理はない。これから宇宙空間に〝メフィス・エキスプレス〟が飛び出したら、熱射銃を使って宇宙船を乗っ取るつもりでいるのだから。

金と一緒に手に入れた出所のわからない熱射銃は、銀の袋に入っていた。袋のまま『航宙士の保健と生活』という本のページの中央をくり抜いて、そこに隠しておいた。空港のチェックも難なく切り抜けた。銀の袋は、X線も他の装置もパスできる性能を持っていたらしい。

武者震いをラッツオは感じた。このラムジェット・エンジン宇宙船を、ぼくの手で操縦するんだ。もう誰にもテンズレのラッツオとは呼ばせない。そう自分に言い聞かせた。

「寒いんですか？　震えているみたいですが」

静香がラッツオに言った。

「え？　ま。い、いや」

ラッツオが返事にならない返事をしたとき、船内の照明が淡いオレンジ色に変わり、離陸した。全身がシートに押しつけられる感覚を静香は初めて体験したことになる。Gは徐々に減少し、十分後には、惑星ヤポリスの引力圏を脱した。

シートを固定しているシャフトが動き、壁面が下にくる位置まで来て停止した。無重力感を味わえたのはそこまでで、環状部分の回転に伴い、上下の感覚が生じた。シートが起きあがり、椅子状のソファとなった。

ラッツオが大きく溜息をつくのが静香にはわかった。ラッツオが現実に宇宙船に乗るのは初めてのことなのだ。夢の中で、何度も宇宙を翔《かけ》まわっていたにしても。

「本を沢山、読まれるんですか？」

静香がラッツオに言った。

「え。ええ」

ラッツオは身体をぴくんと硬直させた。驚いたらしかった。その拍子に、取り出しかけていた二冊の本を床に落としていた。

「あ」

ラッツオは、早速操縦室に近づいてハイジャックにとりかかるつもりでいた。本を取り出し操縦席で熱射銃を使う……。

そのつもりで本を出しかけていたら、静香に話しかけられてタイミングをずらしてしまった。

床の本から、銀色の袋に入った金属製の何かが飛び出し、静香のかかとに当たって止まった。

「あ、あ、あ」

袋の上から見ても、静香にも夏目にもわかった。銃器だということが。

静香と夏目は顔を見合わせた。まだ、夏目は、行動を起こす気はないらしい。肩をすくめただけだった。

あわててラッツオは銀色の袋を拾い、両腕で抱きしめた。「なんでもないんです。なんでもありません」

若者のこの取り乱しようを見て、なんでもないと信じられる者がこの世にいるだろうかと、静香は思った。

わらわらと数人の乗客が立ちあがった。シートベルト着用のサインが消えたため、用を足したい人々が席を離れるのだろうと、単純に静香は考えていた。それにしても、隣の席の若者は、いったい何者なのだろう。銃器を隠し持っているなんて。

立ちあがった数人の乗客たちは、それぞれが奇妙な行動を起こし始めた。

一人の男は左腕を身体から外した。義手の筒から細長い銀色の袋が出てきた。銀の袋からは、銃が取り出される。静香にはわからないが、中性子銃だ。

若い女の一人は、胸をはだけた。人造皮膚を破ると片側から三個ずつ、計六個の特殊爆弾がこぼれ出る。

　右足と左足から取り出した部品を組み立てて、中年の男は奇妙な形の武器を構えた。そのグロテスクな形から、小型のサイドワインダー砲だとわかる。

　乗客はやっと気配の変化に気づいたようだった。だが、まだ、誰一人、悲鳴さえあげない。

　サイドワインダー砲を持った中年男がリーダーらしかった。

　中性子銃を持った男に顎で合図を送った。男女は計三名。一言の言葉も発しようとしない。中性子銃を持った男が、操縦室へ駆けこんだ。

　悲鳴が聞こえた。

　数秒後、右肩から先を失《な》くし、血みどろになった航宙士が乗客の前に現れ、数歩よろめいて倒れた。そのままこと切れたらしく動く気配を見せない。

　再び、悲鳴。航宙士がまた一人、操縦室から飛び出してきた。乗客の間を縫うように走り、後部へ逃げようとする。中性子銃を持った男が、その後を追って飛び出す。逃げる航宙士に中性子銃を向け、ゆっくりと引き金を引いた。航宙士の頭部が、風船がはじけるように勢いよく血飛沫《しぶき》をあげて破裂した。

　頭を失くした航宙士は、泳ぐように手足をのたうたせながら倒れこんだ。

その時になって初めて、乗客の間から悲鳴があがった。

男女のハイジャッカーたちに共通して言えることが一つだけあった。身なりが上品なことだ。

中年男にしろ、爆弾女にしろ、中性子銃男にしろ、ファッション雑誌から抜け出してきたようなセンスのよさだ。中年男はチェックのダブル。爆弾女はシックなツーピース。中性子銃男は、薄い純白のシルクシャツを着込んでいた。

ただ、ファッション雑誌と異なるのは、彼らが凶暴な銃火器を携えているという点だ。サイドワインダー砲を中年男が水平に構えたとき、船内は水を打ったように鎮《しず》まり返った。

「この宇宙船〝メフィス・エキスプレス〟は、我々が占領した。操縦士は全員我々が処刑した。これから、我々の指示に従ってもらいたい」

静香は、ちらと横を盗み見た。若い男とハイジャッカーたちとの関わりが気になったからだ。静香自身は、驚くほど冷静でいることに気がついていた。

なぜ、このように自分は落ち着いていられるのだろう……。

若い男は、あんぐりと口を開いていた。ハイジャッカーたちとの関連はないらしい。

な、なんてことだ……。そうラッツオは思った。ぼくは、やっぱりテンズレのラッツオだ。何かやろうとしても、必ず一歩テンポがずれてしまう。いままで、いつもそうだったんだ。

今度だけはちがうと信じてた。まさか、ハイジャックにまで先を越されることになるなんて。ぼくは、どこまでツイていないんだ。信じられないほどツキに見放されている。これは、現実のできごとなのだろうか。い、いや、ひょっとすると夢かもしれない。ぼくは、今、ニルバナホテルのフロントで居眠りをしている最中なんだ。そうにちがいない。テンズレと言っても、あまりにもひどすぎる。

ラッツオは、あんぐりと口を開いたまま、そんなことを考えていた。他の思考は何も浮かびはしない。

「さて、どうしたものかな」

夏目が嬉《うれ》しそうに呟くのを、静香は聞いた。

「三対一か……」いかに夏目でも、三人に同時に対処するのは困難だ。一人は操縦室の横。中性子銃を構えている。一人は静香たちの席の背後。中年男だ。そして列の彼方に、特殊爆弾を持った女が歩いている。

乗客たちに武器を持った者がいないという安心感か、ハイジャッカーたちは、非常にリラックスしているように見えた。

「おい、あんた」

小声で、夏目がラッツオに声をかけた。

「あんたの熱射銃を貸してくれ」

ラッツオは「ひっ」と声にもならぬ声をあげた。夏目は低い声で続けた。

「あんたがさっき持っていた熱射銃は、私が愛用しているものと同じタイプのはずだ。なぜ、あんたが、この宇宙船に熱射銃を持ちこんだのかなどということは、私は聞かない。私は惑条機構の対テロ防衛特別工作室の者だ。こういう状況の中では、人々を守らなければならないという使命がある。その使命を果たすためには、熱射銃が必要なんだ。貸してくれ」

あんぐりと口を大きく開いたままだったラッツオは、大きく目を見開いた。なんてことだ。自分は、なんて奴の近くに座ってしまったのだ。喉から心臓が飛び出すほど、驚いていた。

「さあ、早く」

熱射銃を銀の袋に入れたまま、ラッツオはおずおずと差し出す。

「一人で、三人を相手にするつもりですか？」

「ああ」夏目はこともなげに答えた。

「でも、三人とも武器を持っています。タイミングが狂えば、他の乗客たちが犠牲になる可能性があります。……あの大筒みたいな兵器だと、宇宙船自体が破砕してしまうんじゃありませんか」

静香が言った。夏目は少し口を尖《とが》らせた。夏目は、静香の言うリスクを充分に承知しているらしい。だからこそ、口をつぐんだのだ。

ハイジャッカーたちは宇宙船の中をゆっくりと移動している。

「あ、あのう」

ラッツオは恐る恐る言った。「操縦室には誰もいないんですか?」

「ああ。航宙士もサブもやられてしまったようだな」夏目がそう答える。

「一瞬でいいんです。私を操縦室に入れてもらえませんか。ハイジャッカーたちは、シートに座っていません。考えがあるんです」

静香が立ちあがった。

中性子銃とサイドワインダー砲が、静香に向けられた。

「席に座っていろ」

中年男が言った。

「お手洗いを使いたいんです」静香が言う。

「我慢しろ」

「我慢できません」

静香は後方のトイレに向かって歩き始めた。

「待て。勝手に行動すると射殺するぞ」

中性子銃を持った若い男が、ラッツオの横を過ぎて静香の後を追った。

ラッツオは座席の前に身体を沈みこませ、床を這いながら、凄まじいスピードで、操縦室へ向かった。その素早さは、まさにドブネズミだ。夏目は、不思議そうにその後を目で追った。

「止まれ」

静香は止まった。中性子銃の若い男が振り向く一瞬前に、ラッツオは操縦室へ滑りこんでいた。

「席へ帰るんだ」

ラッツオが操縦室へ入りこんだのを確認して、静香はうなずき、ハイジャッカーの言葉に従った。若い男の銃口が下がった。

「静香さん、伏せろ」

夏目が叫んだのと、閃光が同時だった。静香はとっさに身を床に伏せた。

夏目が座席から跳《は》ねた。中性子銃を持った若い男の胸に細く、煙が立ち昇った。身体を夏目の熱射銃に貫通されたのだ。

中性子銃が身体を伏せた静香の前にどさりと落ちた。若い男は胸を押さえ、信じられない表情で立っていた。

静香は眼前の中性子銃に覆いかぶさった。中年男がサイドワインダー砲を夏目へと向けた。

その時、船内の上下が逆転した。サイドワインダー砲の男も特殊爆弾の女も、天井へと叩きつけられた。周囲が、乗客たちの絶叫で支配される。夏目が床にへばりついているのが見える。

静香は知った。あの頼りなさそうな若者が、今、操縦室でグラヴィティコントロールを操作したということを。一瞬、リング状の乗客室の回転を停止させたのだ。無重力状態を起こして、ベルトを着けていないハイジャッカーたちの自由を奪ったことになる。

女はまだ失神しているらしい。だが、サイドワインダー砲を持った中年男が、ゆっくりと起きあがった。頑強な奴だった。たとえ数万メートルの上空から落下しても、平然と起きあがりそうな奴らしい。ただ、先程までと決定的にちがうのは、怒りに顔を震わせているることだった。

サイドワインダー砲の照準は、すでに夏目に合わされているらしい。静香は夏目に視線を向けた。夏目は素手でいる。静香は息を呑んだ。先ほどの重力変動で、熱射銃を落としてしまったらしいのだ。

中年男は大声をあげて笑った。サイドワインダー砲の照準の中に夏目の脂汗《あぶらあせ》が見えているらしい。

中年男の笑いが、ますますかん高く変わったとき、男は胸に巨大な風穴を開けていた。夏目は見た。静香が中性子銃を握って、身体を震わせている姿を。

勇気というものではなかった。

静香にとって、夏目を守るには、それしか方法がなかったのだ。夏目は大きく溜息をついていた。

「ありがとう静香さん。立派な戦士ぶりだよ」

夏目に身体をささえられても、静香は身体をぶるぶると震わせていた。

「今の奴らは汎銀河聖解放戦線の連中だよ。この宇宙船を乗っ取るつもりだったらしい」

静香は、夏目の言葉に耳を疑った。茫然《ぼうぜん》と立ち尽くした。震えが身体から嘘のように去っていった。失神している女は、乗客たちに取り押さえられているらしい。

「でも、身体が動いたわ」

「それは、そう。離陸のときに言いかけたけれど、逆に言えば、静香さんは、相手を汎銀河聖解放戦線と知らなければ殺すことも可能だと言いたかったんだ。それを今、静香さんは証明したことになる」

静香は複雑な気持ちに襲われた。じゃあ、どうやって復讐相手に立ち向かっていけばいいというのか。

「素質は充分だ。立派な戦士になれますよ、静香さん」

そう、夏目は言った。「しかし、まだ問題が残っている、この宇宙船だ。メフィスまで、操縦士なしでどうやったらたどりつけるものか……」

いつの間にか、ラッツオが操縦室から帰っていた。おずおずと口をはさむ。

「そ、そのう、ぼくに操縦させてもらえませんか」

夏目は呆れたような声を出した。

「おまえが？」

「え、ええ。宇宙船の操縦なんて、わりと簡単なんです。ライセンスですか？　実は……無免許なんですが。いや、ほんと。宇宙船なんてホント簡単なんです」

夏目と静香は、顔を見合わせた。

「おまえは、いったい何者なんだ」

ごくりとラッツオは唾《つば》を飲みこんだ。金を不当な手段で手に入れたこと、熱射銃を船内に持ちこんだことはむろん、まだ、本名を言うわけにはいかない。何と名乗ればいい……？

「ラ、ラッツオっていうんです。メフィスで……働くとこを探そうと思って」

10

〝メフィス・エキスプレス〟は、メフィス宙港に正規の航宙士なしで軟着陸した。操縦したのは、〝ラッツオ〟だ。一見ドジで間抜けで、貧相な小男の若者に、三百名の乗客は、その生命を託したことになる。

着陸の数瞬、あの冷静沈着な夏目でさえ、脂汗を噴き出させていた。成功の瞬間、〝メフィス・エキスプレス〟の船内は、拍手と歓声に包まれた。まるで、お祭り騒ぎと化した。

乗客のほとんどが、航宙士がハイジャッカーによって殺害されたことを知っていた。しかし、現実に誰によって〝メフィス・エキスプレス〟が動かされていたかを知っているものは少ない。ただ、未知の熟練した航宙士が偶然にこの宇宙船に乗り合わせていたにちがいないというふうには、理解していた。

とにかく災厄の旅が終わった瞬間に、すべての乗客は緊張から解放された。シャンペンの栓《せん》が音をたてて抜かれ、クラッカーから紙吹雪《ふぶき》が弾《はじ》けていても不思議ではなかった。

そんな歓喜の騒ぎの中で、操縦室の扉が細く開き、黒っぽい服装の小男がこそこそと脱《ぬ》け出した。ラッツオだ。ラッツオは船内の乗客たちのはしゃぎぶりに、仰天したように目を丸くした。それから、自分は何も悪いことはやっていないとでも言いたげに身震いし、静香たちの席に飛んできた。

席に着いたラッツオは、ふうと一つ大きく溜息をつき、目をとろんとさせて呟いた。

「最高でしたね。ラムジェット・エンジンって、あんなにノリのいい機関とは思いませんでした。大宇宙を翔《かけ》まわるって、あんなにいい気持ちになれるとは驚きましたね」

静香はラッツオに「やったわね」と賛辞を送った。だが、当の本人は、「え、そうですか……」と狐《きつね》につままれたような顔で、何の不思議もなさそうにしている。

夏目はラッツオに言った。

「宇宙船に熱射銃を持ちこんだことについては、何も聞かないほうがいいか?」

ラッツオは、はっと我に返ったらしかった。「は、はあ。聞かないでください」

夏目はうなずいた。

「後ろめたいことがあるんだな」

何か言おうとするラッツオを夏目は指で制止した。

「言いたくないのなら別に言う必要はない。おまえは、メフィス・エキスプレスの三百人の乗客を助けたのだからな。人殺しをやったとかでないのなら、たいていの罪は、私は見逃すつもりだ。私が聞きたいのは、ラッツオ、あんたが、このメフィスに単なる職探しで来たか、あるいは、ヤポリスを逃げ出して、これからメフィスで生活するつもりできたのかどうかということだ」

ラッツオは不安だった。在人類惑星条約機構の夏目にどれだけ心を開いていいものか。三白眼の痩せた殺気のかたまりのような男に。しかし、覚悟を決めなければならなかった。

「別に……あてはないんです。とにかくヤポリスにいるわけにはいかない。できたら、メフィスで生活の糧を地道に得ていこうかと」ラッツオは吃《ども》りながらそう答えた。

夏目は、ブルゾンのポケットからカードを取り出し、何やら書きこみ、ラッツオに手渡して、目玉をぎょろりと剝いてみせた。

「もし、あてがないというなら、ここを紹介してやろう。高給は望めないが、安定しているはずだ。ここの主人を訪ねてみろ。レストラン・ハズラッドという。私がコメントを入れておく。私の行きつけのレストランだ。とりあえずの寝泊まりの場所は、主人が何とかしてくれる」

ラッツオは目を輝かせた。「ありがとう、ございます」

船外には、人々が集まっているようだった。すでに非常用扉が外部から開かれ、騒ぎの状況が三人の席まで漏れ聞こえてきた。報道関係者らしい声がした。何とか船内へ入りこもうともみあっているらしい。それを制しているのは、惑条機構の人間か、あるいはメフィスの治安官らしかった。

「先に出よう。関わりあっていてはまずい。それは三人とも同様だ」

夏目が立ちあがった。

「ぼくもですか？」ラッツオが不思議そうに目をくるくると回す。

「ああ、静香さんは、目的を果たすまでは、公《おおやけ》に顔を知られるのはまずいはずだ。ラッツオも、後ろめたいことがあるんだろう。私は立場上、これ以上、汎銀戦と顔馴染みにはなりたくないしなあ」

「は!?」

「別に詮索《せんさく》するつもりはないが、ラッツオはヤポリスでは、どんな仕事をやっていたんだ。正直なところを教えてくれ。メフィスの治安官に言いつけたりはしない」

「ホテルに勤めてました。いろんな仕事をやったのですが、最後はニルバナホテルというところで、働いていたんです」

答えを聞いて、夏目はにやりと笑った。

「そうか、接客の仕事か。レストランの仕事も充分にこなせるな」

「は、はい」

「じゃあ、早急にここを出よう。それから、メフィスでは善良な市民が熱射銃を持ち歩くのは流行《はや》っていない。熱射銃は私が預かる。銃を入れておいた銀色の袋も一緒にな」

ラッツオが文句をはさめるはずもなかった。夏目の口調には、有無を言わせないものがあった。それに、職を斡旋《あっせん》してくれたという信頼感も手伝っていた。

「お願いします」とだけ言って、銀色の袋ごと熱射銃を夏目に差し出した。

降り始めた一般乗客たちの背後の非常用エレベーターから、緊急避難ハッチを抜けて、夏目を先頭に三人はメフィスへ降り立った。

驚く警備員たちの前に、夏目は惑条機構のバッジを示し、誘導を頼んだ。

在人類惑星条約機構のメフィス宙港内分室へ案内された夏目は、しばらく静香たちの前から席をはずしていた。宇宙船内の状況報告と、それに伴う事務手続きでもしていたのだろうか。

しばらくして、夏目は軍服姿で静香たちの前へ現れた。ラッツオは、軍服姿の夏目を見て、あらためて目を見張った。

「惑条機構の者に、新しい勤務先まで案内させるよ。荷物は？」

「い、いえ、これだけなんです」

そうか……、と夏目はうなずいた。

「あ、あのハイジャッカーたちは？」

「ああ、汎銀河聖解放戦線の行動隊の連中だ。自分たちの存在をアピールするための作戦だ。詳細については、報道されるはずだ。もっとも我々三人については何も触れられない。一部の乗客の英雄的行動によって危機が回避されたという程度には触れられるはずだが」

「は、はあ」ラッツオは安心したらしく笑みを浮かべた。

「さあ、ラッツオ、送らせるよ。元気でがんばるんだな。ときどきは様子を見にレストラン・ハズラッドを訪れるよ」

ラッツオは静香に握手を求めた。それから夏目の顔を見やって、彼女に「お幸せに」と告げた。静香は苦笑した。ラッツオは明らかに誤解しているらしい。

「また会えるような気がします」そうラッツオは言った。

静香は微笑を返した。「私もよ」

ラッツオが部屋を出ると、夏目が静香に言った。

「さあ、静香さんの訓練所へ行こう。さっきアポをとっておいた」

「訓練所ですか？」

「ああ。しかし、惑条機構の公式なものではない。惑条機構の兵士になるわけではないのだから。そんな生ぬるい訓練を受けるわけにはいかない。どんな状況の野戦にも、たった一人で対処できる究極の養成施設が必要となる。しかも、短期間で戦士に仕上げてくれるスペシャリストに教わらなければならない」

静香は思わず唇を噛んだ。夏目の表情の固さは予想以上のものがある。

「覚悟はできています」

「教える奴も半端なことはしない。訓練中に静香さんがやめたいと思えば、いつでも訓練を中止させる。そのときは、静香さんは、自分に戦士としての適性がなかったのだとあきらめてほしい。また、訓練中に静香さんの肉体が限界を超えてしまって、戦士としての最低限の行動がとれないようになっても、訓練の教師役を恨まないこと」

「はい」

静香の返事は淡々としている。今さら、何の迷いもあるはずがない。

「今からでも、訓練を中止させてもいいのだが」

夏目は、少し甘やかすような口調で言った。

「さあ、行きましょう」

さえぎるようにきっぱりと言い、静香は立ちあがった。

荷物をスピナーに積みこんだ後、夏目は、静香にしばらく待ってほしいと告げ、在人類惑星条約機構の分室へ再び足を向けた。

夏目は部屋へ入るなり、大至急ヤポリスに連絡をとれ。そして、ニルバナホテルを中心にして、非公式に情報を流すんだ。ラッツオという若い男は、メフィスのレストラン・ハズラッドというところで働いているとな。

それから、治安官を二人、常時レストラン・ハズラッドに張りこませるんだ。変わったことがあれば、いつでもかまわない、私に知らせろ。私だ。対ゲリラの夏目だ！」

通信担当の若い男は、夏目の言葉に目を剝いた。

「さっきの若者を餌《えさ》にするんですか。危険ですよ。あの若者が……。汎銀戦はどんな奴を送りこんでくるかわからない」

夏目は眉一つ動かさない。

「おまえの職務には関係ないことだ。だが、一つ教えてやろう。ラッツオという若者が手にしていた熱射銃入りの銀色の袋にな、一本の髪の毛が付着していた。この部屋の分析装置の結果をＤＮＡ検索した。ここにあるボロ端末にしては予想外の答えが出たんだ。

あのラッツオという男、汎銀戦の狛犬《こまいぬ》の熱射銃を手に入れたらしい」

「狛犬？」

「はは……テロ工作員の一人だ。ア・ウンという男だ。狛犬という呼称は、その名前から来ている」

若い通信員は、あんぐり口を開いた。

「あの汎銀戦のトップクラスのテロリストという……」

「そうだ。だからこのギャンブルにはそのくらいのチップを張ってみる価値がある。しかも、ア・ウンという男は極度にプライドが高く、復讐心の強い奴と聞いている。ラッツオがア・ウンに何かやらかしていたのなら、必ずラッツオを放ってはおかないだろう。ア・ウンは執念深い男でもあるらしいからな」

夏目は、そう言い残して踵《きびす》を返し、部屋を出ようとした。ブザー音が鳴り、若い通信員が話し始めた。通信員は会話をやめ、夏目を呼び止めた。

「待ってください。惑星ヤポリスのほうはＯＫです。ただ……」

「何だ」

「数日前に、ヤポリス・ニルバナホテルは火事で焼失したそうです。オーナーは、殺害されました」

夏目は振り向いた。

「射殺されたのか？」

「いえ、ばらばらに全身をちぎられていたそうです」

11

スピナーはメフィスの首都メフィスシティを抜けた。白い平屋ばかりの街並みから、赤茶けた大地の上を低く飛び続ける。メフィスは土と沙漠の惑星だ。メフィスシティの周辺では、まれに人工の川や緑の木々を見ることができるが、それ以外の場所では、赤茶けた大地が広がるばかりだ。

市街を出ると風景は変わることがない。市街の周辺には、キャンプを張った貧民たちが群居しているのがわかったが、二十分もスピナーを走らせるとメフィスシティも点と化し、目をこらさないと、あたりの光景の中から見つけ出せない。

起伏もない。岩もない。荒地が続く。白色矮星《わいせい》ドルの光がじりじりと大地を焦《こ》がしているだけだ。

この惑星メフィスは、在人類惑星条約機構に属する星々のちょうど中央部に当たるということで、機構本部が設置されている。しかし、広大な宙域で、人類が生体維持装置を装着することなく過ごせる場所があるという確率は非常に低いのだ。

「ヤポリスという星が、奇跡に近い特異な存在なのですよ。快適さにおいてはね。この星だって、居住用の建造物の中にいて生活していくかぎりでは、天国です。在人類惑星条約機構に属している星の中には、もっとひどいところが無数にある。ただ、未開発地のメフィスの環境というのも、けっこうひどいものではあるのですが」

ハンドルを握る夏目が、横目で静香を見やりながら、そう説明した。「そして、これから静香さんが訓練を受けるのも、その未開発の地域でということになる」

静香は、何か返事しようとしたが、なぜか喉を喘《あえ》がせただけだった。静香はそんな自分に驚いていた。夏目はチューブの先についた球状のものを左手で助手席の静香に差し出した。

「この星の気圧は薄いんだ。少し、酸素を補給したほうがいい。しかし、いずれ、静香さんも馴《な》れなければならないんですよ」

静香は首を横に振り、球状の酸素補給装置を使うことを断った。夏目は、やはりというようにうなずいた。

「そうですか。それに、重力も、少々しんどいはずだ。一・二四Gある。ヤポリスが〇・

九六Gだったから、運動の際、肉体にかかる負担が、静香さんの場合は他の星から来た人より大きいはずだ。ちょうど全身に数キロのハンディキャップをぶらさげているような感覚がしませんか。ヤポリスからメフィスに来た旅行者が口を揃えて言うことがあるんですよ。メフィスで安らぎを得ることができるのは風呂の中だけだ……と。風呂に入れば己《おの》れの重みを感じないでいられるらしい。しかし、このメフィスで水をふんだんに使う風呂は、金塊を使うほどの価値がある」

そこで夏目は嬉しそうに声を立てて笑った。「もっとも訓練中は、風呂に入ることなど望めないでしょうが」

静香は、助手席で喘いでいるだけだ。

「あそこですよ」

ぽつんと赤茶けた平屋の家が見えた。背後の風景と同じ色調の泥の家だ。ただ、影が大地に伸びていて、そこに直方体の素っ気ない家が建っているとわかる程度のものだ。

その家が遠景の中に突然現れ、スピナーが猛速度で近づくにつれ、大きくなっていく。

スピナーが家の前で停まった。

人の気配はない。

二人はスピナーから降り立った。夏目は外に静香を待たせて、家の中へ入っていく。しばらくの時が流れた。立っている静香の頰を汗が滝のように流れていく。

外気は四十度を超しているのだろう。むしむしする不快感はないが、日光が肌にあたった部分に〝痛い〟感覚さえある。

「いない」と言って夏目が再び表に姿を見せたときだった。夏目が、もんどりうって、前に倒れたのだ。そのまま夏目の足が宙に浮かんだ。足の部分が土煙で覆われていて不鮮明だが、何か巨大なものに足をとられたらしい。それが人の形をしたものだということは、静香にもわかった。夏目は宙吊りにされたまま瞬発的に身を丸く縮め、右手でガンホルスターから熱射銃をとった。

身体中を赤土にまみれさせた怪人が、はあっ、はあっ、と大声で笑った。

「その気になりゃあ、ナツメをひねり潰していたよ。ひさしぶりだねぇ、ナツメ」

その声を聞いて静香は耳を疑った。若い女の声なのだ。

声の主は大地に夏目をどさりと放り投げた。

「そんなことにはならないさ。すでに私の熱射銃は、おまえに狙いがついていた。持ちあげられて、おまえの悪戯《いたずら》だとすぐわかったから、されるがままにしていたんだ」

夏目の口調は少々くやしそうだった。女の声は再び、はあっ、はあっと豪快に笑い、身体中の泥をはたいた。なんとか顔形や服が判別できるようになった。

大女だった。

静香の頭は、その女の胸までもない。

「静香さん、彼女が教師役だ。〝ドゥルガー〟という。もっとも本当の名前は知らない」

ドゥルガーと呼ばれた女は、白い歯を見せて笑った。黒褐色の肌のゆえにその白さが際立つのかもしれない。アーリア系と呼ばれる顔立ちをしていた。黒く大きな眉、切れ長の大きな目、大きな口。すべての造作が際立って大きい。

確かに巨大な女だが、身体は、引力の低い星で生まれた者特有な華奢《きゃしゃ》な感じはない。どちらかというと豊満なプロポーションという印象だが、軽装の戦闘服から伸びた腕に無駄な脂肪など一グラムも付着していないようだった。

「彼女が、連絡しておいた静香さんだ」

ドゥルガーは腕組みし、静香の全身を舐めるように見まわす。

「あたいは、お遊戯は知らないよ。どのくらいの期間で、どの程度までに成長させればいいんだい」

「できるだけ早急に仕上げてくれ。一人前の戦士にするんだ。銃火器の熟練度、サバイバル能力、格闘技、……判断力、冷酷さ、非情さ……すべての面で超一流の一匹狼《おおかみ》の戦士に変えてくれ」

ドゥルガーは、腕組みをしたまま、うなずくだけだ。そして急に口を開いた。

「あんたは、子供を産んだことがあるね」

「は、はい」静香は直立して答えた。

「あの苦しみに較《くら》べりゃ、どんな苦痛も耐えられるさ。ただ、こちらの訓練には、産みの苦しみの後の喜びというものは存在しないけれどね」

「は、はい」

「男なんて、ひどいもんだよ。数カ月前に、三人の新兵をナツメから預かったんだが、二人は訓練中に苦痛に耐えられずに死んじまった。残りの一人はなんとかまともに育ったんだがね。……もう消耗《つか》ったのかね」

「ああ、つかった」

夏目がこともなげに言った。

ドゥルガーが静香に向かって言った。

「何の訓練をあたいが頼まれたと思う？　人間爆弾の訓練をしたのさ。汎銀戦のゲリラが立てこもった場所へ突入して爆死するんだ。惑条機構の星の一般人は、そんな報道は目にしたことないだろう」

「あまり、無駄話をするんじゃない」夏目が不機嫌そうに言った。ドゥルガーがまたもや馬鹿笑いをした。

　ふっと笑いが消えた。

「もう、あんたは用がないよ、ナツメ。帰んなよ」

「こちらも、そのつもりだ」

　夏目はうなずいて、静香に目で合図を送った。その目は「がんばれ」と言っていた。

　そのまま夏目はスピナーにもどり、無言のまま乗りこむと、凄まじい速度で飛び去っていった。

「シズカ。あんたは汎銀河聖解放戦線のエネル・ゲに一人で復讐するんだってね」

　大女が、静香を見下ろして言った。

「は、はい」

「あたいも、汎銀河聖解放戦線が憎くってたまらないんだよ。なぜかっていうとね、あたいはもともと汎銀戦にいたんだ」

　静香の肉体がぴくんと反応した。その変化をドゥルガーは凝視した。

「今はちがうさ。しかしね、〝研修中〟は、汎銀戦の連中を憎む以上にあたいを憎みな。でもあたいの言うことが絶対なんだよ。あたいの命令を無条件に実行するんだよ。

　あんたはインテリかい？」

いいえと、静香は首を振る。それには謙遜《けんそん》もあった。ドゥルガーはにんまり笑った。

「そうかい。あたいはインテリは大嫌いさ。あたいは頭が悪いんだ。でもね、頭のいい連中をこんな場所に引っ張り出すと、あいつらすぐに死んじゃうんだよ。もっとも、あいつらは、こんな場所に出てきはしないけどね。はなっからさ。それに、そんな連中は、すぐに屁《へ》理屈をこねたがる。『こんなことは無意味だ』とかさ、『実用性が薄い』とかさ。そんなの糞喰《くそく》らえってんだ。頭でどう考えても、戦争じゃあ生き残れないんだよ。あたいが身体で覚えたことを教えようというんだ。理屈なんか、お呼びじゃないよ。あたいが『糞喰らえ！』って言ったら、シズカは糞を喰わなくっちゃならないんだ。できるかい」

「…………」

静香は、目を丸くしていた。

「できるかい!!」

ドゥルガーは大声をあげた。

「やります」

静香は言った。それからドゥルガーを見た。ドゥルガーは右手を広げ耳に当てていた。聞こえないというジェスチャーらしい。首を横に振る。

「できます」

再びドゥルガーが首を振る。

「できます」そんな発声が、数回続いた。

大きく静香は、肩で息をした。気圧の低さと高温で、すでに疲労しきっていた。四方の永遠に続くような赤い大地全体が、ゆらゆらと熱気で揺れている。

ドゥルガーは、家の中へ黙ってひっこむと、コップの中に半分ほど入った液体を持って現れた。

「喉が渇いたんじゃないかい」

静香がうなずいた。その瞬間、ドゥルガーの左手が、静香の頬に飛んだ。静香は五メートルも宙に飛んだ。

「あたいが質問したときは、でっかい声で、はいと返事をするんだよ」

ドゥルガーが大声で吠《ほ》えるように叫んだ。

静香はすぐに立ちあがった。大地の熱気が倒れた背中に直《じか》に伝わってくるのだ。静香は「はい」と大声で答え、歯をくいしばった。

「これを飲みな」

「はい」

静香はドゥルガーの差し出した乳白色の液体を飲んだ。たしかに喉が渇きを訴えていた。

しかし、とても飲料用のしろものではない。ねっとりとした柔らかいゾル状のものだ。腐りかけたカビのような臭《にお》いもある。嘔吐《おうと》感を必死で克服し、その正体のわからない液体を飲みこんだ。少し、渇きが癒されたような気がした。

「うまいかい」

「はい」それは嘘だった。

「うまいはずは、ないさ。それは、このメフィスの礫土原虫の溶液さ」

静香は自分の耳を疑った。

「レキドゲンチュウ……ですか？」

「ああ」ドゥルガーは、ぼりぼりと自分の頬を掻《か》いた。

「どんな環境の中でも、戦士は生き延びなきゃなんないんだ。そのために一番いい方法は、その環境の中に同化するこった。メフィスの礫土原虫を身体の中に飼っときゃ、目に見えない虫たちが、あたいたちが生きていくのに都合のいいようにちゃんとがんばってくれんのさね」

静香は、自分の身体の中が何やら正体のわからない白い虫に占領されてしまったということが信じられなかった。それは、静香の想像世界で急速に肥大化して、吐き気という反応で表れた。しかし、脱水症状を炎天下で起こしかけた胃の中からは、裏腹に何も出てこない。

「大丈夫だよ。原虫たちは、あたいたちがこの原野から逃げ出したら、自然と身体の中で死滅しちゃうんだから」

ドゥルガーは平然とそう言った。それから「さあ、訓練を始めようかね」

「はい！」

ドゥルガーはにんまりと笑みを浮かべた。

「服を全部、脱いじまいな」

静香は一瞬ためらった。すぐに、ドゥルガーの罵声《ばせい》が飛んだ。

「何をぐずぐずしてんだよ。ここを戦場だと思いなよ。服を脱がなきゃ殺されちまうというときは、一刻も早く脱ぐんだ。なぜとか、考える必要はないさ。あたいが脱げと言ってんだから。

恥ずかしいとか、怖いとか、汚いとか、そんなことは考えるんじゃないよ。生き残るには必要ない感情だからね。極限で助かるには、世俗の常識を尺度にしちゃいけないんだ。

さあ、脱ぎな。素っ裸になるんだよ」

「はい」

もちろん、四方が荒地のこの場所には、羞恥心《しゅうち》を感じさせる者は誰もいない。ドゥルガーが、何のためにそんな行為を要求するのかは、静香にはわかるはずもない。しかし、ドゥルガーが戦士になるために脱げというのであれば、それに従うしかない。静香は「やる」と誓ったのだ。

静香は靴を脱ぎ、すべての着衣をドゥルガーの足もとに置いた。

「あんた、子供を産んだんだよね。そのわりには、身体の線が崩れてないじゃない」

ドゥルガーは、妙な感心の仕方をした。静香はどう答えたものかわからない。

「ありがとうございます」とだけ言った。

一度、ドゥルガーはうなずき、腕組みした。

「今日は、簡単なものをやるよ。初日だからね。日が沈むまで、そのままの格好でいな。誰も覗きにくる奴なんていないから安心することった。何をやってもかまわない。ただ、あの家の中に入っちゃいけない。そのままの姿で、夕方まで過ごすんだ。いいかい」

12

その夕方まで静香は灼熱《しゃくねつ》の赤土の上で、苦行を強《し》いられることになった。日中の最高気温は六十二度まで上昇したのだ。

「礫土原虫を飲んでなけりゃ大火傷《やけど》のところさ」

ときおり、家の中から様子を見に出てきたドゥルガーが、静香に言った。

これまで静香は、これほどの強烈な直射日光に全身をさらしたことはなかった。その白い肌を白色矮星《わいせい》の光が灼《や》いていた。

気圧が低いため、大きく肩で息を吸わねばならない。口を開き、喘ぐように吸いこむと、熱気の塊が飛びこんでくる。

肺の腑《ふ》が暑さを感じるという話など、それまで静香は聞いたことはない。眩暈《めまい》を感じて、そのまま気を失いかけた。倒れた瞬間、土に触れた肌を大地の熱が襲った。あわてて身体を大地から離すと、土の上についた汗の粒の黒いしみが、みるみる小さくなって蒸発していった。

陰が欲しかった。直射日光から逃げたかった。

「どうだい、苦しいかい。つらいかい。だがね、汎銀戦の連中がアジトに使いたがるのは、もっとひどい場所ばかりのはずなんだよ。こんなところでじっとしてるのも無理なら、はなっから、あきらめちまえ」

静香は黙っていた。

ドゥルガーは近寄ってきた。静香は張りとばされることを予想した。

「あんた、見込みあるかもしれん。この前の若い男たちは、今頃は泣き叫んでいたからねえ。

でも、気がついたから、言っとくさ。あんたは陰気だよ。雰囲気が暗いよ。どうせ訓練を受けるんだ。もっと明るくいきなよ」

夕刻近くになると、全身の感覚が失われていた。明るくなれと言われたものの、さすがに鼻唄を口ずさむ余裕などない。礫土原虫の助けがなかったら、静香の全身は火ぶくれで覆われていても不思議ではなかった。

のたうちまわった時もあった。しかし、そのような行動は、最終的には体力を消耗させるだけなのだ。

熱気の作りだす陽炎《かげろう》の中で、静香は白い蝶《ちょう》をみたような気がした。それが幻覚であることはわかっていた。しかし、静香は、その蝶が自分の化身であるような思いにとらわれた。

戦士として、自分は今、蛹《さなぎ》から蝶へ変わろうとしているところなのだ。そして、幻影の中に現れた蝶は立派に戦士として通用するようになった未来の己れの姿なのだ。そう思った。

すでに羞恥心は存在しなかった。これは苦行なのだ。拷問ではない。汎銀戦への恨みを蓄積させ増幅するためのプロセスなのだ。そう自分に言い聞かせた。

ドゥルガーに「入んなよ」と夕闇の中で招かれたとき、身体がうまく反応できなかった。だが、ドゥルガーは静香に手を貸すことはしなかった。

静香は室内に入ったが、着衣が許されたわけではない。そんなことは、気にならなかった。ただ消耗しきっていた。

「食べなよ」

食卓の上に、どろりとした紫色のものが土器の碗《わん》に盛られていた。ドゥルガーはサリーを着込んでいる。白一色の一枚布だ。戦闘服をつけているときと較べて格段に女性らしい姿だった。

「夕食だよ。毒じゃないから、安心するこった」

部屋の中は白い壁だった。その壁には一面に赤や黒の染料で、寺院や人物、それに怪物や魚、獣が描かれていた。一見稚拙に見えるのだが、独特の筆遣いがわかる。

静香はしばらく、茫然《ぼうぜん》とした表情で、絵に見とれていた。ある種の宗教画のようにも見える。

「何を見とれてるんだい。これは、あたいが書いたのさ。書きかたは子供のころマミイに教わったんだ。これは、ダシャラーの祭りを描いたもんさ、一人で暮らしていると、暇なときは時間をもてあますんでね。戦士《クシャトリア》の女のたしなみというやつさ」

静香は食欲はなかった。しかも食べられそうもないものが食卓に並んでいる。

腐敗臭のあるゼリー状の紫色のものを、無理やりスプーンで口の中へ押しこんだ。一度ならず、もどしそうになったが、無理に静香は飲みこんだ。激烈な辛《から》さとえぐさ。

「そりゃあ、飛びナメさ。他に、このメフィスの荒地で食べるものは何もないんだからね。礫土原虫も入っているし、生きてくのに必要な栄養は全部入ってる。食った後、口の中が気持ち悪いのが、欠点と言えば欠点なんだけどね」

そうドゥルガーはこともなげに解説した。

ドゥルガーは自分でも気がつかずにいるが、壁に描かれている手法は地球の古《いにしえ》からインド東部で母から娘へと描き続けられるミティラーの民俗画なのだ。ヒンドゥーの神々や習慣を、独特な様式で土間や壁に描いてきた。それは、インド東部の血を体内に残した女性の一種の本能に近いものだ。

飛びナメの料理にしろ、そうだ。飛びナメという材料に、さまざまな香辛料を加え、素材の姿さえ想像できない存在に変貌させてしまっているが、その香辛料のあわせかた一つにしても、インド東部の香辛料の種の記憶がドゥルガーに影響を与えている。灼熱の地域で、激烈な辛さを味わうことで新陳代謝機能を促進させ、肉体の衰弱を防止する……。

古くからのインドのアーリアの血が受け継がれ、地球の環境を飛び出す。そして、子から孫へ習慣や風俗だけが引き継がれていき、メフィスの人一人いない荒地の一軒屋の内部に民族の文化の記憶が、本人も知らぬうちに生き残っている。そして、そのことを知る人は誰もいない。

静香は、身体の震えを感じた。夜になってから、外気温が急速に低下している。メフィスの荒地では、昼夜の温度差が八十度もあるのだ。

「眠るまで裸で我慢しな。できるだけ裸に慣れるんだね。人が生身で歩けないような星では、生体維持装置のついた戦闘装甲服を着けなきゃならない。そのときは、装甲服は必ず素っ裸でつけるんだ。相手が自分と互角の腕と反射神経を持っているときは、必ず、素っ裸のほうが装甲服はまたたきの間だけ早く反応してくれる。鉄則だよ」

「はい」

静香はそう答えた。

その夜は、それで終わった。食事を終えたと同時に静香の意識がなくなったからだ。第一日目、静香は完璧に消耗し尽くしていた。

だが、まだ本格的な訓練に入ったわけではない。

次の瞬間、静香はベッドの上から転げ落ちていた。

いや、ベッドが横倒しになっていた。静香はあわてて飛び起きた。窓の外は、まだ暗い。

「朝だよ。あたいより眠ってどうするんだ。あと三十分で日が昇るよ」

ドゥルガーの罵声《ばせい》が響いた。ベッドは、ドゥルガーが蹴倒《けたお》したものらしい。

静香は直立不動の姿勢をとり考えた。前夜、床についた記憶はない。とすれば、静香を寝かせたのはドゥルガーということになる。

「洗面と排便と食事を十五分間ですませるようにね」

水はふんだんにあった。この荒野で上水道設備も見当たらないのに、カメの中からぜいたくに水を使えるのが、静香にとっては不思議だった。

「トイレはどこを使うんですか」

便所が見当たらないのだ。静香はうろたえていた。

「便所ぉ。何言ってるんだ。日当たりのよさそうな場所にやっときよ」

「は？」

「糞はね。礫土原虫が、シズカの腹の中で、すごく熱効率のいい燃料に変えてくれているからね。乾燥すりゃ、料理のときの煮たきに使えるじゃないか。自分のトイレの場所くらい自分で決めな。

あ、燃やしやすいように、用をすませたら、薄く丸く伸ばしておくんだよ。その形がいちばん火持ちがいいんだ」

朝食は、コップ一杯の礫土原虫のゾル状のものと、何か植物の種子を粉状にくだいたものだった。それに水。

こんなにおいしい水を飲んだのは生まれて初めてではないかと、静香は実感した。

食事が終わると、バケツを二つ持たされた。

「水を採取する場所を教えるよ。水は、一日に一回しか採れないからね」

ドゥルガーはそう言って、静香を従えて、歩き始める。

泥の家から三十メートルほど離れた場所に、地面に合成樹脂の蓋《ふた》があった。蓋の中は、広い穴になっている。土中の水分が、水蒸気となってこの穴の中に充満するらしい。それが特殊な合成樹脂により、穴の底にある壺《つぼ》の中に溜《た》まる仕組みになっていた。

その装置は、昼夜の温度差が激しい環境で初めて効果を発揮する類のものだった。土中のわずかな湿気が集められて温度の低下で凝縮するのだ。

静香は壺の中へバケツを入れようと、腰をかがめた。

「気をつけなよ。シズカ」

ドゥルガーがかけた声が終わらないうちに、それは突然に静香の胸に飛びついてきた。

ぬらりとした感触が静香の肌にあった。

ドゥルガーが、静香の悲鳴と同時に飛びかかり、静香の胸のものを弾きとばした。小動物だった。羽をばたつかせ、土の上を円を描きながらもがいていた。

「何ですか、これは！」

「これが飛びナメさね」

名が体を表すのにこれほどぴったりの存在はないと静香は思った。

三十センチほどの体長の軟体動物だ……。というよりも、ナメクジと呼んだほうが早い。全身が淡い紫色をしている。頭部には無数の繊毛《せんもう》状の突起があるが、水分を身体に受けいれて、粘液を充分に分泌している。ただのナメクジと決定的に違う点は、身体の両腕から、薄い膜状のコウモリの持つ形の羽が生えているのだ。飛びナメというのは、飛びナメクジのことだったのだ。

「こいつは、生き物と見れば見境なく飛びかかってくる。自分が生存していくことに必死なんだ。こんな激烈な環境で宝クジに当たったみたいな生の享《う》けかたをしてんだ。短時間の生存期間に、できるだけ効率のよい餌《えさ》をとろうとしている。他の生き物に出あえば、その生き血をいただきたがるのは、飛びナメの悲しい性《さが》さね」

ドゥルガーが地面を這いずる飛びナメの両羽をつかんで、腰の袋に放りこんだ。昨夜、静香が、まずいと思いながら必死で飲みくだした夕食の正体と知って、再び吐き気が襲った。

「この飛びナメは、このメフィスじゃ、ちっとも特殊な生き物じゃないんだ。ここいらの土中を無作為に掘り返してみるといい。何万年、何十万年も昔から孵化《ふか》を夢みる飛びナメの卵たちが、小さな粒となって、無数に転がっているんだ。

何百万年も昔は、このメフィスも水分に恵まれた豊潤な惑星だったかもしれないよ。しかし、無数の卵たちは今、孵化の当てもなく、このメフィスの土中で眠っているんだ。あたいが水の採取装置をこさえたときも、比較的に飛びナメの卵の少ない場所を選んだのさ。でもね、いくつかの卵は残ってたんだね。そんないくつかが、採取装置の湿気で生命を取りもどして誕生するんだ。

何とか食えるだろ。まずいもんじゃないと思うよ。この蘇生《そせい》した飛びナメの連中も、自分が生きるために、血を求めてあたいたちを襲いたがる。あたいたちも食をとるために少々の飛びナメを必要とする。

おたがいさまじゃないかね」

なんとグロテスクな小動物が存在するものかと、静香は思わず眉をひそめた。悪魔にしかこのような生物は創造できないのではないか。何万年も卵のままで生を得る機会を待ち、成虫と化せば他の小動物の原形質や血を求めて襲いかかる。

「訓練中に発狂した若者が、ここの泥を喰ったことがあるのさ。卵の状態だった飛びナメが、若者の体内で瞬時に孵化しやがった。それも一匹や二匹じゃない。若者は、内部からあっという間に血みどろの蜂《はち》の巣状になってしまった。

あのときの飛びナメの色は、真っ赤で、まるまると膨《ふく》れあがってたね。どんな小さなチャンスも貪欲《どんよく》にとらえて、あいつらは孵《かえ》っちまうのさ」

そのときから、静香は、自分が飲もうとする水に注意をはらうことになる。

白色矮星《わいせい》ドルの光が、点から筋と化して荒地の地平線に広がったときから、ドゥルガーの訓練が始まった。もちろん、静香は裸のままだった。

「歩け」「走れ」「止まれ」「跳べ」「腕立て伏せ」「歩け」「走れ」「止まれ」「跳べ」「伏せろ」「立て」「走れ」

単純な動作訓練だ。ドゥルガーの訓練の声は、未知の文明に伝わる民謡のように抑揚がない。しかし、一瞬、動作が遅れると、容赦なく、蹴りが飛んだ。しかも、痛みをもっとも効果的に引き出すのだ。だがうまく急所を外していることが静香にはわかった。

「復讐なら悔しがりな、憎んで憎んで憎むんだよ。だが、シズカの身体は、まあだネンネだ。戦闘に不要な脂肪の塊さ。その脂が全部、削《そ》ぎ落ちないと、次の訓練には移れやしない。

考えるんじゃないよ。憎むのはいい。でも考えて、身体を動かすんじゃないんだ。肉体が自動的に反応しなきゃあね。走れっ。止まれっ。走れっ。止まれっ」

訓練中のドゥルガーの表情は鬼神だった。目を剝き、全身の筋肉を振り絞り、静香とともに走った。男とか女とかの性を超越した存在と化していた。

その日中も気温は六十度近くまで上昇していた。礫土原虫との共生システムが静香の体内で完成したのか、前日のような眩暈や消耗感は感じなかった。日射による肌の炎症も起きようとはしない。それが静香には、不思議だった。

だが訓練の第二日目も長い。途方もなく長い。単調な動作訓練がいつ果てるともなく続く。

13

レストラン・ハズラッドは、メフィスの繁華街の裏通りにあった。客が十人も入れば席がいっぱいになる、小さな食堂と言ったほうがいい。その店で、ラッツオはウェイターとして働いていた。小さな店だが、料理はおいしい。そうラッツオは思った。

料理は主人が作る。毎朝、契約した沙漠農場へ足を向け、みずから気に入った材料だけを仕入れてきて、夕刻まで、じっくりと仕込みをやる。価格は少々高そうだが、限られた数の客のために、満足いく料理を提供するのを信条としているらしい。

悪い人間ではない。だが生真面目すぎる。つまり自分に妥協できない。仕事に関しては、頑固なのだ。「夏目さんの紹介ならば……」と主人はラッツオを住みこみのウェイターとして迎えてくれた。

一日に迎える客は、十五、六名というところだった。その少ない客のために究極の接客サービスをやってほしいと主人は言った。その主人の言葉を忠実にラッツオは実行している。

しかし、まだ、メフィスという異星の環境に完全に馴染んだわけではない。室内にいれば、ヤポリスにいた頃とあまり変わった点は感じない。ただ、走ったときにやや息切れがすることと、疲労感が夕方になるといつも襲ってくる。気温のせいかとも思う。空調パイプの設置された街並みを歩くときはいい。だが、ひとたび繁華街を外れると、その暑さには参ってしまう。

ラッツオが一番奇異に感じたのは、レストランの主人の材料の吟味法だった。農場から仕入れてきた野菜を、厨房《ちゅうぼう》でじっと凝視する。それから、ピンセット状のもので土くれを一粒ずつ、ていねいに除いていく。

ラッツオが主人に言ったことがある。

「そんな泥は、水で洗い流せば、すぐに落ちるんじゃありませんか？」

主人は、とんでもないという表情をした。

「飛びナメの卵をとってるんだよ。土にくっついている卵を全部とり終えたら、水で洗い流すのさ。モノには順序ってものがあるんだからな」

〝飛びナメの卵をとる〟と言われてもラッツオにはぴんとくるはずもない。異星の自分に理解できない、メフィスス独特の習慣やジンクスの一種というふうにしか考えられない。

そのレストラン・ハズラッドを監視している二名の私服の治安官がいることを、ラッツオは夢にも思っていない。レストランから半径二百メートルの地域に、一見、一般人と区別のつかない服装をした治安官が、何げない様子で張り込んでいるのだ。

それが、もう三週間も続いている。

停車したスピナーの運転席で本を読んでいる男であったり、メフィスのポピュラーな香辛料ビンロウインキンマの屋台の売り子であったりする。服の中には、遮防衣《バリヤー・スーツ》を着こんでおり、熱射銃の薄型を忍ばせているのだが、外観からわかることはない。

彼らは待っているのだ。

汎銀河聖解放戦線のスタッフの一人、ア・ウンの出現を。夏目の計略によって罠《わな》に彼が呼び寄せられることを。

しかし、それが、いつのことやら、また、ア・ウンがどのような男であるのかも、彼らは知らない。


実はア・ウンはけっしてあきらめのいい性格の人間ではなかった。必要な情報は、とっくに惑星ヤポリスで仕入れていた。

ラッツオが惑星メフィスに逃亡したこと。

レストラン・ハズラッドで働いていること。

しかも、宇宙船〝メフィス・エキスプレス〟乗っ取りに汎銀河聖解放戦線の連中が失敗した裏には、ラッツオという生意気なガキの活躍があったらしいこと。

このア・ウン様の逆鱗《げきりん》に触れたものは、その短い一生の残りの期間を苦痛と後悔にさいなまれることになる。常にそう考えている奴だった。そのア・ウンのエンマ帳の一番リストにラッツオの名前が載っている。

ヤポリスでクリーンリネス弾を使った工作では、惑条機構事務総長エルンスト・グレム暗殺という指令を、ア・ウンは相棒ガスマンの計画どおりに立派にやってのけた。

ガスマンのプランも重要だろうが、この計画の成功の九十パーセント以上は己れの冷静な実行力にかかっていたと考える。――そうだよな。ウン。――もちろんだ。ア。自問自答だ。

汎銀河聖解放戦線で物心がついてからというもの、ア・ウンは優秀な殺し屋であり続けた。汎銀戦の中で頭角を現すには、それなりの努力と天性を必要とする。しかし、ア・ウンにおいては〝努力〟の部分は何も必要なかった。彼にとって他人を殺傷することは、本能だった。

ア・ウンは特異体質者なのだ。文字通りに。どんな道具を使ってでも、殺人をやってのける。しかも快感を伴って。ヘアピン、マッチ棒、靴下、定規、そんな日用品でさえ、ア・ウンの手にかかれば凶器と化した。

ア・ウンの気分次第で、被害者の口の中へ宇宙美術全集の本が窒息用の道具として押しこまれたり、電子ペンが耳の穴から脳へ突き刺されたりする。前もって、ある殺しかたを選択しようというのではない。気分次第なのだ。ア・ウンはそのときの自分の気持ちを大事にしたいと常に願っていたからだ。

物心ついたときには親もなく、汎銀戦のキャンプの中で特異体質の子供が一人で生き抜いていくには、特殊な殺しの能力を充分に他人に認めさせることと、自分の心に素直に生きることを信条とするほかはなかった。それが生き残っていくための、ア・ウンにとっての知恵となった。

　自分の心に素直に生きれば、常識的に考えると、感性の豊かな人間が形成されると考えてしまいがちだが、実は、個人によってかなり格差がある。特にその人間の心の持ちかたが最初からよじれているケースはいけない。心に素直に行動すると、途方もなくわがままで周囲に迷惑をかけまくる存在になることがある。それに加えて異常性があると救いようがない。行動が、周囲はもとより、本人にも予測がつかず、加えて反社会性が伴うため、彼が足跡を残した後は叫喚《きょうかん》地獄と化しても不思議ではない。

　彼は殺意さえ持てば、手近にある道具類を使って立派に殺人をやってのける。師についたわけでも親に習ったわけでもない。それは、生まれついたときからア・ウンの身に自然と備わっている野生の本能のようなものだ。

　今回、汎銀河聖解放戦線の破壊テロ工作の標的が惑星メフィスの首都に決定したとき、ア・ウンは、その幸運を心から喜んだ。メフィスシティには、自分をコケにしたラッツオという元ホテル従業員がいる。

　〝クリーンリネス弾〟をガスマンが持ちこみ、テロ工作を完了させるまで、ア・ウンはガスマンの指示に従って行動することになるが、その任務遂行の間も充分すぎるほどの自由な時間を持つことができる。〝クリーンリネス弾〟の原理など、ア・ウンにとってどうでもいいことだ。効果は知っている。生活圏のすべてを零化《ゼロ》してしまうことのできる、ものすごい爆弾だと思っている。ガスマンのやれと言ったとおりに仕掛けて作動させる。ア・ウンにはそれで充分なのだ。この計画の成功の九十パーセントは自分にかかっている。自分こそ重要なのだ。そうに決まっている。

ガスマンの到着までには、まだ数日がある。その自由な時間をア・ウンは有効に使おうと考えていた。そう、あわててラッツオを殺すことはない。徐々に恐怖心をあおっていく。その恐怖が極限に至ったとき、ラッツオという若者は、自分がこの世に生をうけたことを心底、後悔するはずだ。それから、後悔という思考が不可能になるほど悲鳴をあげさせる。意識を失わせることは絶対にしない。最後まで意識を持ち続けさせて殺してやる。最後の仕上げはクリーンリネス弾工作の寸前まで楽しみにとっておこう。

よりによって、ア・ウン様の持ちものに手をつけたとはな。

ガスマンの到着までに、ラッツオに与える恐怖をどう演出しようか、ア・ウンは心を弾ませながら思い描く。——楽しみだよ。ウン——苦しめてやろうぜ、ア。

ガスマンとコンビを組んで指令を遂行するようになってからというもの、ア・ウンは本来は彼の趣味の領域である〝殺し〟の仕事を、数えるほどしかしていない。いや仕事では、まったくしていない。ニルバナホテルのオーナー殺しにしろ、あれはまったく個人的衝動だ。ラッツオへの復讐も、これは汎銀戦の仕事ではない。

　勤務外の自由時間をどう使おうとかまわないではないか。だが、今度のような他星でのテロ工作は、緻密《ちみつ》さが要求される。自分の適性にあっていない仕事ではないかと考えたりする。自分に一番あっているのは、標的を追い続けて殺害するといった職務ではないのか。汎銀戦のお偉方の人を見る目は、少おし狂ってるぞ。


　ビンロウインキンマ売りに扮《ふん》した治安官マハトマールは、レストラン・ハズラッドの出入口が見渡せる白い壁の隅の日陰に屋台を出している。通行する人には、治安官に見えるはずもない。初老の人の好《よ》さそうなビンロウインキンマ売りだ。

　小さな台の上に、箱が置かれている。箱の中は二十の区画に分けられていて、二十種類の香料が納められており、その横のいくつかの樹脂製の壺の中には、ビンロウインキンマの実、アルカリーフの葉、天国岩《ロック》の粉末などが入っている。

　マハトマールのあまりにも無気力な表情のために、ときおり客も寄ってくる。ビンロウインキンマ売りのプロとは、そのように、なべて無気力な顔つきをしているものだ。

　ビンロウインキンマは惑星メフィスで公認された覚醒食品だ。アルカリーフの葉に天国岩《ロック》の粉末とビンロウインキンマの実をのせ、好みの香料を混ぜて食する。

初めての人間であれば、一噛みすると、口腔《こうこう》内がムズムズとするような痒《かゆ》みに襲われる。二噛みめは〝ダイナマイト〟としか形容しようがない、得体の知れない強烈な刺激が脳天の上の高みにある何やらに猛スピードで駆け昇る。

その後は、放心状態となる。そのため、無気力そうに見えるビンロウインキンマ売りほど、良質の品を揃えているように見えるのだ。

マハトマールはビンロウインキンマに酔っぱらっているわけではない。日陰でも四十度を超える気温に少々まいってしまい、そんな無気力な表情になっているにすぎない。本来は治安官なのだ。ビンロウインキンマ売りのハイの状態を真似《まね》しようとしてもうまくできるものではない。

暑さにまいった無表情なマハトマールの思考の裏では、一緒に住んでいる息子夫婦の長男サンディフの笑顔が浮かんでいる。そのメフィスで、四十五年間というもの、治安官として真面目だけで過ごしてきた。出世こそできなかったが、誰に聞かれても、誇りをもって治安官の職を全うしたと胸を張ることができると思っている。ただ少々、面白味に欠ける人生ではあったが。

それも、あと三十七日。一カ月余で終わるはずだ。それからは、恩給で、息子夫婦に迷惑をかけることなく静かな老後を過ごせるはずだ。息子たちが夫婦だけで自由な外出を楽しむ間に、孫のサンディフと友情を深めることができる。変化のない人生だったが、その中でも、二つや三つ……いや、それ以上に子供が目を丸くして喜びそうな思い出話をとっておいてある。自分が、どうやって変装術を習得したか。エルンスト・グレムの警護を担当したときのエピソード。いや、他にも……。

だから、残された期間を立派に勤めあげるだけでいい。レストラン・ハズラッドの若い見習いボーイの監視なぞ、楽な職務だ。汎銀戦のテロリストたちが、なぜあんな若者をつけ狙う必要性があるというのだ。

実は、小さな台の上の香料箱は、二重底になっていて、香料の下には本部との通信装置が仕込まれている。マハトマールの風通しのよい白衣の下にも、熱射銃とナイフがあるのだが、彼は、もう自分の定年までは、そんな武器を使用することもないだろうとふんでいた。あと三十七日。あと三十七日……。きっとこの仕事は、老人への気配りで振り当てられたものなのだ。本部の自分への思いやりで。

現に昼間のレストラン・ハズラッドの周辺にはほとんど人通りもない。夕闇が近づけば、レストランへ食事をとりにくる数組の客の姿を目にするくらいのものだ。汎銀戦のテロリストどころか、メフィス猫一匹走るわけでもない。相棒の治安官ヤフウの姿も見えない。午後から私用があると言っていた。ゆったりと、のんびりと時が流れていく。しかし、この暑さはどうだ。この日差しは……。日陰からでも、視界が真っ白じゃないか。あと三十七日たてば、ずっとクーラーの効いた部屋にこもってやるぞ。

マハトマールは、おやっと首をかしげた。人通りのない道の向こうに、誰かが立っている。その誰かの姿が、熱気でゆらゆらと揺れていた。

マハトマールは、定まらぬ視線で必死で焦点を合わせようとした。男だ。

服装が異様だ。メフィスの人間とは思えない。メフィスで生活する人間は、このような酷暑の日に活動するときは、白っぽい風通しのよい薄手の布地を上下にはおっているだけだ。ところがこの男は、コートのようなものを着ている。そして帽子。そのすべてが、ギラギラと輝くような銀色なのだ。

もちろんマハトマールは、そのデザインが古い時代から伝わるトレンチコートだとは知るはずもない。

背の高い男だ。肩幅が広いが、鍔《つば》の大きな帽子を深くかぶっているので、表情はもとより人相もうかがい知ることはできない。だが、男はじっとこちらを見ている。その視線がマハトマールに向けられたものか、レストラン・ハズラッドにあるのかは、わからない。

マハトマールは、即座に香料箱の下の通信機に向かって叫びたい衝動にかられた。しかし、今、下手に反応するわけにはいかない。自分はただのビンロウインキンマ売りなのだ。

ビンロウインキンマ売りの行動を続けるべきだ。男が立ち去ったら早急に連絡をとろう。もう一点、マハトマールが気がついたことがあった。銀色のトレンチコートの男の胸が異様に膨れあがって見えるのだ。その部分の相違が、クリィチャーを連想させてしまう。いったい何をしているのだろうか。あれが汎銀戦のテロリストの一味だというのか。まさか、惑星メフィスの自分の眼前に、白昼のこのこと顔を出すようなことがあってたまるものか。そんな馬鹿なテロリストがいてたまるものか。

よし、大まけにまけて、あいつが汎銀戦の一味だとしよう。じゃあ、あいつ、なぜあんなにキンキラの人目を引くスタイルをしているんだ。メフィスの連中が見たら、一目で他星者《よそもの》とわかるじゃないか。看板をしょってまわっているようなものだぞ。それに、このマハトマール様のことを治安官と見破ったと仮定しよう。とすれば、一言大声を出せば、本部から軍隊なみの人員が派遣されてくると思うのが、ふつうじゃないか。こちらに手は出せないはずだ。

さあ、どうするね、ハデハデ野郎。おまえが立ち去ったら、すぐに本部へ連絡を入れてやる。

銀色のトレンチコート男は、歩き始めた。立ち去るのではない。一直線に、ビンロウインキンマ売りに化けたマハトマールに向かってやってくるのだ。マハトマールは仰天した。

自然と右手は台の下で服の下の熱射銃を握っていた。マハトマールの汗で熱射銃はぬるぬるの感触に変わっている。

　銀色のトレンチコートの男は、近づくにつれスピードを増していた。もちろん、ビンロウインキンマなどには、何の興味ももっていないらしい。

　マハトマールが熱射銃を取り出したときは、すでに銀色の大男がマハトマールの両腕を握り、宙にぶら下げていた。そのまま十字架の形で男はマハトマールをレストラン・ハズラッドの壁に押さえつけた。

　凄まじい力で押さえられ、マハトマールの腕の骨がきしみ、あっけなく折れた。すでに熱射銃は、その手の中にはなかった。銀色のトレンチコート男は凄まじい唸《うな》り声を発していた。

　マハトマールはもがいた。しかし、両足は宙に浮いている。まだ、気を失ってはいなかった。それが、彼の不幸だった。帽子の下の顔をマハトマールは見た。片目の男だった。左目を見開いたそこには、眼球の代わりに黄金の小さなドクロが埋めこまれていた。

　――こいつは、いったい何者なんだ！

　そのとき、男のトレンチコートの胸部が開くのが、わかった。

　腹部に鋭い痛みが走った。そこで何が行われているのかを知ったマハトマールは、信じられない思いだった。

自分の腹が、内臓が、めちゃくちゃにちぎれつつあるのだ。血が霧のように噴き出していた。両手を十字架のキリストのように広げられ、押さえつけられたまま。何が、自分の腹をちぎり、裂いているのだ？　何のために？

悲鳴にもならない、小さな笛のようなかん高い音をたてて、マハトマールは絶命した。絶命の瞬間、彼の脳裏に浮かんでいたのは、かわいい孫のサンディフのことでも、定年後の生活のことでも、汎銀戦のことでもなかった。大きなクエスチョンマークが行列で並んでいただけだったのだ。

トレンチコートの男は、ア・ウンだった。ア・ウンは、治安官マハトマールが絶命したのを確認すると、クフンと鼻を鳴らして、マハトマールを押さえていた腕を離した。どさりと音をたてて、老人の死体は内臓の破片の飛び散った血だまりの中に倒れた。

誰でもよかったのだ、ア・ウンにとっては。レストラン・ハズラッドの近くで惨事を起こすのが目的だった。その惨事をラッツオが知ることによって、恐怖心を起こさせることができれば、それでよかった。

だから、マハトマールが熱射銃を取り出したのは計算外のことだった。しかし、それは、もうどうでもいいことだ。そこまで、ア・ウンが深く計算できるはずもなかったし、すでに起こったことをどうこう考えても仕方のないことだ。そこまでの緻密《ちみつ》さは自分には縁がない。

ア・ウンは、血だまりに手をつけ、目の前のレストランの白い壁に大書した。

――ラッツオ！

もうすぐ、おまえだ！

ア・ウンは、その字を離れて見てニヤリと笑った。満更《まんざら》でもない。

それから、手についた血をペロペロと舐めた。

ウン……満更でもない。な、ア。

14

その日、静香はサイドワインダー砲の操作法を習得していた。

ドゥルガーの教授法は系統だったものではない。当人の反射神経にあわせて、一見すると脈絡のない指導内容となっていた。たとえば、熱射銃の訓練途中で、前日教わったナイフによる防御を復習させられる。何も前置きはない。ドゥルガーが、突然、教師役から殺人者の顔へと変貌し、熱射銃を弾きとばし、セラミックナイフで襲いかかってくる。

その攻撃法は凄まじく、前日まで教わったすべての基礎的な行動を総合して立ちまわらないと深手を負う羽目になる。何度も灼熱の地表を転げまわる間に、顔から数ミリも離れていない位置にセラミックナイフが突き立つ。もちろん静香が、ナイフの攻撃を本気で逃れていての結果だ。

静香が体勢を立て直し、おたがいナイフを持って向かいあい、幾度も激しい攻防をくり返す。静香の息が喘ぎ始めても、ドゥルガーは、何の手心も加えはしない。ひたすら殺意の具象と化してナイフを繰り出してくる。

まるで、手品師の伝助とばくの技のように、ナイフが左右の手を行き来する。やっとの思いで、ドゥルガーの左腕にナイフを突き立てる。すると、ドゥルガーはにやりと笑い、訓練の休憩を宣言する。

自分の左腕に突き立ったナイフを無造作に引き抜き、傷口に唾液《だえき》を塗りながら静香に告げるのだ。

「短時間にしては、いい腕になったじゃないか。あたいじゃなければ、つまり並の兵士なら、八割がたは、心臓をひと刺しされていたね」

「ありがとうございます」

「もちろん、心臓を狙ったんだろうね」

「はい」

すでに静香は、ドゥルガーに与えられた野戦用の服を身につけている。基礎訓練がすでにすべて終了している証拠だ。惑星ヤポリスにいた頃の白い肌をした主婦の姿は、そこにはない。浅黒い顔に瞳が燃えているのがわかる。小さな立ち居振る舞い一つとってみても、静香は戦士へと変貌しつつあることがわかる。変わらないのは、その長い黒髪と、全身から発される気品だ。それだけは、いかにしても変わりようがない。

サイドワインダー砲を見るのは、静香はそれが初めてではなかった。メフィスへ向かう宇宙船の中で汎銀戦のハイジャッカーたちが手にしていた例の兵器だ。しかし、現実に使用されるのを見るのは、これが初めてだ。あのときの兵器はもっとコンパクトなものだった。

ドゥルガーは、サイドワインダー砲を家の土間の奥から取り出した。まるで日用品を手入れするといった風情だった。

二メートル弱の金属製の筒状の兵器だ。中央部に二カ所、握り用の突起がある。突起に並ぶいくつかのボタンを扱うと、照準用の装置が繰り出されてきた。

「覗《のぞ》いてみなよ」

ドゥルガーに言われるままに、その装置に目を当ててみた。

驚いた。横にいるはずのドゥルガーが、痩せ細って照準の視界に入っているのだ。

「このサイドワインダー砲は、三百六十度攻撃可能なんだよ」

得意そうにドゥルガーは、そう告げた。

「照準の中で赤い丸印がふわふわ浮かんでいるはずさ。その丸印をしっかりと見つめてみな」

赤い丸印の動きが停止した。

「ぶっ放《ぱな》したい目標物に、丸印を合わせるんだ。視線を動かしゃあ、丸印は尾《つ》いてくるから」

百メートルほどの左後方先の盛りあがった岩山の先端に、静香は目で丸印を固定させた。

「やりました」

「よし。じゃあ、ボタンを押しなよ。しっかりと砲を押さえとくんだよ」

静香の視界が、一瞬白くなり、衝撃が腕と肩、そして胸へと走った。か細い音が続き、その音が強烈な爆音に突如として変わった。

思わずサイドワインダー砲を肩から下ろしていた。左後方の岩山が消滅しているのだ。上空から小さな砂粒が降り続けている。ドゥルガーはと見ると、両耳を押さえて、その場にしゃがみこんでいた。

その効果に静香は感嘆していた。メフィス・エキスプレスの中で、現実にハイジャッカーたちがこのサイドワインダー砲を使用していたら、まちがいなく、惑星メフィスに着く前に、あの宇宙船は木っ端微塵になっていたはずだ。

ハイジャッカーたちは、その兵器は単に脅しの効果のためだけに宇宙船に持ちこんでいたのかもしれない。

それよりも静香が驚いたのは、このサイドワインダー砲のエネルギー源だ。握り手の底を開き、ドゥルガーが見せてくれた。メフィス土製乾電池一・五ボルトが直列に三個並んでいた。それだけだ。つまり、四・五ボルトの電圧で岩山を粉砕するエネルギーを放出するのだ。しかも全方向砲撃可能。

思いもよらぬ兵器が存在するものだと静香は舌を巻いた。どのような兵器もある。しかし、汎銀河聖解放戦線の連中が惑星ヤポリスで使った兵器は、いったい何だったのだろう。

夫と娘の命を、一瞬に奪い去ったものは……。

その日の夕刻、ドゥルガーは食卓に陶器の大きな瓶《びん》を置いた。

「基礎的な部分については、すべて教えたさ。あとは、シズカの馴れが解決する種類の問題だ。明日からは、さまざまな戦闘状況を想定したケーススタディに移るよ。

なに、いずれも基本動作の組み合わせにすぎない。それと、本人の素質さ。それに経験。

これだけは場数を踏むしかない。戦闘ごっこをどれだけくり返しても限界があるんだよ」

　そう言いながら、白い液体を二つの碗状の容器に注いだ。

「今日は酒を出すよ。ビンロウインキンマの実を発酵させたものさ。自家製だよ。獄乱酒と並ぶドゥルガー・スペシャルさ。シズカが戦士の卵になったお祝いさ」

　静香は、ありがとうございますと答えた。だが、実は、これまでほとんど酒というものを口にした経験がない。

　乾杯、とドゥルガーが叫んだ。

　これからの復讐の旅では、どのようなことでも起こりうる。酒の味を知ることも、戦士の資格の一つと言えるだろう。

　口の中に酒を含んだ瞬間、甘辛い味覚が広がり、思わずむせ返りそうになった。舌がみるみる痺れ、飲みこもうとすると、酒が喉にひっかかっていく。

　その様子を見て、ドゥルガーが大喜びで手を叩いた。

「飲みっぷりがいいよ。シズカは、ひょっとしたら酒豪だね」

　静香は口を押さえた。しゃっくりが飛び出したのだ。

　ドゥルガーは、再び自分の碗に酒をなみなみと注ぐ。

「シズカ、もう一杯、注ごうか」

即座に、いいえと断りたかった。しかし、心とは裏腹に、「はい、ありがとうございます」そう答えた。

二杯目になると、一杯目ほどの激しさを感じなくなっていた。ほどよい甘味とまろやかささえ感じるのだ。ドゥルガーは、三杯目をすでに乾《ほ》し、四杯目にとりかかろうとしていた。

「汎銀河聖解放戦線にいたといわれましたね。なぜ抜けたんですか？」

急速にまわりつつある酔いの勢いを借りて、静香は訊ねた。平常であれば、けっして静香は、そのような質問を口にしなかったはずだ。

ドゥルガーは大きくうなずいた。

「あたいの〝ドゥルガー〟という名前は、本名じゃないよ。これは意味があるんだよ。あたいには、昔、恋人がいたんだ。その恋人の名が〝シヴァ〟で通っていた。その妻同然の恋人だったわけだから、〝ドゥルガー〟と呼ばれるようになった。

〝シヴァ〟というのは、汎銀戦のキャンプの連中のうちでも、万能の戦闘員でね。若いうちから、何度もエネル・ゲに直接に謁見《えっけん》できていたらしい。地球の頃からあたいと同じ血を引いていたのだと思うよ。〝シヴァ〟というのは、ヒンドゥーの神の名前だってさ。そう、神様なみの活動ぶりだった。発案から作戦企画、人選、行動まですべて、あいつが中心にいてやってのけた。

〝シヴァ〟は、実行隊にいたあたいに目をつけたのさ。あたいも、あいつのことは満更じゃなかった。同じ種類の血が流れていたみたいだったしね。〝シヴァ〟の言うことに、失敗はまずなかったね。

〝シヴァ〟の作戦には、あたいも何度も参加した。そのたびに、あたいは戦士として鍛えられていったさ。宇宙船のハイジャックもやったさ。惑星カチノの鉱山破壊も一緒だった。数えきれない作戦を一緒にやり、〝シヴァ〟と死線をくぐったんだ。

〝ドゥルガー〟って呼び名は、その頃ついたものだよ。〝シヴァ〟神の妻の名前でね、怒りと復讐を司《つかさど》る女神だってさ。あたいは、気に入らなかったね。そりゃあ、戦闘中は鬼になる。数えきれないほどの人を殺したさ。でも、そりゃあ仕方のないことだよ。あたいは〝シヴァ〟に気に入られようと思って戦闘に没頭したんだからね。

本当は、あたい、家事が得意な、女らしい女なんだかんね」

ドゥルガーはそう口にして、恐る恐る静香の顔を見た。静香が笑っていないことがわかると、いたく安心したような表情に変わった。

「あいつはね、許せないんだ。あの〝シヴァ〟はね。あいつは人を愛せないんだ。それが、最後まで、あたいにはわかんなかった。

周囲の人たちは、あたいにアドバイスしてくれた。そんなことはないってあたいは耳を貸さなかった。〝シヴァ〟は自分の目的のために平気で人を裏切る、非情な奴だ、そう言ってくれた。

でも、あたいは、そんなことは嘘だって思ったのさ。あたいにあんなに優しくしてくれる〝シヴァ〟が、そんなことないってね。

今になってわかる。〝シヴァ〟はあたいを捨て駒用に育てあげていたのさ。

〝シヴァ〟は、惑星バマツの宙港襲撃をあたいたちに指示した。襲撃を終えたとき、生存していたのはあたいだけだった。治安官が大勢待ち受けていやがった。情報が漏れていたのさ。いや……〝シヴァ〟が故意に漏らしたんだ。

〝シヴァ〟の目的は、宙港襲撃じゃなかった。実は、バマツの金塊輸送車強奪にあったんだ。あたいたちが陽動作戦で苦戦している間に、〝シヴァ〟たちは悠々《ゆうゆう》と金塊を手に入れて引きあげていた。

汎銀戦の仲間たちが拾いにきてくれるはずのポイントで、あたいは血みどろの姿で待っていた。だが、誰も来なかった。かわりにやってきたのが、在人類惑星条約機構の制服姿の男たちさ。

あたいは信じられなかったよ。でも本当さ。それが現実だったんだ。〝シヴァ〟は、あたいにあきちゃったのさ。あたいは使い捨てられたんだよ。〝シヴァ〟の計算どおりに、ぼろ雑巾《ぞうきん》みたいにね。

ただ一つだけ〝シヴァ〟が計算ちがいしていたことがある。

あたいが生き残ったことだ」

そこで、六杯目のビンロウインキンマ酒をドゥルガーはぐいと飲んだ。息は確かに酒臭いが、乱れる様子は全然ない。少々、多弁になったなという程度のことだ。

「あたいは、泣かなかった。泣いたって仕方がないことだものね。でも、憎かった。あたいを欺《だま》して捨て駒に使った〝シヴァ〟が憎くてたまらなくなった。〝シヴァ〟のいる汎銀戦が憎い。そうさ、すべて個人的な憎悪だよ。くやしくて、くやしくてたまらないんだ。あたい、生きている限り、絶対に汎銀戦を許さないよ。わかるだろう」

ふうっとドゥルガーが大きく息を吐いた。さすがに、少し酔いがまわっているのかもしれなかった。

「シズカ。あんたも、汎銀戦が憎いんだよね。シズカの場合は、一番愛する人たちを汎銀戦の奴らに殺されたんだよね。あたいは、一番、愛した人に裏切られたってことだよ。どちらのほうが、より強く憎しみを持つことができるもんかねぇ」

静香が答えを断定できる種類の質問ではない。

「さあ……。これまで私は、憎しみというものに縁がなかったから」

ドゥルガーはその答えに大笑いした。

「本当は、惑条機構に取っ捕まったときに、すぐにでも処刑されてても不思議ではなかったのさ。訊問にあたったのが、あのナツメだった。奴は変わってたよ。汎銀戦の連中みたいな獣《けだもの》っぽいところを持っていた。

あたいに質問するのが、汎銀戦の連中のゲリラ戦の戦法とか、具体的な戦術みたいなことばかり。それから、この仕事をあたいに提案したのさ。ナツメの私設訓練所をやらないかってね。

ナツメは、本当に強引な奴さ。あたいにこんな仕事を引き受けさせちまうなんてね。あたいの身柄については、惑条機構の方を最終的にはごまかしちまったらしい。どうやったのかは、わからないけれどさ。

ナツメがそっとあたいに教えてくれた。なぜ、ナツメが在人類惑星条約機構の軍人をしているのかをね。

ナツメの親父《おやじ》さんも、汎銀戦のゲリラだったそうだ。父親の顔も知らないし、母親は汎銀戦じゃなかったみたいだけど、幼いころ不幸な別れかたをしたらしい」

ドゥルガーが夏目郁楠の話題を出すとき、憎からぬといった表情に変わるのが、静香に

は意外だった。ドゥルガーは夏目が好きなのだろうか。夏目が静香にプロポーズしている
ことを、知っているのだろうか。もし知らないとすれば、夏目が静香のことを思い続けて
きたことを知ったときに、どう態度が変わるのだろう。静香にそんな思いがよぎった。
それより驚かされたのが、夏目の父親が汎銀河聖解放戦線の一員だったという事実だ。
夏目は、母親からそれを聞かされて育ったらしい。そのような環境が、現在の夏目の性格
の基礎となっている。そんなものかもしれない。
「ナツメは、本当に、シズカのことが好きなんだね」
ドゥルガーが突然そう言った。酒を飲み乾してしまったらしく、瓶はすでに横倒しにな
っている。ドゥルガーの目が三白眼と化し静香の顔を見据えていた。どう答えたものか、
静香にはわからなかった。
「いや、あたい、見ていてわかったんだ。ナツメは、本当に手に入れたいものを前にして、
まどろっこしい方法はとらない男だよ。
ところがシズカの前では、本当に大事なこわれものをていねいに扱っているという感じ
だ。
ありゃあ、本来のナツメじゃあないね。初恋に胸を痛める、ウブな少年ってところだよ。
シズカの望みは何でもかなえてやろうと必死でいるんだよ」

「………」

そうなのかもしれない。

「でも、いいさ。多分、ナツメの思いは実ることはないだろうしさ、あくまで、ナツメはナツメ。シズカはシズカだろうしね。

でも、あんなナツメを見るのも微笑《ほほえ》ましいものだよ」

そう評した。

ドゥルガーがこれほど多弁になったのは、静香がこの荒地にきて、初めてのことだった。

「シズカを戦士の卵の状態には仕上げたさ。しかし、どうすれば孵化《ふか》できるかねぇ」

ドゥルガーは、そう話題を変えた。

「孵化？」

「そうだよ」ドゥルガーは指で食卓をこつこつと数度叩いた。「そうさ。ナツメにちゃんと聞いているよ。あんたは、汎銀戦の連中に出会うと、身体が動かなくなっちゃうんだってね」

「はい。そんな精神矯正を受けたらしいんです」

「だから、いくら戦士の素養を身につけたところで、いつまでもモノにならない卵のまんまということじゃないのかね。この荒土の下に眠っている何兆という飛びナメの卵と一緒さ」

「………」

　静香には、何も返す言葉がない。

「ナツメの話によると、汎銀戦への人工的な憎悪を吹きこまれて精神蘇生したんだってね。それを実行に移されちゃ困るというんで行動制御暗示がかけられているというじゃないか。でも、そんな憎悪であれば、本来は、汎銀戦に対して行動を起こせないはずじゃないか ね。結局は、シズカの本心ではなくて、精神工学の技術による人工憎悪なんじゃないかね。あたい、ふと、そう思ったんだがねぇ。とすると、シズカは精神工学技術の犠牲者ということになる」

「そんなことは、ありません」

　静香は大声で言った。ドゥルガーは、その気迫に息を呑み、首を横に振った。

「悪かった。あたいが悪かったよ」

「すみません」静香はそう言って頭を落とした。

「でも、自分でも、そう考えることはあるんです。しかし、それが自分の本心ではないと信じることは私にはできません……。私が今、望むことは、夫と娘の復讐を自分自身でなし遂げることだけです」

ヤポリスで、汎銀戦と聞かされた若者の前で身体の自由を失ってしまった経過を、静香はドゥルガーに語った。

「方法がないとは言えないよ」

ドゥルガーは、ぼそりとそう言った。

「え⁉」

静香は信じられない思いだった。

「どうするんですか？」

「P・アルツ剤を使うのさ」

「P・アルツ剤？」

静香が初めて耳にする言葉だ。ドゥルガーは、その単語を口にしたことを後悔するように眉をひそめた。

「その……。深層部まで行動制御暗示を施されているとしたらね、P・アルツ剤を使うしかないと思っただけさ。これは、よく考えて使わないと大変なことになる。本来、薬用で使う性質のものではないからね。

これは人工的に記憶喪失を起こさせる薬さ。あたいたちが、惑条機構を混乱させる目的で開発したんだ。汎銀戦にいた頃にさ。機構の要人に服用させて、組織を混乱させるのに使った薬さ。

人工的にアルツハイマー症状にしてしまう。だから、量だけ加減して服用すれば、汎銀戦への憎悪の記憶だけを残して、行動制御暗示の記憶を失くさせてしまうこともできるんだ」

静香は、ごくりと生唾を飲んだ。

「ただね。問題があるんだ」

「何ですか？」

「行動制御暗示は消去できるかもしれない。しかし、シズカは、一緒に夫や娘との思い出もすべて失くしてしまうんだよ。あたいの予想では、シズカの心には、この数カ月の記憶と、汎銀戦への憎悪しか残らない。しかも、なぜ、自分がそこまで汎銀戦を憎むのかという理由は、わからないままになる。

でも、暗示の呪縛からは解き放たれるのはまちがいない」

そこでドゥルガーは言葉を切った。部屋の中を沈黙が支配した。

外で声がする。まるで赤子が遠くで夜泣きをしているような、潮騒《しおさい》のように聞こえないこともない。ある一定のリズムを持って、あるときはかん高く、あるときはすすり泣くように。

「飛びナメが鳴いているね……」

ドゥルガーが立ちあがり、窓辺へと歩いた。あれだけの酒をあおったというのに、彼女の足どりは、しっかりとしていた。

飛びナメ……。羽の生えた吸血ナメクジ。あの奇っ怪な生物が鳴き声をあげるとは、静香には信じられなかった。

「なあに、本当に飛びナメが鳴いているわけじゃあないよ。風さ。風が荒地をうねりながら走りまわっている。まるで、何か動物の鳴き声みたいに聞こえるから、メフィスの人々は、飛びナメが鳴いてるって言うのさ」

「本当に、何かの鳴き声みたいですね」

「ああ、毎年、この時期になると、飛びナメの鳴く風が吹き始める。雨季が近いのさ」

「雨季ですか……？　この土地に雨季があるんですか？」

ドゥルガーは大きく、ゆっくりと首を振った。

「大昔はそうだったらしい。大昔は雨が降ったってさ。だけど、今は風だけさね。少々、湿度は高くなるけれど、雨が降ることはないよ。だから、飛びナメの鳴く時期が雨季だということになっているのさ。

ここにあたいが住みついて数年になるけれど、まだ雨粒の一つも降ったのを見たことがないんだ」

ドゥルガーは突然、歌を唄い始めた。窓の外の闇の彼方に向かって、単調で抑揚のないメロディをドゥルガーは裏声で唄った。意味不明の言語による歌詞だったが、その歌声に、静香はなぜか、なつかしさを感じていた。

ドゥルガーは振り返って言った。

「今のは、雨乞《あまご》い唄さ。あたいの母さんに習ったんだ」

静香は拍手した。ドゥルガーは肩をすくめた。

「しかし、現実に雨が降ったら、この星は大変なことになるよ」

静香は、その言葉の意味が、その時は実感としては理解できずにいた。

15

ラッツオは店の主人から〝飛びナメ〟と聞かされてもぴんとくるはずもなかった。ヤポリスの生活しか知らないのだ。

調理したスープ材料のクズを、裏口にある塵芥《じんかい》用の容器に放りこんだときに、それが起こった。

突然クズ容器の蓋が、跳《は》ねとんだのだ。

思わず、ラッツオは腰を抜かして悲鳴をあげた。

樽《たる》状の容器から、何やら得体の知れない生き物が何匹も飛び出してきたのだ。

主人のハズラッドが駆け寄ってきて、溜息をついた。

「最初に教えておいたはずだ。湿気のあるクズは水色の容器だ。調理前の野菜クズは赤い容器に捨てるんだ。ラッツオ、おまえは、間違えてクズを捨てたから、飛びナメを孵《かえ》しちゃったんだ」

ラッツオは、飛びかかってくる飛びナメを必死で追いはらった。

「こ、これが飛びナメなんですか。わっ、わわわっ。気色悪いですねぇ」

ここでも、やはりラッツオはテンポのずれた仕事をくり返しているようだ。

しかし、どんなところでもかまわない。自分が腰を落ち着けて過ごせるような職場であれば。主人のハズラッドは頑固な職人気質の持ち主だが悪い人間ではない。数限りない自分の失敗にも、気長に対応してくれる。

ラッツオはそれに甘えるつもりでいた。

宇宙は好きだ。宇宙船は、もっと好きだ。だが、人間にはそれぞれ天から授かる適職というものがある。それが自分には、宇宙船乗りという仕事ではまわってこなかった。仕方のないことだ。

しかし自分は、メフィス・エキスプレスという大物を乗りまわす機会を与えられた。それでよしと考えるべきなのだろう。あとはおつりの人生のはずだ。せっかく紹介してくれた、あの夏目さんや神鷹静香さんのためにも、ここでがんばらなくてはいけない。そう考えていた。

店の外が、急に騒がしくなった。数十人の男の話し声がしている。クズ入れの容器を片づけ終わると、主人は何事かなと首をかしげつつ、白い厨房着《ちゅうぼうぎ》のまま表へ出ていった。夕刻だが、まだレストランの客が訪れるには少々時間が早い。

ラッツオは、店内のテーブルクロスを交換し始めた。今のうちにこれだけでもすませておけば、少々早い客にも、無作法な印象を与えずにすますことができる。

主人のハズラッドが蒼白《そうはく》な表情で店内に帰ってきた。

「ラッツオ。おまえの名前がうちの壁に書いてある」

「はあっ？」

主人のハズラッドの言うことが、ラッツオはよく理解できなかった。いったい、ハズラッドは何を言おうとしているのだ。

「ラッツオ、おまえの目で、ちゃんと見ておいたほうがいい。ラッツオあてのメッセージだ」

首をひねりながら、ラッツオはレストランの外へ出た。外は数十名の治安官でいっぱいだった。

壁際に、そのうちの数名が寄り集まっている。物売りのものらしい小さな台が転がっていた。そしてその数名が取り囲んだ位置の中央に老人の死体が転がっていた。

普通の殺されかたではなかった。腹部は大きく切り裂かれ、内臓がはみ出していた。そして、その内臓もいくつもの破片にちぎられていた。腸の切れ端なぞは、思いもよらぬ距離に飛び散っていた。

思わずラッツオは吐き気を催した。これは、人間の所業じゃない。鬼か狂人の仕業だ。

生理的な不快感が喉もとに込みあげてきた。

だが、腹の中のものをもどす段になって、初めてラッツオは壁に書かれた血塗りのメッセージを目にすることになる。

稚拙な書体だった。何の飾りもない。

老人の血で書かれたメッセージだった。なぜ自分のニックネームが。いったい誰の恨みを、このメフィスで買ったというのだ。

――ラッツオ!

もうすぐ、おまえだ！

もうすぐこの死体のようになるというのか。誰のせいなんだ……。

治安官たちは、嘔吐《おうと》し始めたラッツオに視線もくれずに検証を続けている。その中には、在人類惑星条約機構の夏目の姿もあるのだが、動転しているラッツオは気がつくはずもない。

あの狂気じみたア・ウンが、そのホテルの一室で、ちょこんと椅子に座り、おどおどと視線をさまよわせていた。ア・ウンの前には、ひとまわり巨大な男がベッドに腰をおろしている。メフィスの白い人民服を着た色の浅黒い男だ。

コードネームはガスマンという。彼と組んで仕事をするのは、ア・ウンにとって四度目になる。必要以上に会話を交わすことはないが、ア・ウンにとっては、ガスマンはどうも苦手な存在だ。

本部の指示でこのコンビを組まされているのだが、ア・ウンの常軌を逸する行動を抑制する効力を備えた人格というと、めったには存在しないはずだ。

心の中ではア・ウンは、ガスマンなど、なんてことはない奴だと思っている。しかし、いったんガスマンの前に出ると人格が萎縮《いしゅく》していくのがわかるのだ。そのような効果も本部では計算ずみかもしれない。

「メフィスでのクリーンリネス弾使用は、三日後の午後だ。在人類惑星条約機構本部から百メートルの地点に仕掛ける。

明日と明後日とで、適切な位置を決定する。

ア・ウン、おまえが仕掛けるんだ。いつも通りにな」

「わかったよ」

「それから、このメフィスでは、その銀色のコートはやめるんだ。他星者《よそもの》という看板をぶらさげて歩いているようなものだからな」

「しかし、俺は、どの星でも、このスタイルで通してきているんだぜ」

「だめだ。今回の作戦も私がボスだ。私の言うことに従うんだ」

「わかったよ。一ついいかい」

「何だ」

「この星にあいつがいるんだ。ヤポリスのホテルで俺の金に手をつけた馬鹿が……。そいつに、仕置きをしていきたい。

作戦を終了させたら、即刻にメフィスを離れることになるんだろう。だから、クリーンリネス弾を破裂させる前に、そいつの始末をつけておきたいんだが」

「だめだ。作戦が終了してからなら許可する。成功の確率が半減する」

ア・ウンはちょっと舌打ちした。なあに見ていろよ。作戦前のちょいとの時間で、すぐにカタがつくんだ。作戦の成否に何の影響も与えるものか。

ア・ウンはガスマンの横に置かれた白いトランクを見た。

〝クリーンリネス弾〟

重量百六十キログラム。直径十キロの範囲を〝きれいさっぱり〟消してしまう。中のシステムについてはア・ウンは知ったことではない。だが、過重力のメフィスで、このクリーンリネス弾を自由に持ち運んで仕掛けてこられる奴なんて、このア・ウン様を除いてどこにいるものか。


ガスマンは、そのときは、とにかく眠りたかった。ア・ウンのような狂気じみた化け物と組んで仕事をやるのは、本意ではない。だが、本部からの指令に逆らうことはできない。

あのア・ウンは、小児的な狂気がそのまま増幅して成長したような男だ。個人的な衝動を最優先しようとする傾向がある。ヤポリスでの工作の後もそうだった。ニルバナホテルでの凶行も、常人のとる行動ではない。あの件で、今回の作戦については、ア・ウンははずされるはずだと予想していた。ところが本部の考えかたはちがっていた。あくまでも実績主義をとるらしい。

そのとおりだ。コードネーム〝ガスマン〟は思った。ア・ウンも自分も本部の絶大な信頼を得ていることは、間違いない。ただ、双方の信頼を得るまでの過程で極端にかけはなれていた。

自分は汎銀戦の様々なテロ行動の中で、戦術、プランニング、実行とあらゆるポジションを経験し、その実績を徐々に評価されてきた叩き上げだ。テロの効率だけを追求した。ガスマンというコードネームも仮のものだ。今回のコードネームは、〝まるで空気のように目立たない男〟を意味していた。しかし、その名前も作戦によって次々と変える。

それに比較してア・ウンは、単独で、偏執性だけを頼りに暗殺のプロとして頭角を現してきている。その二人にコンビを組ませて、今まで百パーセントの成功率をみているからこそ、本部では、同様の作戦を二人に継続させているのだろう。だが、これまではあまりに幸運に恵まれすぎている。

テロの成功率は四十パーセントをもって良しとしなければならない。それも、周到な計画と優秀な実行部隊と、それにとびきりの運が揃ったうえでの話だ。

ときおり見せるア・ウンの狂気を見ていると、よくこれまで作戦が成功してきたものだと寒けが走ることさえある。いつ、ア・ウンが暴走を開始しても不思議ではない。

だが、このクリーンリネス弾作戦も、今回を含め、あと二回で終了するはずだ。次は、本部だ。宇宙革命を本部で安穏として論じているあの連中の仲間に入るのだ。それからは作戦のチェスマンとしての生活が保証される。

その次の目標は、汎銀河聖解放戦線の主席。その資格は、自分にはあるはずだ。本来なら、このような狂人と、こんな場所に同宿しているはずではない。自分はそのような人間ではない。

あと二回。あと二回の作戦を石に齧《かじ》りついても遂行してみせる。汎銀戦は実績主義だ。次のポストも約束されたも同然だ。エネル・ゲ主席も自分に会ってくれるはずだ。汎銀戦の次世代について相談を受けるかも知れない。そうに決まっている。そして、自分が主席に就任する頃には、ア・ウンは墓穴を掘ってちゃんとそこに納まっているはずさ。

とにかく……展望はある。だが、今は……。

今は、作戦を控えて充分な睡眠をとることだけが望みだ。

16

灼熱の地表で、ドゥルガーの訓練が続く。野戦服の静香は全速力でドゥルガーに向かって接近する。疾走する静香の足もとに土くれが、球状に弾ける。ドゥルガーが静香を狙い、熱射銃を放っているのだ。巨大で浅黒い美女の目は殺気に満ちている。

駆ける静香も、一瞬の隙《すき》も許されない。無音の熱射銃の動きよりも、ドゥルガーの殺気を読む。数度宙で身体をねじらせ、発条《バネ》仕掛けのように弾ませる。

数週間前まで、兵器の名前さえ聞いたことがなかった主婦の動作とは信じることはできない。それが、秋山題吾という在人類惑星条約機構の契約軍人であった経歴を持つ父の血の故なのか、また復讐への使命感のためなのかは、わからない。ただ、確実なのは、性別さえも超えた戦士としての逞《たくま》しさが静香に備わってきていることだ。それだけは、わかる。

ドゥルガーが熱射銃を撃つ手を止めた。

「シズカ！」

それからドゥルガーが沈黙した。静香も訓練の動きを止めた。遠くの大地だけが、熱気にゆらゆらと揺れ続けている。

「何かが来るよ！」

静香の耳には、何も感じられない。〝雨季〟だというメフィスの荒地に特有の〝飛びナメの鳴き声〟がうねっているだけだ。

「あっちだ！」

初めて静香は、その人工的な異音に気がついていた。ドゥルガーの感知したとおり、熱風の彼方から何かが近づいてくるのがわかった。なんという知覚力だ。静香はあらためて舌を巻いた。

野獣のようなドゥルガーの瞳が、突如として童女のそれに変わった。

「安心しな。変な奴じゃないさ。ナツメのスピナーだよ」

もちろん、絶えず立ち昇っている熱気の彼方には、まだ影さえも見ることはできない。静香が聴きとることができたかすかな人工音でさえ、常人では、気配さえ感じることのできない段階のものだ。ナツメのスピナーだと言いきれるのは、神業に近い。

ドゥルガーの予言は正しかった。黒く小さな点が、揺れながら大きさを増してくる。乾いた土埃《つちぼこり》が舞いあがるのが見え始めて、初めてそれが、自分が乗せられてやってきたスピナーであることがわかった。

「卒業だね！」

ドゥルガーが、にやりと笑いながら静香に言った。

スピナーから降りた夏目は、金属製のアタッシェケースを持っていた。野戦服を着た静香にまず視線を向け、思わず驚いた表情になった。

静香は思った。そこまで自分は変貌したのだろうか。多分、そうだろう。鏡を見ずとも、頰の肉がそげ落ち、鋭角的な顔立ちになったことがわかる。余分な脂肪も、きれいさっぱり燃え尽きてしまったようだ。別人の顔になっていても不思議ではない。

「訓練中だったのか？」

夏目が言う。

「ああ、ここで二人で何をしていたと思うんだい。おままごとでもしてたように見えるかい。あたいが熱射銃持って、シズカがセラミックナイフ構えてさ。ナツメもまぜてあげようか。パパさんの役でもやるかね」

ドゥルガーの軽口にも夏目は眉一つ動かさなかった。

「私は、沙漠の直射日光は馴れていない。よかったら中で話したいのだが」

ドゥルガーはうなずき、顎をしゃくって泥造りの家をさした。

「シズカの件だけじゃないらしいね。あたいにせっぱつまった用件というのは、見当つかないこともないよ」

夏目はそれには答えず、薄い唇を横一文字に嚙みしめた。そのまま、周囲のものには何の興味もないというかのように家の中へ入る。

テーブルの上にトランクを置き、夏目は腰をおろした。

「用件は二つある。まず、静香さんの仕上がり具合だ」

予期していたというようにドゥルガーは静香にウインクを送り、答えた。

「まあ、シズカはいい素質と根性を持っていたよ。今じゃあ、立派な殺人機械《キリング・マシーン》さ。素質というのは必要なもんでね。素質のない奴にどれだけ熱心に、どれだけ時間をかけたところで育ちはしない。ゼロにどんな数を掛けてみたところで、ゼロはゼロなのさ。

ところがシズカみたいのは見たことがなかった。短期間で、ずぶの素人がよくここまで成長できたものさ。ナツメがあたいのところへ送りこんだ他のやわな糞袋《くそぶくろ》たちとは大ちがいだよ。もう立派な戦士さ、シズカは」

夏目は眉をひそめた。その表情が何を意味するのかは、静香にはわからなかった。

「ただね……」ドゥルガーは続けた。「汎銀戦の連中相手には使えないよ」

静香は、その言葉の意味するところはわかっていた。汎銀戦のイメージが心理制御システムとして自分の肉体にいかに発現するかということだ。それは承知のことだというように夏目はうなずくが、彼の興味の焦点は全然別のところにあるようだ。

「では、静香さんは、連れ帰ることにする。本題は、もう一つのほうだ」

いくつかの写真を取り出し、夏目はテーブルの上に置いた。

「まず、こちらの写真から見てもらいたい」

写真は、正面から眺めると奥行きを感じる立体性のあるものだ。静香は顔をしかめた。

白い壁をバックに、メフィスでよく見かけるタイプの、やや肥満した老人が、死体と化して地面に転がっている写真だ。

あたりに血飛沫《しぶき》が散っているのがわかる。凄絶な傷口だった。老人の胸から腹部にかけて、喰いちぎられたような巨大な穴が開いている。白い壁には、何か血文字のようなものが書かれているが、全体が写されていないので読み取ることはできない。

「この殺しかたは、ア・ウンにまちがいないだろうか？」

夏目の口から一字一句が、ていねいに、聞きまちがうはずもないように発せられた。目はドゥルガーを見据えている。彼女の反応を瞬時たりとも見逃しはしないというように。

「…………」

ドゥルガーは写真を凝視していた顔をあげた。

「ア・ウン⁉」

「そうだ」

「汎銀河聖解放戦線のテロリストかね。あたいは、噂《うわさ》しか聞いたことがない。サソリの醜悪さと、毒蛇の執念深さと、毒ムカデの生命力と、毒グモの狂気を備えているというア・ウンかい。見たことはない」

「そうか……」夏目は、明らかに落胆していた。

「ただ……あいつは普通じゃないってさ。そんな話は聞いたことがある。殺しかたは、決まってないらしいよ。仕事で殺すときは、たとえ日用品を使ってでも殺すってさ。でも、趣味で殺すときは、道具は使わないらしい」

夏目は頭をあげた。

「そのとおりだ。この治安官は道具を使って殺されたんじゃない。喰いちぎられたんだ。やったのは、ア・ウンにちがいないのだ。状況的にまちがいない」

静香は二重に驚いていた。一つは、汎銀戦がメフィスに出現したということ。もう一つは殺されたのが治安官であるということ。

「なぜ、この治安官は殺されたんだい」

ドゥルガーが言った。夏目は首を横に振る。

「殺した奴は、この男を治安官と知らずにやったはずだ。我々は、ア・ウンをおびき寄せる餌を仕掛けたのだ。この男は、その罠の見張り役にすぎなかった」

夏目の表現には、何か奥歯に物のはさまったような部分がある。ドゥルガーは、やはり獣のカンを持っている。その部分も見逃すはずはない。

「ナツメ。情報の一部を隠しているだろう。手のうちを全部見せてみなよ。たとえばさ、その死体の転がっている後ろの白壁に、どんな血文字が書いてあるのかってことさ」

一瞬、ナツメは押し黙った。

「ラッツオを餌に使っている。静香さんは覚えているだろう。例の宇宙船ハイジャック事件のときのメフィス・エキスプレスに乗り合わせた、ネズミのような若者を。

彼は、汎銀戦のテロリスト、ア・ウンの所持金に手をつけてヤポリスから逃げ出していたんだ。ラッツオの所在を我々の情報網を使って方々へ流した。ア・ウンというテロリストが巷《ちまた》で噂されるとおりの狂気じみた偏執者であれば、我々の仕掛けた罠に必ずやひっかかるはずだった。ラッツオに復讐するために。

そのとおりのことになった。だが、あまりに早すぎる。ア・ウンがメフィスに出現する時期が。いくら狂気じみたテロリストであろうと、汎銀戦という組織の一員だ。個人の意趣返しという目的だけで、他星までおいそれと足を延ばせるはずはない。何かの使命を帯びてア・ウンはメフィスに出現しているはずだ。その使命の余暇を利用してラッツオを脅かしているはずだ。

後方の壁の血文字は、ラッツオ宛《あて》のメッセージだ。次の死体はラッツオだ、ということが書かれている」

静香は信じられなかった。あのラッツオを罠の餌として利用するという夏目の考えが。

人を人とも思っていない。目的を達成するためのチェスの駒と考えている節がある。

軍人の戦術とは、そのようなものだろうか。そう悪びれた様子もなくいきさつを語る夏目の神経も疑った。

「ア・ウンの人相はわからないが、遺留物から、奴の遺伝子のＤＮＡ構造だけはわかっている。特異な遺伝子構造をした男だ。少々、変わった構造の身体をした奴らしい。その特徴を知りたいんだ」

もう一つの写真の束を夏目はテーブルの上に広げた。

「ア・ウンというのは、人類の母星である地球にあるヤポンという島の、宗教家屋の両脇に建てられた化けもの犬の彫り物から由来した名前らしい。よくはわからないのだが、狛《こま》犬《いぬ》という。それは必ず一対で神を守る役目を果たしているらしいのだが、なぜ、こいつがア・ウンと呼ばれているのかは、わからない。

ただ、いくつかの共通点を持つ最近のテロの際に、必ずこいつの遺留品が残されている。〝ヤポリス・サースデイ〟〝ネオアララテの悲劇〟〝マクバラ虐殺〟の三件だ。いずれも、直径十キロの範囲の物質を完全に消滅させている。特殊爆弾を持ちこんでのテロ行為だ」

夏目の言わんとすることはドゥルガーにはわかっていた。在人類惑星条約機構に加盟した星々は、電離層部分をスクランブル・ウェーブで防御している。一種のバリヤー機能を持つ磁性粒子を人工的に波動化させるもので、ここを通過するには、時を追って変化するパスワードによってのみ開かれる空間の〝窓《ウインドウ》〟を抜けるしかない。定期宇宙船だけはフリーパスだが、他のメカを主体とする人工的侵入物は、一切スクランブル・ウェーブで遮断されてしまう。

つまり、テロを実行するのであれば、他星からの直接攻撃は不可能なのだ。その星へいったん降り立った工作員がテロを実行する以外にない。それはドゥルガーには、承知のうえのことだった。

それよりも静香にとって衝撃的だったのは、〝ヤポリス・サースデイ〟に直接参加したテロリストが今、このメフィスに来ているという可能性を聞かされたことだ。

「とにかく、この写真に目を通してほしい。ア・ウンの人相はわからない。ただ、〝ヤポリス〟〝ネオアララテ〟〝マクバラ〟に共通して関与している可能性のある人物の写真がこれだけ揃った。

ただ、これだけのテロ行為をア・ウンが単独で実行しているとは信じがたいんだ。たぶんチームを組んでの行為と思う。ひょっとして、ドゥルガーの知っている顔がこの中にある可能性もある。それを見てほしい。わかれば教えてほしい」

ドゥルガーは大きくうなずいた。「あまり期待しないでほしいよ。あたいは記憶力がいいほうじゃないかんね」

ドゥルガーは写真の束を手に取った。いくつかは、プラシボ的なものを混ぜられているのだろう。夏目のことだ。絶対確実なものを求めるためには、そのくらいの細工は、ためらわずにやってのける。

次々に写真に目を通していく。まったく表情は変わらない。まるで、カード占いに興じているかのように写真をテーブルの上に伏せていった。最後の一枚を置いて、唇をへの字に歪《ゆが》めてみせた。

「わかんないよ」

「そうか」

夏目の声は意外にも落胆していなかった。それから悪戯《いたずら》っ子が他人を困らせるように

「で？」とつけ加える。

ドゥルガーは、肩をすくめて言う。

「ナツメについて街へ行くよ。そうしないと始まらない」

静香にとって気がかりなのは、ラッツオのことだ。

「夏目さん、ラッツオという若者は、安全なんですか？」

「もちろんです。レストラン・ハズラッド周辺の警備を倍に増やしてある。一人が襲われたにしろ、残りの連中が応援を頼める」

「倍ですって？　殺された治安官は一人だけなのでしょう」

「いいや本来、二人なのだが、一人がさぼっていた」

「ということは、四人なのですか」

「そうです」

夏目は平然と答えた。それだけ、治安官の能力を過信しているのだろうか。二人の見張り役のうち、一人が勝手に職務を離れるほどの勤務意欲の低いメフィスの治安官たちが、たった四人で頼りになるのだろうか。

「さあ、簡単だが、卒業式をやろうかね」

ドゥルガーは手招きして静香を立たせた。その静香をドゥルガーは、巨体で覆いかぶさるように抱きすくめた。

「これで、立派な戦士だ。シズカ。

あんたはあたいの最高の妹だよ」

そのとき静香は、自分の目から、涙がぼろぼろとこぼれ出すのがわかった。

巨大な抱擁が十数秒続いた。ドゥルガーが身体を離したとき、直立したまま、静香ははっきりと言った。

「ありがとうございます」

ドゥルガーは、棚から、不思議な飾りのついたセラミック製のナイフを取り出し、静香の手に握らせた。

「あたいのプレゼントだよ、シズカ。あんたは、今まであたいが預かったうちでは最高だった。これからは、あたいのことは、ドゥルガーと呼びな。あたいはシズカのことを妹と思うから。迷惑かい」

静香は大きく首を振った。感動のため、胸が締めつけられて言葉にならない。やっとの思いで、ドゥルガーに言った。

「どんなお礼をしてもしきれない。ありがとうございます」

「お礼の心配なんかすることない。ナツメに充分償ってもらう。ははは」

そう笑って静香の肩を叩く。夏目は苦笑を浮かべただけだった。

「ナツメ」とドゥルガー。

ん、と不審そうに夏目が振り向く。

「あれ……。持ってきてくれたかい。あたいが製法を連絡しておいたやつ」

ああ……と思い出したように茶色の小瓶《こびん》をアタッシェケースから取り出して机の上に置いた。

静香はいつも生活を共にしていたドゥルガーが、いつ夏目に連絡をとったかがわからなかった。あれ、とは、いったい何なのか。

「これを。先日話しておいたやつ。P・アルツ剤だ。今、飲む必要はない。自分の気持ちにふんぎりがついたときに飲めばいい。飲みかたは、そのとき教える。それでシズカは立派な戦士さ」

ドゥルガーの放ってよこした小瓶を、静香はあわてて両手で受け取った。

「P・アルツ剤って、いったい、どんな効果があるんだ」

「ナツメには関係ないものさ。ナツメが大喜びするのはシャクだからね」

そうかも知れない……と静香は思った。自分の心理制御の呪縛を解くと同時に、夫や娘との思い出を奪ってしまう。残るのは、汎銀河聖解放戦線に対しての憎悪のみ。だが、家族との愛の記憶が消失することを一番喜ぶのは、夏目郁楠なのだ。

夏目はそれ以上の質問は発せず、一つうなずいただけだった。静香はP・アルツ剤の瓶をポケットに滑りこませた。

「じゃあ、行こうか」

夏目が立ちあがった。

17

地図を受け取ったア・ウンは、白いトランクをひょいと持ちあげた。Gの大きなこのメフィスでは、常人では扱いにくい代物だ。

「仕掛ける場所《ポイント》は、わかっただろうな。昨日、俺と一緒に見たあの場所だ。一時預かりの荷物として預けるんだ。地図は必ず携行しろ。仕掛ける前に、もう一度、必ず確認しろ」

〝ガスマン〟に執拗《しつよう》に念を押された。実行前はいつもそうだ。ア・ウンは、プライドだけは異様に膨れあがった男だ。自分が命令を下されるというのは、耐えがたい。だが、ボスはガスマンということになっている。この白いトランク。自分で持っていけるならいってみろというんだ。

だが、ア・ウンは腸《はらわた》が煮えくり返りながらも、自分を抑制した。

「わかっている」とだけ答えた。

クリーンリネス弾は、十六時にセットされている。現在は十四時。

十七時に、Dポイントに待機させてある二人乗りの惑星脱出用ボールで、メフィスから射出される。このボールは発射装置だけにメカが組みこまれ、乗りこむボール本体には、何の機械的構造も使われていない。このため、スクランブル・ウェーブには反応しない。

現在地のホテルから在人類惑星条約機構本部までは、歩いて十五分の距離だ。その近くのビルの荷物預かり所にクリーンリネス弾を仕掛ける手筈だ。

"消滅"が終了した時点で、ガスマンがメフィスの報道機関に汎銀戦の犯行声明を送る。

そしてメフィス脱出。

簡単な手順だ。だからこそ、これまでのテロは成功している。

そこが逆にガスマンは心配だった。あまり安易にこれまでの作戦が成功していることが、ア・ウンをして、実行段階で舐めてかかりつつある気がする。初心を忘れつつある。馴れがア・ウンを支配しつつある。そうガスマンは思った。だからこそ、回を追うに従い厳しく言うようになる。

「この取っ手についているのは何だよ」

ア・ウンが、白いトランクの上部についている金色の正方形の小さな装置に気がついた。

「ああ、改良の必要なことがあったからな。その装置が、作戦の成功率をより高めてくれる。気にするな」

ガスマンは、こともなげに、それだけ言った。実は、それは惑星探査機器の部分なのだ。ア・ウンがガスマ

ア・ウンよりもその装置のほうが、ガスマンにとっては信頼がおける。ア・ウンがガスマ

ンの指示した場所に正確な時刻に到着できるかどうかを、その装置はホテルで待っているガスマンに逐一知らせてくれるのだ。

しかし、そんなことまでガスマンはア・ウンに教えるつもりはない。

「わかった。じゃ、いってくる」

ア・ウンは白いトランクを軽々と持ちあげて部屋を出た。

メフィス帽を深くかぶり、顔は鍔《つば》に隠れて見ることができない。メフィス麻の白い服で全身を覆っているが、胸部から腹部にかけての異様な膨らみに加えて、全身から放射される狂暴さのようなものは、明らかに隠密行動には向いていない。ア・ウンに向く仕事環境は、やはり闇の中だ。

すれちがったホテルのボーイが凶々《まがまが》しさを感じて廊下の壁にへばりつくほどだ。はなっから、ア・ウンの頭の中には、このクリーンリネス弾テロの遂行のことは存在しなかった。

いや、実行することはするつもりでいる。

だが、まず優先させるのは、自分の金に手をつけ、自分をコケにしてくれたラッツオというヤポリスの若者への復讐だ。

現在、十四時。クリーンリネス弾の爆発が十六時。二時間もあれば充分だ。ここから五分の距離にレストラン・ハズラッドはある。できるだけ楽しんで始末してやりたいが、二十分ほどで切りあげざるをえないだろう。それから、爆弾を仕掛けて引き揚げる。Dポイントへ急行する。幸福な満ち足りた気分でのメフィスからの離陸。

ア・ウンは、いやらしさのかたまりのような微笑を浮かべ、垂れ落ちようとしたよだれを左手で拭《ぬぐ》う。

ホテルを出て、裏通りを歩いた。しばらく行くと、街外れに出る。その人気《ひとけ》のない通りを過ぎると、レストラン・ハズラッドが見える。相変わらずの熱風が吹き過ぎていく。

ア・ウンは、まっすぐレストランへ足を向けようとして、人影を見た。先日彼が老人を殺害した位置を中心に、二人ずつ計四人の男たちが日陰に腰をおろしている。

さすがのア・ウンにも、その男たちが何者なのかは予想はついた。人一人が殺害され、次の殺人予告が残されていた現場だ。それが当然の処置のはずだ。予防措置としては少なすぎる人数かもしれない。

ア・ウンはぐすんと鼻をならし、壁際に身を隠した。それから、白いトランクを抱《かか》え、道端に落ちていた茶色い空の酒瓶を左手に持ち、足をふらつかせながら歩き始めた。おぼつかない足どりを演技している。

ゆっくりと、焦らずに、四人の男のちょうど真ん中あたりで地面に身体を倒れこませた。

泥酔しているとしか見えない。男たちは、苦笑を浮かべながらア・ウンに近づいてくる。

「おい、どうしたい。いい年齢《とし》をして」

「こんなところで眠ってみろ。水気がなくなってミイラになってしまうぞ」

「しっかりしなよ」

ア・ウンは、身体をピクリともさせない。全員が充分に近づくのを待った。

男の一人がア・ウンの肩を抱えた。びくともしない。「おい、手を貸してくれ。やたら重いぜ。こいつは」

「仕方ねえな」

二人がかりでア・ウンの身体を抱え始めたときに、両目をかっと見開いてみせた。

「ひっ」

眼球に埋めこまれたア・ウンの黄金のドクロを見て、二人の男は悲鳴にもならない呻きをあげた。それが二人の最期だった。

ア・ウンは、自分を抱えようとした男の頭を左手で持った酒瓶で叩き割った。脳漿《のうしょう》が花火のように飛び散った。酒瓶も、無数の鋭角の割れ口を形造った。

もう一人の男の顔面に割れた酒瓶を突き刺し、ぐりぐりとねじ込んだ。男の顔がどのような形状に変化しているのか想像もつかない。フライパンに入れる前のハンバーグの方が、よほどハンサムに見えるだろうことは、まちがいなかった。悲鳴もあげずに倒れこむ姿は、ちょうど、顔面から酒瓶が生《は》えているように見えた。

逃げ腰になったあと二人の男も、ア・ウンは逃《のが》さなかった。

右手に持った白いトランクが、ア・ウンの腕の長さを半径として、大きく弧を描いた。猛スピードの百六十キログラムのクリーンリネス弾が二人の首筋に当たると、それが爆弾でなくとも、充分に人を殺傷できる機能を持つことを証明することになった。

二つの鈍い音が続いただけだった。あっけなく死体が四つ転がった。

その間、三秒半しかかからなかった。

もう一度ぐすんと鼻を鳴らし、ア・ウンはレストランの勝手口へと近づいていった。

もうすぐ、俺たちを馬鹿にしたラッツオは恐怖におののき、命乞いをするんだ。いい気味だぜ、ウン。――ああ、うれしくてたまらないさ、ア。そう、もうすぐだ。

ア・ウンはうれしさに胸をときめかせていた。勝手口から少し右の位置に、通風のための窓があった。そこから、内部を覗きこんだ。

中年の男が野菜の処理作業をやっている。この店の主人らしい。ハズラッドという男だろう。野菜くず、土くれなどをバケツの中に落とし、処理のすんだ野菜を熱湯につけている。

どうしたものだろうと、ア・ウンは思った。ラッツオの姿らしいものは見えない。ヤポリスで、ニルバナホテルのオーナーを殺す前に、ちゃんとラッツオの特徴と人相は確認しておいた。まちがうはずはない。

血文字の予告を見て、どこかへ逃げ去ったのだろうか。くそ、時間はあまり残されていないというのに。

首筋に日光が当たり、ジリジリと灼《や》けるのがわかる。汗粒が集まり、滝のように身体を伝い落ちる。百六十キロものトランクを持って行動するのは、この惑星ではダメージを背負っていくようなものだ。

ア・ウンの心の中で、急速にいらだちが広がっていく。

勝手口を開き、一歩踏みこんだ。ドアの内側に百六十キロの重量を静かに置いた。

レストラン・ハズラッドの主人は土間に座りこみ、無心に野菜の泥落としを続けている。

ア・ウンに背を向けているため、まだ、彼の出現に気がついてはいなかった。

ア・ウンは、棚の引き出しを静かに引き、やや大きなスプーンとナイフを取り出した。

そのまま、ハズラッドに近づいていく。

「おい」

ア・ウンは声をかけた。ハズラッドは聞きなれぬ声を耳にして、ぎょっと目を剝《む》いたまま顔をあげた。

「ラッツオはどこにいる」

ハズラッドは、口をぽかんと開き、自分の前にそびえている巨体の怪人を見あげた。

「ラッツオは、どこだ」

もう一度、怪人は言った。

「お、おまえは誰だ。開店は夕方からだよ」

ハズラッドには、最初から、その人物が客などではないことがわかっていた。左目に黄金のドクロのミニチュアなどはめこんだ品のない化け物顔が、値段の高いレストラン・ハズラッドを訪れるはずはないのだ。

なのに、そんな馬鹿馬鹿しい返事をしてしまう。こいつは、いったい何者だ。数日前の治安官殺しのときも、血文字で壁にラッツオの名前が書いてあった。この化け物は、ラッツオのことを聞いている。こいつは、ラッツオを殺しにきたのか。

数刻、沈黙が続いた。

「そうか……」

ア・ウンは言い、身を沈め、左手を差し出した。その左手はハズラッドの顔面全体を覆った。それから持っていたフォークをハズラッドの右太股《ふともも》に突き立てた。フォークは、根もとまで太股に埋まりこんだ。

ハズラッドは絶叫した。その痛みが信じられなかった。だが、部屋の中は無音だった。顔面全体をア・ウンの手で覆われているため、シュンとも声が漏れはしない。

「いいか、答える気になったかい。顔から手を離してやるが、悲鳴をあげるんじゃないぞ。泣くんじゃないぞ。ハズラッド。おまえ、男なんだからな」

ゆっくりとア・ウンが手を離す。ハズラッドは大口を開け、両目を見開いていた。

「ラッツオは、どこだ」

「ソースを買いに行った」

「どのくらいかかる」

「もう……帰ってくる」

「苦しいか」

ハズラッドは顔面を歪め、呻きながら、二、三度力なくうなずいた。ア・ウンはラッツオともうすぐ会えると知り、たちまち上機嫌になった。主人の言葉に嘘はなさそうだ。

「そうか……そんなに苦しいか」

ア・ウンは目を細め、顔を笑み崩れさせた。もう一度、涙を溢れさせながらハズラッドはうなずいた。

「そうか、そうか。俺は、今、すごくいい気分だ。よし、もっと苦しめてやろう」

ア・ウンは、次にスプーンをハズラッドの眼窩《がんか》に差しこんだ。そのまま、ぐるりとえぐった。

ハズラッドは、絶叫を残し、そのまま突然動かなくなった。ハズラッドの心臓が痛みの負荷に耐えられなかったのだ。


ソースの容器を抱えて、ラッツオは小走りに歩いていた。仕事にもだいぶ馴れてきた。客の中にもラッツオの名を覚えてくれたものもいる。主人のハズラッドもよくしてくれる。だから、あれさえなければ、何も気に病むことはないはずなのだ。

あれとは、レストラン・ハズラッド前の路上で白昼起こった老治安官殺しだ。それが、心の片隅にひっかかって離れようとしない。

単純な殺人事件であれば、数日もすれば忘れ去っていたにちがいない。だが、あの壁に残された血文字は、どんな意味だというのだろう。

――ラッツオ！

もうすぐ、おまえだ！

ラッツオという名前は、メフィスで耳にする名ではない。とすると、あれは、自分のことなのだろうか。誰が、このメフィスで自分の命を狙っているのだろうか。ハイジャック事件のときに生き残ったか、脱走したかした犯人がいるのだろうか。

しかし、あれから、レストラン・ハズラッドのまわりには、治安官らしい人物が行き来する姿が目につくようになった。あれはやはり、陰で自分を警護しようということなのだろうか。

数人の治安官がいては、生き残りのハイジャッカーがいてもおいそれと手を出してくることはないだろう。変わったことがあれば、治安庁に連絡をとればいいことだし。

ふと、ラッツオの脳裏に女の顔が蘇った。〝メフィス・エキスプレス〟で隣に座った若い女性の顔だ。

――シズカさんって言ったっけ。

そうひとりごちてから、ラッツオは自分の頰が赤くなっているのがわかった。理由もなく会いたがっているのがわかった。異性に対して特別な感情なぞ持ったことがないラッツオが、なぜ、静香の顔を思い出してしまうのか、自分でも不思議でたまらなかった。

あの女性《ひと》といると、自分が素直でいられるような気がする。やさしさとは、あの静香さんのような存在をさすのだろうか。

メフィス・エキスプレスの船内でラッツオにシートベルトを装着する静香の様子、熱射銃入りのナップザックを拾いあげてくれたときの静香の笑顔。そんな情景が、しっかりとラッツオの脳裏に焼きついている。

もう一度、会える。そんな気がする。

「私もよ」そう静香さんも言っていたではないか。

通りの角を曲がると、そこは死の世界だった。四人の治安官が横たわっている。白昼のメフィスは、人通りが少ない。まだ、この死体を誰も発見してはいないらしい。

ラッツオの思考が、その情景を見て、突如空白と化した。いったい何があったというんだ。呆然《ぼうぜん》と立ち尽くした。先日の治安官殺しと同一犯だろうか。あたりに人影は見当たらない。

ここにいては、危険だ。ラッツオは本能的にそう考えた。まだ、殺人鬼があたりをうろついている可能性がある。

ラッツオは、レストラン・ハズラッドの勝手口へ走った。ドアが開かない。何度かドアを叩き、押した。

早く治安庁に知らせなくてはならない。狂人がいるんだ。ラッツオは主人の名を呼んだ。

突然、ドアが開いて、室内へ転がりこんだ。

「外で、外でまた治安官たちが……」

ハズラッドが壁に寄りかかっていた。不自然な姿勢だ。生ある者はそんな姿勢をとるはずはない。動転しているラッツオには、それがわからなかった。答えないハズラッドの肩を揺すった。

ハズラッドの身体のバランスが崩れ、スプーンの突き刺さった目玉のない顔が、ラッツオを見た。

ラッツオは悲鳴を発した。その場にへたりこんだ。悪夢のような光景だった。

ゆっくりと、その背後から巨大な男が姿を現した。

「やあ、初めまして。ラッツオ。いや、ひょっとして一度は顔を合わせているかもしれないかな」

こんな奇怪な風貌の男の記憶は、ラッツオには、ない。男は細めていた目を見開いた。左目には黄金のドクロが埋めこまれていた。

「あなたは、誰なんです」

床の上で後ずさりながら、ラッツオは言った。怪人は壁の時計を一瞥《いちべつ》した。

「もう少々、時間があるようだな。話してやろう。なぜ、ラッツオ、おまえが死ななくてはならなくなったかということをな」

やはり、こいつだ。先日の老治安官殺しは。そして、四人を路上で殺害したのも。この男は、なぜか、自分を殺すことが目的であるらしい。なぜ、自分が狙われなければならない……なぜ、自分でなければならないのだ。

「ラッツオ。おまえはヤポリスでニルバナホテルにいたろう。誰の金に手をつけたと思う。よりによって俺の金だったんだよ。メフィスまで逃げれば安全と思ったのかい。甘いぜ。おまえは、誰の金に手をつけたと思うんだ。どうせ死んじまうんだ。教えてやろう。汎銀河聖解放戦線のア・ウン様の金だ。俺はプライドの高い人間だ。俺をコケにした奴には、徹底的に仕置きをしてやることに決めているんだ。

そいつがどこにいようと、ブラックホールの底でも、俺は仕置きに出向いて思い知らせてやる。おまえが、メフィスのレストラン・ハズラッドにいることはヤポリスまで聞こえていたぜ。ちょうど、こちらの仕事が入ってな。挨拶《あいさつ》なしじゃ失礼だからよ。足を延ばしたんだ。少ない時間だが、じっくり後悔するんだな。苦しませて殺してやるぜ」

ラッツオは、あわててあたりを見まわした。客席への入口には、まだ鍵がかけられている。そちらへ逃げても、すぐに追いつかれてしまう。やはり勝手口のドアから飛び出すしかない。

ア・ウンは、右手を水平に突き出し、壁を素手で殴った。壁に無数の亀裂が入る。一種の威圧行動だったのだろう。ピクンと身体をすくませるラッツオを見て、ア・ウンは含み笑いを漏らした。

　金を見つけたときから今まで、話がうまく運びすぎると思った。そうラッツオは考えた。自分がそんなにツイてるはずはないんだ。やっぱり、ツケはまわってくるものなんだ。しかし、こんなにおぞましいツケとは、収支が悪すぎるではないか。

　とにかく、こんなふうな化け物みたいな奴の手にかかって、あっけなく殺されるのは嫌だ。

　なんとか逃げる方法はないだろうか。勝手口のドアに賭《か》けるしかないだろう。うまくいくだろうか。

　迷っている暇なぞないことをラッツオは知っていた。このア・ウンという男は、時間がないと再三漏らしている。少ない時間で苦しめ、と。

　覚悟を決めて、とっさにア・ウンの脇をすり抜けた。ア・ウンは手を伸ばしたが、ラッツオの肩の数センチ後ろの空《くう》を摑《つか》んだだけだ。

　やった!?　勝手口のドアのノブに手をかけた。ここを飛び出せば、あんな化け物とおさらばだ。

　ドアが開かない！

　ラッツオは激しくドアを揺すった。びくともしない。動かないはずだ。見慣れぬ白いトランクが、ドアを押さえている。ラッツオはトランクを自暴自棄《やけくそ》になって蹴った。取っ手の部分から何かがはずれたが、トランク自体はびくともしない。

絶望的だ。ア・ウンはラッツオを見下ろしていた。笑いが消えていた。

「俺は、今、仕事の途中なのさ。ラッツオ、おまえが今、足で蹴ったものの中身を教えてやろう。〝クリーンリネス弾〟というんだ。あと一時間ちょいで、爆発するような仕掛けが施されている。何と、百六十キロの重量がある。おまえの力じゃ、びくともしないさ。おまえは、ヤポリス・サースデイを知っているだろう。あんな事件が、あと一時間もすれば、このメフィスで起こるのさ。それで惑条機構の中央機能は、ほぼ潰滅《かいめつ》する。いずれにせよ、このクリーンリネス弾は作動を開始している。もう誰にも止めることはできない。この爆弾は分解不可能なんだ。

さて、そろそろ時間だ。覚悟を決めろ」

ラッツオは、流しの横にかけてある肉切り包丁を摑んだ。泣き出したかった。もう、どんな抵抗を試みたところで、このア・ウンという男から逃れることはできないという予感があったからだ。

「ほほう。元気だな。うれしいよ」

肉切り包丁を両手で握りしめ、がたがた震えているラッツオを見て、ア・ウンは言う。

ア・ウンが一歩踏み出したとき、ラッツオは思いっきり肉切り包丁を振りまわした。はっきりとした手応えがあった。だが、すぐにラッツオは、手が空になっていることがわかった。

肉切り包丁は、ア・ウンの左肩に斜めに深々と突き刺さっていた。その包丁をア・ウンは抜き取ろうともしない。こいつは不死身だ。

「それが、最後のあがきというやつか。じゃあ、もうおしまいだな」

ゆっくりと包丁を抜き、ラッツオに放った。ラッツオの頬のすぐ横の壁に音をたてて包丁が突き立った。ラッツオは失禁していた。

妙なことを言った。

「さあ、待たせたな、ア。一緒に仕置きしてやろうぜ」

ア・ウンは、白のメフィス服をゆっくりと脱いだ。裸の上半身が現れる。あんぐりとラッツオは口を開いた。

怪物だ。自分は夢を見ている。これは嘘だ！

「どうして、俺たちがア・ウンと呼ばれるか知っているか。俺がウンだよ」

ア・ウンの胸部のそれも、鋭い牙を剥き出し、唾液を垂らしながら言う。

「俺が、アさ」

信じられない光景だった。男の顔が、もう一つ、彼の胸からせり出しているのだ。

「俺たちは二人で一人なのさ。な、ア」

「もちろんさ、ウン。俺たちは、惑条機構の新兵器の犠牲者さね。重合人だよ。あまり例がないがね。ウン。早く片づけようぜ」

胸の顔は巨大な口をしていた。そうだ……とラッツオは思った。老治安官は、こいつに喰いちぎられていたんだ。自分の身体も、あいつにばらばらに喰いちぎられることになる。

悪寒が全身を駆け巡った。

ア・ウンの両方の口が、今、唸《うな》りを発し始めていた。

ア・ウンが飛びかかってきた。ラッツオの全身から噴き出していた汗が幸いした。ぬるりという感触があり、ラッツオは必死で床を這いずった。うまくア・ウンの腕から逃れたと思った。腕を動かす。這いまわる。

右足を摑まれた。ラッツオは悲鳴をあげた。もう最後だ。両手を無闇に動かした。溺《おぼ》れる者が何でも摑みたがる、あの行為だ。

何かを摑んだ。ハズラッドが先ほどまで調理していた野菜が床一面に散らばっていたのだ。まだ、その野菜の束はロープが解かれていない。

野菜束を右手に握りしめたまま宙吊りになった。宙吊りにされながら、自分の姿が他人の目から見ると、いかに滑稽《こっけい》に映るだろうかと考えていた。両足から逆さ吊りにされ、右手には野菜束などを握りしめている。

　ア・ウンが、ぐいとラッツオの両足を持ちあげた。

　ラッツオの顔の前に、ア・ウンの異形の胸があった。胸が凶暴な目で睨みつけていた。

「わあぁあああ」

　持っていた野菜束で、ラッツオはア・ウンの胸を叩いた。しかし、何ら堪《こた》えるようすはない。

「往生際の悪い奴だ」

　呆れるようにア・ウンが言った。

　ぐるるるると胸の口がラッツオの目の前で唸った。その口がゆっくりと開いた。鋭利な刃物が不規則に並んだような、グロテスクさだった。この口で食われる！　ラッツオは思った。

　その口が完全に開ききったときの大きさは信じられないほどだった。ちろちろとピンク色の細い舌までが見えた。

　その口が顔面に迫ってきた。ラッツオは無意識に、右手に持っていた野菜束を口の中へ力いっぱいに突っこんだ。

「ぐふっ」

異様な音を残して、口が閉じた。

「ぐふっ」

ウンはうろたえた声を発した。

「どうした。ア」

がはっ！　と音がして、野菜束が屑《くず》となって吐き出された。

アの顔が異様に歪み始めた。今度こそ最後だ。ラッツオは観念した。目を閉じた。

「がはっ」

再び、ラッツオは目を開いた。ア・ウンの胸の口が大きく開き、血を噴き出していた。

どうしたんだ、この不死身の化け物は。

両足を握る手が緩み、ラッツオはどさりと床の上に落ちた。

化け物の変調は、全身に発生しているらしい。二つの口が呻き声を発していた。

「おう。おおおおおお」

ア・ウンが苦しんでいるのだ。テーブルを倒し、壁を叩き破った。自分の行動が制御できずにいる。全身を掻《か》きむしりながら、床の上を転げまわり始めた。

ラッツオは腰があがらなかった。ここから逃げたい。逃げるなら今しかない。しかし、動けない。

「うおおおぉ」

ア・ウンが絶叫した。

勝手口のドアが鳴った。

「ラッツオ！　ラッツオ！」

激しく叩く音が続く。音がやんだかと思うと、ドアが破られた。

「夏目さん！　シズカさん」

三人入ってきた。二人は見覚えがある。しかし、もう一人の女は知らない。

ドゥルガーだ。

三人は、部屋の中をのたうちまわる異形の怪人を見て、さすがに立ちすくんだ。

「こ、こいつ、ぼくを殺しに来たんです。ア・ウンという汎銀戦の奴です」

ア・ウンの肉体に変調が起こっていた。胸に、肩に、首筋に直径七、八センチほどの膨らみが生じていた。その腫《は》れものは、急速に巨大化している。

夏目は熱射銃を取り出した。だが、その腕をドゥルガーが押さえた。

「そこまでやる必要は、ないさ」

ア・ウンの首筋の腫れものがボール状に膨脹し、突然に破裂した。肉塊とともに、何かが飛び出した。

「飛びナメだ！」

ア・ウンの体液を吸って急速に孵化《ふか》した飛びナメが、血液で真っ赤に身体を染めて宙を舞った。

「こいつは、もう駄目さ。この死にかたは、前にも見たことがある」ドゥルガーは平然と言った。

「さっき、口の中へ突っこんだ野菜束に飛びナメの卵が付着していたんだ」

ラッツオは呟くように言う。

がはっ！

ア・ウンの胸の口にあたる部分から、新たに真っ赤な飛びナメが二匹、這いずり出てきた。そして、肩、背中……。

おびただしい出血をくり返しながら、ア・ウンはその場に崩れ落ちた。

「死んだ……」

ア・ウンの横たわった身体に手をやり、夏目は言った。

18

ガスマンが変調に気がついたのが十四時三十分だった。ア・ウンが運び去ったクリーンリネス弾のトランク上部には、惑星探査機器の部品が装着されていた。ガスマンは、ホテルの部屋にいながらにして、〝追っかけ屋《トレーサー》〟になることができる。探査機器の部品がクリーンリネス弾の位置を常時、ガスマンに知らせるのだ。

ホテルの薄暗い部屋で、ガスマンはケースの中に納められた受信装置を凝視していた。座標を移動する青い光点が、クリーンリネス弾の所在を示すということになる。十六時には光点が赤い十字マークの位置で消滅しなくてはならない。いかに遅くとも、十五時には光点は十字マークの位置に到着しているべきなのだ。ところが、ガスマンが変調に気がついた十四時三十分以降、光点はぴくりとも動きはしない。

「あの、たわけが……」

ガスマンが吐き捨てるように呟いた。

ホテルの位置から、直線で六キロほど離れた地点だ。ア・ウンに指示した場所からは、まだ、七キロほどもある。位置を正確に把握するのに、十五分ほども費やす破目になった。

メフィス市街の精密地図に受信装置のアダプターを接続するのに予想外に手間をとったのだ。クリーンリネス弾は、メフィス中心街から外れた裏通り、ポッズゾア・ストリートの端にあった。

ポッズゾア通り。

ガスマンは受話器をとり、フロントを呼び出した。

「レストラン・ハズラッドの場所を調べてくれ」

数秒後、受話器の先端からテープが吐き出されてきた。レストラン・ハズラッドに関するサービス情報がフロントから送られてきたのだ。ガスマンは紙テープに記載された地図をくいいるように凝視した。

「くそ！　やはり、そうだ」

ガスマンは悟った。ア・ウンがなぜそこで道草をくっているかという理由を。ア・ウンは勝手な行動をとっている。あれだけ釘《くぎ》を刺しておいたというのに。こんな大事の前に、小金を盗《と》った奴に復讐しようと、のこのこ出掛けていくとは。

ガスマンもア・ウンからラッツオという若者のことは聞いてはいた。だからこそ、あれほど口酸っぱくア・ウンに目的優先を説いたのではないか。それを、あのア・ウンは、ただ単に聞き流していたにすぎないのだ。

あの、たわけめ。自分のミスがどのような結果をもたらすか、考えたことがあるのだろうか。

ア・ウンが処罰されるのはいい。自業自得というやつだからな。だが、俺はどうなる。俺の革命の記録は、完璧な光芒《こうぼう》を放った足跡でなくてはならない。汎銀河聖解放戦線の幹部になる、という夢の実現が遠ざかる。

ガスマンは歯嚙みした。

それから疾風のごとく思考を展開させた。

クリーンリネス弾の破壊有効範囲は直径十キロメートルジャストだ。現在、十四時五十分。自分がこれからレストラン・ハズラッドへ出向けば、十五時二十分には到着できるだろう。目的地点にクリーンリネス弾を移動させるのに十分から十五分かかる。それから、五キロメートル以上の距離を走らなければならない。できるか？

無理だという答えが湧いた。

平常の重力の惑星であれば、なんとか可能かもしれない。しかし、このメフィスでは無理だ。加えてクリーンリネス弾は百六十キロある。現時点からの行動は不可能だ。

部屋の中は薄暗い。ガスマンは微動だにしない。エア・コンディショナーの通気孔から響く、喉を詰まらせたような風の音だけが不気味に続いている。

ラッツオの放心状態は、十数分続いた。再び、思い出したように悲鳴をあげた彼の頬をドゥルガーがひっぱたいた。

そのショックがラッツオを現実世界に引きもどした。しかし、まだ身を起こせる状態ではない。

「夏目さん。メフィスでヤポリス・サースデイが起こる!!」

ラッツオは、振り絞るように、やっとそう告げた。指は、戸口に置かれた白いトランクを指していた。

「爆弾か?」

夏目の問いに、何度もラッツオはうなずいた。

「惑条機構の本部をぶっ飛ばすつもりだったんだってさ。あと一時間もしないうちに、爆発するらしい。さっきの化け物は、爆弾を仕掛けに行く途中、ぼくの所へ立ち寄ったんです」

「よし、処理班を呼ぼう」

「だめです。化け物が言ってた。この爆弾は分解不可能なんだって」

夏目とドゥルガーは、トランクに駆け寄った。そのトランクの継ぎ目は溶接処理が施されている。これから処理班が駆けつけても、限られた時間内に爆発がくいとめられるものかどうか。

「あたいには、わかんないよ。お手上げだ」

はやばやとドゥルガーはさじを投げた。

夏目の結論は早かった。

「一台、スピナーをお釈迦《しゃか》にするしかないな。爆弾をスピナーに積みこもう」

静香も、夏目の決断のスピードには敬服した。爆発を制御できないのであれば、爆弾を人気《ひとけ》のない場所で作動させようというのだ。

同時に、現実として感じていた。この爆弾が夫や娘を自分から奪い去ったのだ。その爆弾が自分の目の前にある……。

「よし、表のスピナーに積みこむ。ドゥルガー、スピナーを開けておいてくれ」

あいよ、と答えてドゥルガーは表へ出る。

夏目はトランクに手をかけた。予想外の重量に、不様に足を数歩ふらつかせた。

「なんて重量だ。ア・ウンは本当にこのトランクをぶらさげてやってきたというのか」

荒い息を吐いて、夏目はそう漏らした。再び夏目は挑戦した。今度は両腕を使った。床から数センチ、トランクは宙に浮いた。その姿勢のまま数秒、夏目は静止した。顔面を真っ赤に充血させていたが、ついにあきらめ、手を離した。

「スピナーの後部トランクを開けておいた」

ドゥルガーは入るなり、夏目の姿を見て大笑いした。

「貸してみなよ」

ドゥルガーは無造作にトランクを持ちあげた。

「積みこんだら、どうするね」

「私が沙漠地帯まで操縦する。その後は、無人地帯の方角へ、オートのまま全速で走らせる」

外は、まだ白熱の日差しが続いている。夕暮れまでは、まだ間がある。

ドゥルガーたちが、クリーンリネス弾のトランクを表に持ち出したときだった。レストラン・ハズラッドの窓ガラスが割れる音がした。眩《まばゆ》い光の中に何かがレストランから飛び出してきたのだ。

夏目は目を剝いた。通りの上を転がる物体を見て、信じられぬ思いだった。

ドゥルガーはその場にトランクを置いた。物体はむっくりと起きあがり、よたよたとドゥルガーに向かって近づいてきた。

ア・ウンは、まだ絶命していなかったのだ。確かに、孵化《ふか》した飛びナメに内臓を喰い破られ死んだはずではなかったか。そのア・ウンが息を吹き返し、再び現れたのだ。

だが、様子は尋常ではない。まるで地球の伝説にある〝生きている屍体《リビング・デッド》〟といった動きだった。

うなだれた首筋の横から噴き出していた血は黒く変色し、傷跡だけが、ぽっかりと開いている。右手はだらりと垂れさがっているが、左手だけが目的のない何かを探し求めるように前方のドゥルガーに向けて突き出されていた。一歩進むごとに、ア・ウンの首がうなだれたまま振り子のように揺れた。

一度、大きく顔が揺れた。そのとき、彼らは見た。一匹の巨大な飛びナメがア・ウンの顔面いっぱいに羽を閉じてへばりついているのを。

確かに死んでいる。だが、幽鬼の如《ごと》く動き続け、静香たちを襲おうとしている。

ア・ウンは、白昼に出現した悪魔なのだ。

突如、ア・ウンはドゥルガーに飛びかかった。

ドゥルガーは身体をひねり、ア・ウンの攻撃をかわした。そのまま、連続動作で胸を蹴りあげた。

ア・ウンの胸が、グエッと怪鳥のような呻《うめ》きを発した。そのとき、なぜア・ウンがこのような狂気じみた生命力を有しているのかという理由を、静香は知った。

ア・ウンは重合人なのだ。たしかに本体はすでに死んでいる。本体のウンは死んだものの、ア・ウンの胸を中心とするアの人格と代謝機能は、まだ生きて永らえているのだ。

胸の部分にも噴き出した血が黒く変色し、こびりついている。だが、赤く充血した胸の二つの目は、激しい憤怒に染まっていることが、今、見てとれた。

ラッツオが悲鳴をあげた。それが合図だったかのように、ア・ウンはラッツオを攻撃の対象に変更した。

夏目が熱射銃を抜いた。ア・ウンは、身体をよじるようにして弾きとばされた。地面に転がったが、再びよたよたと身を起こした。

夏目は熱射をくり返した。しかし、ア・ウンを倒れさせる効果はあっても、死に至らせる傷を与えることはできずにいる。

夏目の熱射銃の連続発射が、ついに首を灼《や》き落とした。首は転がり、ア・ウン自身に蹴り飛ばされた。

「時間がないよ。爆発まで、そう長くはないはずだ」

それは、その場の全員が承知していることなのだ。

ア・ウンにはすでに思考力は存在していないかのようだ。ただひたすら、ラッツオに対する復讐を本能的に完遂しようとしているにすぎない。

「こいつは死なない！」

呆れたように、夏目が言った。ただ、幸いなことに動作には素早さが失われている。首なしのア・ウンは、ラッツオとの距離を縮めていた。ラッツオは後ずさった。

ラッツオの背中には、夏目のスピナーがあった。これ以上、退《さ》がるわけにはいかない。

ラッツオは、ようやく落ち着きを取り戻しつつあった。ひとつは、ア・ウンの動きの緩慢さによる。ラッツオは腰を落とし、地面の土くれをア・ウンの胸の両目に向かって投げた。

「ラッツオ。そこをよけて」

静香が叫び、ア・ウンの後方から体当たりした。ドゥルガーが体勢を狂わせたア・ウンの背中と片足を抱え、スピナーの後部トランクに落としこんだ。静香がトランクのカバーを閉じた。

すべてが一瞬のできごとであり、また、永遠の瞬間の積み重ねのようでもあった。

トランクの中では、ア・ウンが異音をたて続けている。

「ひと騒動、終了したね。じゃあ、爆弾は前に積んでおくよ」

ドゥルガーはスピナーの助手席にクリーンリネス弾を積みこんだ。

「とりあえず、三人とも、レストラン・ハズラッドで待っていてくれ。爆弾をとにかく沙漠地帯まで持ち出す」

そう言い残して、夏目はスピナーに飛び乗った。スピナーが浮きあがるかどうかという段階で、猛スピードで発進させた。

十五時半。

メフィスシティ内の目抜き通りを、夏目のスピナーは時速三百キロで滑空した。本来メフィスシティ内を通行するスピナーは、地上三十センチで規定速度を守り走行しなければならない。夏目は地上五メートルを超電導浮揚位置に設定した。

貧民たちのキャンプが市街を取り囲むように存在する。市の中央からそこまで、普通、法定運転で四十分かかる。夏目は十分足らずで、通り過ぎることができる計算だった。

破裂音がした。思わず夏目は、助手席の爆弾に目をやった。何の変化もない。

実は後部座席に穴が開いていた。そこから腕が伸びていたのだ。

ア・ウンだった。狭いトランクの空間から、必死の力を振り絞って左腕を突き出していた。その手は、何度も虚《むな》しく宙をかいていた。肩までその穴へ押しこむことができたときに、初めて夏目の座席のシートを摑むことができた。

スピナーの運転シートが、夏目がステアリングを握った状態のまま、ぐいと引き倒された。ステアリングは手前に引かれ、時速三百キロで疾走状態のままスピナーは垂直に上昇した。

ア・ウンの腕が夏目を捕らえようともがく。

夏目はステアリングを押しもどしながら減速させた。再び地表と平行の滑空にもどる。

夏目は信じられない思いだった。

なんという奴だ。このア・ウンという怪物は。あれだけの傷を負いながら、生命力を有し、トランクと後部座席の隔壁を破壊し、攻撃を試みるなんて……。

これからは、減速走行せざるをえない。スピナーと後方のア・ウンに同時に注意をはらわねばならないのだ。

ア・ウンの腕は、のべつ宙をかいている。

夏目は左手でステアリングを操作しながら熱射銃を取り出し、撃った。その瞬間だけは、ア・ウンの手は穴の中に隠れるが、すぐに夏目の顔の位置めがけて突き出されてくる。再び突き出された手が、夏目の首筋のわきを抜け宙を摑む。

いったん捕らえられたら、造作もなく夏目の細い首は潰されてしまうはずだ。そのくらいの余力は、ア・ウンは残している。

キャンプの白いテント群の間から、廃棄物輸送用の大型スピナーが飛び出してきた。反射的に夏目はステアリングを引きながら右によけた。大型スピナーを真下に見下ろしつつ回避した。

　そのとき、右手の熱射銃が弾け飛んだ。ア・ウンの左手が、大型スピナーに気をとられた夏目の手から銃を薙《な》ぎはらったのだ。

　熱射銃は後部シートに転がっていた。

「くそっ」

　夏目は舌打ちした。加速装置を踏みこんだまま手を伸ばす。ア・ウンの腕だけが、のべつのたうっていた。タイミングをはかり、熱射銃を拾ったときだった。ア・ウンの腕が夏目の左腕の袖を摑んだ。凄まじい力だった。抗《あらが》うすべもない。右手で夏目はステアリングを握っているが、じりじりと確実に後部に引き寄せられていく。

　たぐり寄せられ、内臓を摑み出されるか、顔面を握り潰される。このままの状態が進行すれば、そんな結果が待ち受けているはずだった。

　夏目の身体中から冷や汗が噴き出していた。ステアリングから手を離せば最後だ。それが夏目にはわかっていた。だが、腕は後部へと着実に引きつけられていく。それにつれ、ステアリングも手前にと引かれていった。

　再びスピナーは地表の滑空から急上昇に移った。すでに腕と夏目の力の均衡が破られようとしていた。夏目は顔面を蒼黒く充血させていた。血管が顔面中に浮き出し、歯が剝き出された。

大きく開いた眼球に赤い蟯虫《ぎょうちゅう》状のものが走った。耐えうる限界を夏目は迎えようとしていた。これまでかと夏目は自覚した。

白い物が、眼前を走った。

逆転が起こった。夏目を襲っていた恐ろしい力が嘘のように引いていった。

助手席にあった百六十キロのクリーンリネス弾が、垂直走行のために真っ逆さまにア・ウンの腕に落下したのだ。

腕はひくひくと虚しい動きをくり返していた。

地表は、すでにキャンプを抜けようとしていた。

スピナーをいったん停止させ、沙漠に向けると、加速装置をレンチで固定した。ステアリングを真《ま》っ直《す》ぐに向け、夏目は飛び降りた。始動スイッチを力いっぱいに押すと、無人地帯へ向かって一直線に猛スピードで走り去った。

十五時五十七分。

スピナーは小さな点となり、荒地の彼方に去った。クリーンリネス弾と、後部トランクには、ア・ウンを乗せたまま。

夏目は踵《きびす》を返すと、キャンプに向かって、足をふらつかせながら歩き始めた。

19

十六時。

ガスマンは受信装置を見守り続けていた。青い光点は、クリーンリネス弾の所在位置を示す。その光点は爆発と同時に消滅するはずだ。ところが相変わらず青い光点は受信装置の中で輝き続けている。

信じられなかった。

クリーンリネス弾は作動しなかったのか？

そんなはずはない。あれは完璧な時限装置のはずだ。爆弾は外部から制御することは不可能だ。無理に外装を破壊すれば、時を待たずして爆発することになる。

I・V・シルバーで内部をコーティングしてあるから、透視も不可能のはずだ。システムもわかるはずもない。なのに定刻がきても、なぜ爆発しない。

いや、ひょっとして……。爆発したのかもしれない。ひょっとして、クリーンリネス弾上部に取り付けておいた惑星探査機器の部品が、何らかの理由ではずれたのではないだろうか。それに気がつかないままに、ア・ウンは当初の目的地に爆弾を設置した。

そう、うまくいっていればいいのだが。

ガスマンはもちろん知るはずもない。

トランク上部に取り付けられていた惑星探査機器の部品は、レストラン・ハズラッドでラッツオがア・ウンと死闘をくり広げたとき、はずみで弾き飛ばされてしまっていた。

探査機器の部品は、まだレストラン・ハズラッドの床の上で所在なげに転がっているにすぎないのだ。

ガスマンは荷物をまとめ始めた。いずれにしろ脱出する予定だ。これ以上メフィスにいることは無意味だ。何も生産性がない。

ガスマンは、突然に足をとられた。

ホテルが大きく揺らいでいる。部屋中の調度品が大きく音をたてた。窓ガラスが音をたてて割れ、部屋にメフィスの熱風が舞いこんできた。

ガスマンは、床に倒れこみながら大笑いした。やったぞ！　クリーンリネス弾が作動した。

窓際に駆け寄り、カーテンを思いっきり引いた。白い光が彼の目を刺した。そして……。

馬鹿な！

ガスマンは遠くに見た。在人類惑星条約機構の本部庁舎のビルを。惑条機構のビルだけではない。メフィスシティの中央部は、今の地震になど何の関係もなかったかのように、厳然としてそこに存在している。

ガスマンは、もう一度、呻くように言った。

馬鹿な！

いったい、今の地震は何だったというんだ。


レストラン・ハズラッドの前の通りで、静香、ドゥルガー、ラッツオの三人はクリーンリネス弾の爆発を目撃した。

十六時三分。

三人には、そのときの衝撃の方角も距離も理解できなかった。だが、静香には、あのときの記憶が鮮烈に蘇った。

ヤポリス・サースデイ。

あのときと同じ白い光。肌を刺す熱風。この光の中で、自分は夫と娘を失ったのだ。だが今、静香はあのときのように意識を失うことはなかった。

熱風はなかなか収まる気配を見せない。

夏目は無事でいるのだろうか。ふと、静香にそんな考えがよぎった。

爆風が少しずつ衰え始めたとき、三人は、このメフィスではまだ見たことのないものを見ようとしていた。

地上の彼方に立ち昇る、白い逆円錐《えんすい》状のもの。

「雲だよ。雲が出てる。何か邪悪なことが起こる予感がする」

ドゥルガーは眉をひそめ、立ち尽くしていた。確かに、静香にしても、荒地での訓練期間中を含め、雲を見るのはここメフィスでは初めてのことだ。ただ、その雲の形状はヤポリスで目にしていたものとは根本的に異なっている。

クリーンリネス弾によって生成した人工雲と呼ぶのが正しい。極度の温度差と、局所的な大気の急激な対流により、クリーンリネス弾特有の漏斗《ろうと》状雲が発生している。

雲は急速に拡散し始めていた。遥《はる》か頭上に成長しつつある。三人の頭上をも覆い始めていた。急速度の成長のために、雲の表面がまるで未知の不定形生命体のように見える。

メフィスシティは、今、巨大な影の中にあった。

「まさかね。まさかそんなはずはないさ。そんなことは起こるはずもない」

ドゥルガーが自嘲《じちょう》的な笑いを浮かべた。

「人間、最悪のことを考え始めると、とことんまで悲観主義者になってしまうんだね」

「え……？」と静香は、ドゥルガーの横顔を見た。

「いいや。メフィスで、もうそんなことは起こるはずもないさ」

そうであってほしいと、ドゥルガーが自分を慰めるように呟くのが聞こえた。ドゥルガーは何を恐れているというのか。

ぽつり。

水滴が、静香の頰に当たった。

ぽつり。

「雨だ……」

ラッツオが呟いた。「雨が落ちてきた。ヤポリス・サースデイのときと同じだ。涙雨だよ」

そのとき初めて、ドゥルガーの恐怖の表情というものを静香は見た。ア・ウンを前にしても、命懸けの訓練の中でも、決して見せることのなかった感情を初めて露《あらわ》にしたのだ。

「まさか……。嘘だよこんなこと。これからどんなことが起こるか予測もつかない。ヤポリス・サースデイでは、どのくらいの雨量だったんだい」

ラッツオには、ドゥルガーの焦りの原因がまだわかってはいなかった。首をひねって考えた。

「さあ……。三時間くらいは降り続いていたと思う……」

ドゥルガーは、しばらく無言でいた。それから、ぼそりと呟いた。

「地獄になるよ、このメフィスは。全住民が経験したこともない悲惨な状況が起こる」

「…………」

静香は、そのときドゥルガーが恐れているものが何かを理解していた。

数人のメフィスの男たちが血相を変えて通りを走っていく。道に転がり雨に濡《ぬ》れている治安官たちの死体にさえ興味を示そうとしない。

「終末だ。伝説に出てくる終末だ」

「伝説が本当になる。早く逃げろ」

ずぶ濡れの男が転ぶ。這いずりながら、他の男たちの後を追おうとする。

静香たちに気づき、男は彼方を指でさして言った。

「早く、家の中へ入れ。命が惜しくないのか!!　メフィスの伝説を知らないのか。雨が降り始めたんだぞ。終末だ！」

「何が起こるんだよ」

ラッツオが叫んだ。

「終末だよ。終末が来るんだよ」

男の表情は、完全に錯乱したもののそれだった。

「聖カマリオスの予言さ。知らんのか」

爆発が起こったとき、夏目は貧民たちのキャンプにいた。閃光と熱風を確認し、胸を撫《な》でおろした。とりあえずメフィスシティの危機を回避させたという安堵感でいっぱいだった。

ヤポリス・サースデイでの例から、爆発物が、核分裂によるものとは全然別種の性質であることを知っていた。破壊力、消滅力は、想像を超えたものがあるが、残留汚染はない〝きれいな〟爆弾であるはずだった。それは安心していた。

とにかく、静香やドゥルガーたちの待つレストラン・ハズラッドへ帰るつもりでいた。沙漠でスピナーを乗り捨て、夏目は、歩きでこのキャンプにまでたどりついたのだ。子供たちが、裸で走りまわる。ビンロウインキンマをくちゃくちゃと噛み続ける老人が横たわっている。乳呑み児《ちのご》を抱えた痩せた女が、何人もあてもなく座っている。

白いテントの住宅が道に沿って無数に並んでいた。その中を、疲労の極みに達した夏目が、市の中央へ帰るための手段を足をふらつかせながら探していた。

「軍人さん。宇宙クレジットをおくれ」

「軍人さん。タバコ。タバコ」

夏目が振り向くと、十数人の女や子供たちが夏目の後をついてくるのだ。

「だめだ。あっちへ行け」

夏目が叫んでも、誰もこたえた様子はない。

「これ買わないか。十宇宙クレジット」

沙漠の石をつないで首輪にしたものを若者が持って、夏目に差し出す。夏目は首を横に振る。

「今はそれどころじゃない」

「買い得だよ。三つなら二十宇宙クレジットでいい」

若者は、夏目が買う様子がないと知ると、次の商品を取り出す。

「メフィスの沙漠笛だ」と吹いてみせる。「よく鳴るだろう。これも十宇宙クレジットでいいよ」

こいつらの神経はどうなっているんだと、夏目は耳を疑った。こいつら、さっきの閃光と熱風をどう思ってるんだ。何も感じていないのか。目の前の見知らぬ男から金をせびることしか関心がないのか。

夏目はテントの間を歩き続ける。スピナーで走り抜けるときは、限られた距離にしか感じられないが、徒歩では貧民キャンプは永遠といっていいほどの規模だ。

いい年齢をした若者たちが、道の端で呆然と座りこんでいる。歩く夏目を見ても何の興味も示さない。

後ろを向くと、まだ十数人の女子供たちが夏目の後をついてくる。振り向きざまに、子供たちは手のひらを差し出す。夏目は呆れはてた。

「誰か」夏目は仕方なく言った。「誰か、ここいらにスピナーのある場所を知らないか？」

子供たちは、夏目に手を出したままだ。

「スピナーだ。地表を滑空する。ス・ピ・ナー！　それを使って私は帰らなければならない」

子供たちは、何の感情も見せない。

「スピナーの場所を私に教えてくれた奴には」

夏目はズボンのポケットをまさぐった。コインを取り出した。「三十宇宙クレジットやる」

現金なものだ。少年たちはクモの子を散らすように去っていった。多分、スピナーの所在を知るために情報を求めて散っていったのだろう。

物売りの若者だけが一人残った。その若者はメフィス笛を差し出した。

「三十宇宙クレジットなら、メフィス笛を五つあげる。安いよ」

夏目が凄まじい眼光で睨《にら》みつけると、さすがにその若者も、その場を去っていった。

空を見あげた。

雲があった。

雲……。

夏目が爆弾を誘導した。その爆心地の方角を中心として、すり鉢のような雲が生命ある存在のように天空へかけて成長しつつあった。

雲か……。聖カマリオスの予言に出てくるあれだな。数百年前にメフィスシティの人々を導いたという宗教学者。自ら〝聖〟と名乗っていたらしいが……。メフィスの民衆の倫理基準は、彼によって形成されたものだ。カマリオスは、いくつかの辻奇跡と辻予言を行っていたらしい。

カマリオスの経歴は誰も知らないが、一般的な人間の善悪の基準は他の宗教と何ら変わることはない。唯一彼の教義がメフィスの人々向けに作られていたところは、水に関しての託宣の部分だ。

本来、メフィスは人類が住むには不適当な星であるというのが、彼の主張だった。まず、水がない。地を焦がす白色矮星《わいせい》ドルも老化し、すべての生命の源としてのその寿命もはや終焉《しゅうえん》を迎えている。その惑星に移住してきた人類は、原住生命に心して敬意をはらわなくてはならないと、説いた。

原住生命が衰亡したというのであれば、その環境を変化させてはならぬとも告げた。環境を原住生命の繁栄したときのそれにもどせば、必ず終末がやってくる。今の環境の中で、人類はメフィスを愛さなくてはならぬ。メフィスの現在あるべき姿に人間の都合のよいような改造を加えようとすれば、必ずや先住の悪魔との摩擦が生じるだろう。

そして移住者は滅び去り、再びメフィスは死の世界へもどる。先住者もなく移住者もない世界に。

たとえば……、と聖カマリオスは例に出していた。雲が生じ、雨が降るようなことは、このメフィスでは現在、ありえないことだ。そのような環境を作り出そうとすれば、悪魔はすぐに蘇る。

その雲が、今、夏目の前にそびえている。

「おじさん」

「ん！」

呼びかけられて夏目は振り向いた。

さきほど子供たちの群れの中にいた少女が、乳呑み児を抱いて立っていた。少女は手を出した。

「スピナーがあるわ。三十宇宙クレジットちょうだい」

「よし、案内してくれ」

「先にちょうだい。そしたら案内する。連れていって、三十宇宙クレジットもらえなかったらいやだもの」

そうか、と夏目はズボンのポケットからコインを取り出し、少女に渡した。

少女は乳呑み児を抱いたまま走りだした。

「こっちよ」

夏目は少女に頼るしかない。さまざまな場所を通り抜けた。何十もの死体の投げこまれた穴の縁。汚物の集積場所。あるテントの前には数十人の長老たちが眉をひそめて、天空に広がる雲を指さしあっていた。

「まだ、遠いのか」

「もうすぐよ」

少女の走るスピードが鈍ってきた。荒い息を吐きながら夏目は少女に並んだ。少女の腕の中の乳呑み児は白い目を剝いている。痩せこけていた。栄養失調の限度を超えていた。赤いピンクの布でくるまれていることから類推して、夏目は尋ねた。

「おまえの妹か？」

少女は大きく首を横に振った。

「娘よ」

と答えた。

「おまえ、何歳だ」

「十二歳」

夏目は絶句した。少女には悪びれた様子もない。

「夫がいるのか?」

「そんなものいないわ。私は一人よ。知らないうちにできちゃったの」

これが、メフィスという惑星の政治と教育のレベルを象徴しているのだと、夏目は思った。

「そこのテントの裏の広場よ」

夏目は、少女に言われるままに、テントを通り過ぎた。「くそっ」夏目は思わず舌打ちした。

そこは文明の遺物の集積所だった。確かにスピナーはあった。だが、それが使用されていたのは何年前のことか。

表面の塗料が剝離《はくり》したそれは、他の塵芥《じんかい》に頭を突っこむように斜めに横たわっていた。

皿洗い機や、油圧作動装置、空調機器、すべて、以前はこの貧民キャンプの中で使用されていたものかもしれない。しかし、このゴミ溜めの中では、すべてガラクタと化してしまっている。

「ほら、スピナーでしょ」

少女の言うことは、確かに嘘ではなかった。ただし使用できるもの、と夏目が念を押さなかったのが悪い。

「うっ……」夏目は頭を抱えこんだ。

冷たいものが、夏目の項《うなじ》に当たった。水滴だった。あわてて頭上を見あげると、すでに空は真っ黒く雲に覆われている。常にメフィスを照射し続けていた白色矮星《わいせい》ドルの姿が見えない。

少女は、すでにそこにはいなかった。契約終了と見てさっさと立ち去ったのだろう。

スピナー特有の滑空音が聞こえた。まず耳を疑った。だが、だんだんと近づいてくるのだ。その音に向かって夏目は駆けた。

いた。

大型スピナーだった。低空でキャンプのテントの間を走ってくる。ワゴンタイプで後部には観光みやげ売り場に置かれている手工芸品が積まれているらしい。このテント群で作りあげた工芸品を買いあげてまわっているらしい。〝メフィス・ノズレッド工芸〟とスピナーの横腹に描かれていた。

夏目はスピナーに大きく手を振った。

「止めろ。俺を乗せろ」

スピナーは、低速のまま、ふわりと夏目の頭上を飛び越えた。

そのように夏目が感情を露にしたことはかつてなかった。歯嚙みして地団駄《じだんだ》を踏んだ。拳を握りしめ頭上で振りまわして〝メフィス・ノズレッド工芸〟のスピナー運転手を罵《ののし》った。その主旨は、そのスピナー運転手の母親は淫売であり、辺境宇宙まで出かけても卑猥《ひわい》な行為に耽《ふけ》り、その挙げ句生まれたのがおまえで、それ故《ゆえ》に、正常な判断力を有しない汝《なんじ》は、メフィスの沙漠で、自分の排泄《はいせつ》物を喰いながら狂い死にするにちがいないというものだった。

スピナーがゆっくりと停止した。

夏目は信じられなかった。自分の罵声《ばせい》が耳に届いたのだろうか。そんなはずはなかった。スピナーの走行中は外界の音は完全に遮断されていて耳に届かないはずだ。

そこは広場になっていた。

貧民キャンプの工芸品が、いくつもの島になって並べられている。そこで、ノズレッド工芸は工芸品を買い取るのだろう。簡単な市が立っていると思えばてっとりばやい。

雨の降りが、少しずつ激しくなっている。水溜まりに何度か足をとられながら、夏目はスピナーに向かって駆けた。水溜まりに無数の泡が生じている。その泡を無意識のうちによけながら走る。

スピナーはすでに着地していた。

中年男が遮光マスクをずりあげ、怪訝《けげん》そうにあたりを見まわしていた。この男がスピナーを運転していたのだと、夏目には直感でわかった。メフィスの民俗服はずぶ濡れになっていて、肥満した素肌が透けて見える。

夏目を見て、並べられた民俗工芸品を顎でしゃくってみせた。「これだけ濡れちまえば、商品になりはしねえ。だろう？」

不思議なことに、あたりに、貧民キャンプの人々の姿が見えない。この男と工芸品の取引をしなければならないはずなのに、市には、品物だけが置き去りにされているのだ。

「これを引き取れと無理やり頼まれたとすれば、四割引きがいいとこだよな」

ノズレッド工芸の男は、どうも夏目の同意を得たがっているふうだった。

「メフィスシティまで、私を乗せていってほしい」

夏目はそう単刀直入に頼みこんだ。中年男は不思議そうな顔をした。

「あんた、何なんだ。これは俺のスピナーだぜ。メフィスシティに行くかどうかは、俺が決めるんだ」

「さっきの閃光を見なかったのか。汎銀戦のゲリラがメフィスシティに仕掛けた爆弾だ。私が阻止したんだ。私は惑条機構の対テロ防衛特別工作室独立班の夏目だ。FMバンドで連絡をとってもらえば、すぐにわかるはずだ」

中年男は、なるほどといった様子でうなずいた。

「惑条機構ってのは、在人類惑星条約機構のことだろう。その本部がメフィスにあるから、汎銀戦に狙われるんだ。本部を他所《よそ》の星に移せばいいんだ。爆弾で狙われたのなら、その爆弾を処理するのは、あんたたちの務めじゃないか。だから、どうだというんだい。俺はまだ仕事があるんだ。キャンプの方々から民芸品を買い集めなきゃ、今日の仕事は終わらないのさ。

テロ防衛は、あんたたちの仕事。飯代を稼ぐのは、俺たち善良な民間人の仕事だ。文句があるかよ」

夏目は、熱射銃を持っていれば、その〝善良な民間人〟を射殺してやりたいという衝動にかられていた。

相変わらず、水溜まりでは泡が湧き出ていた。

ぼこり。

突然に中年男の足もとが、まるでモグラでもいるかのように盛りあがった。

「おい！」

夏目は中年男に言った。足もとを指でさしていたが、注意さえはらおうとしない。

雷鳴が轟《とどろ》いた。

「ひえっ」

中年男は悲鳴をあげて飛びあがった。

夏目は、盛りあがった土から視線をはずそうとはしなかった。土くれは動きを止めてはいない。何かが中から這い出ようとしているのだ。

大きい生物ではない。何やら泥だらけのものだ。

再び閃光が走り、雷鳴が響く。

中年男は恐慌をきたしていた。

「何だよ。あの光は、あの音は……。いったい何なんだい。伝説の終末が来たのかい。俺は、どうすりゃいいんだよ」

中年男は生まれて初めて落雷を体験したのだ。炎のような光が走り、天が怒りの声を発しているように彼の五感には感じられたはずだ。

キャンプの中から老人が走り出てきた。老人は、一目散に、工芸品の山を目指している。

中年男に向かって老人は叫んだ。

「今日の交換は中止だ。他の品は使いものにならんが、メフィス笛は返してもらうぞ。メフィス笛が必要になった」

老人は、中年男の返事も聞かず、工芸品の山の中からひと抱えの細工品を取り出すと、再び姿を消した。雷が途絶えることなく鳴り続けている。

突然、間近のテントの一つに落雷した。周囲が白光と衝撃に襲われた。中年男が悲鳴をあげた。

それが合図になったかのようだった。泥の中から小さな盛りあがりが、次々と生じ始めた。その盛りあがりの一つに中年男は足をとられた。

悲鳴をあげた男が、水溜まりの中に倒れこんだ。水飛沫《しぶき》をあげた瞬間、無数の小動物が、水中から羽を広げ、宙に舞った。

その動物には、夏目も見覚えがあった。ア・ウンの体内から飛び出してきた例のグロテスクな生き物だ。

飛びナメ。

小さな物は体長が十センチほど、大きいので四十センチほどだろうか。降り続く雨のために、さほど上空には飛びあがれない様子だった。その小さな水溜まりから、まさかこんなにという数の飛びナメが、いっせいに飛び立ったのだ。

飛びかかってくる飛びナメを夏目は両手ではらった。中年男が悲鳴を三たびあげた。だが、今回は恐怖に脅《おび》えて発されたものではない。苦痛に耐えられずにあげた悲鳴だった。後ずさりながら、水溜まりに倒れこんだ中年男を夏目は見た。

中年男は、全身を飛びナメの群れに覆われていたのだ。

舞いあがる飛びナメは、レストラン・ハズラッドでテロリスト、ア・ウンの体内から飛び出したものとどこかちがう印象があった。しかし、根本的には同じだということに気がついた。レストラン・ハズラッドの飛びナメは真紅の色をしていた。そしてノズレッド工芸の中年男に群がる飛びナメの色も、徐々に真紅に染まっていく。

飛びナメは、中年男の血を肉を貪欲に喰い散らかしている。苦痛に耐えきれず、男は泥の中を左右に転げまわる。

その動きがぴったり止まった。指先から白いものが覗いている。男の骨だ。

水溜まりから無数の泡が出ていた意味をやっと夏目は理解した。あれは飛びナメの群れが孵化しつつある兆《きざ》しだったのだ。

すでに手遅れだった。中年男の肉体は完全に飛びナメに覆われ、ぴくりとも動きはしない。

盛りあがった泥が、急に黒い点となって舞いあがった。飛びナメにちがいない。ただ、水溜まりのものよりも、やや成体化するのに時間がかかっただけのことだ。

夏目は、そろそろと、ノズレッド工芸のスピナーへと後ずさった。

「うっ」

夏目が唸り声をあげた。ドアを開けようにも、スピナーの表面にはびっしりと飛びナメがへばりついている。下手に刺激すると飛びナメはいっせいに飛び立って、夏目を襲い始めるかもしれない。

このとき、初めて夏目は、まじまじと飛びナメを見た。ぬめぬめとした紫色の表皮をしていた。ナメクジと異なるのは、頭部に無数の繊毛状の突起があることだ。

加えて身体の両側に、折り畳まれた傘のような小さな器官を備えている。飛翔《ひしょう》するときは、その器官が広がり、羽と化して滑空《かっくう》するのだ。

スピナーのドアの取っ手にへばりついた数匹を恐る恐るつまみ、遠くへと放り投げた。一匹ずつであれば、夏目なら充分に対処できる。だが、この飛びナメたちが、群れとなって襲いかかってきたとしたら。

そのときは、夏目であっても防ぎようがないはずだ。

遠くで、何やら低い振動音が響くのを夏目は聞いた。遠雷ではない。腹にこたえる単調な連続音だった。遠くの空から発される正体の知れない不気味な音。夏目は空を仰いだ。

天が黒かった。

夏目は息を呑んだ。暗雲のせいではない。雲が、雨が、……悪魔を招く。

聖カマリオスの予言のことを思い出していた。終末とは、このことだったのだ。

悪魔は荒地の方角からやってきた。

天を黒く覆うほどの飛びナメの群れだ。

夏目の背筋を冷たいものが、何度も何度も走り抜けた。

飛びナメの大群は、メフィスシティを目指しているのだ。

何万年も何十万年もの昔から、再び生を得る環境を夢みて、土中に潜んでいた飛びナメたちが、今、一度に孵化のチャンスを得たことになる。クリーンリネス弾の副次的効果によって思いがけず……。

その短い生の期間を、飛びナメたちは、次世代の子孫を残すために有効に活用するつもりでいる。できるだけ効率よく餌をとるために、本能的にメフィスシティの存在を感知し、そこを目指しているのだ。

あれだけの飛びナメにメフィスシティが襲われれば、どのような事態に発展するのか、誰でも容易に想像はつくはずだ。

夏目は、スピナーのドアを開き、中へと入りこんだ。数匹の飛びナメが飛びこんできたが、狂ったように足もとのスパナですべて叩き潰した。

「私はこいつが嫌いだ。私はこいつが嫌いだ。私は、こいつが嫌いだ。私は、こいつが嫌いだ……」

夏目は唄うように何度もそう呟いた。飛びナメが生理的に嫌いになっていた。グロテスクな小動物。紫色の体表。コウモリのような羽。そのすべてに嫌悪感を持つようになっていた。

とにかくメフィスシティへ帰らなくてはならない。それだけだった。使命感だけで、今の夏目は動いていた。できれば、このスピナーの中で、身体をまるめてうずくまっていたいのだ。

主動力のスイッチを入れ、窓を見た。

「うわっ」

夏目は愕然《がくぜん》とした。フロント・ガラスを隙間もないほどにびっしりと飛びナメが覆っている。一寸の視野もない。

「ワイパーはないのか」

ワイパーがついているはずもなかった。ここメフィスには、本来、雨が降らないはずなのだ。雨が降らない惑星で使用されるスピナーにワイパー・ブレードが装置されるはずもない。

どうすればいい。

外に出て、窓から飛びナメを引き剝がすべきだろうか。

その考えは、夏目には耐えられなかった。生理的嫌悪感を飛びナメに対して持っていることを自覚してからというもの、絶対に触れたくないという欲求が優先してしまうのだ。それに、それだけの危険をおかしても、再びすぐに飛びナメたちがフロント表面に付着してしまうかもしれないではないか。

「ままよ」

覚悟を決めて、夏目はそのままの状態で浮揚させた。地上八メートルの高度で滑空すれば、キャンプの建造物にスピナーを接触させる可能性はないとふんだのだ。

その目論見は思わぬ効果を生んだ。

夏目がメフィスシティに向けてスピナーを急発進させた瞬間、フロント・ガラスにへばりついていた飛びナメたちが、いっせいに飛び立ったのだ。

20

メフィス脱出の予定時間は、とうに過ぎていた。

汎銀戦のボール回収用宇宙船は、予想外の状況が発生するというケースに備えて、邂逅《かいこう》点の宇宙空間に五時間は待機することになっている。

今が、そのケースに該当するとガスマンは思った。最良の方法は、自分一人がメフィスを脱出することだ。

作戦は、現実には失敗している。メフィスシティの中心部の破壊及び在人類惑星条約機構本部庁舎の消滅は未遂に終わった。ガスマンが帰還すれば、任務失敗の責めを問われることになる。

その際、有利な状況で自分の処遇を決定させるには、正確な説明が必要なはずだ。計画になぜ、大幅な狂いが生じたのか。ア・ウンがどのような障害を受けて予定地点でクリーンリネス弾を爆発させることができなかったのか。

これが、知っておくべき、釈明のための最低の項目だ。

それだけは、調査を行っておく必要がある。終了した段階で迅速にメフィスを脱出しよう。

ア・ウンなど、どうでもいい。それよりも、これから汎銀戦の組織の中で、自分の保身を確かなものにしておくことが優先する。

銃身の長い奇妙な形の銃を、ガスマンは手に持った。

「使うことになるかもしれんな」

結論を出すと、ガスマンは立ちあがった。

ホテル内に、非常事態を知らせる連続音がきしみのように鳴り続けている。閃光と震動、それにガラスが吹き飛んでからというもの、非常警報音が止まらずにいる。

かといってフロントから宿泊客に対して具体的な指示もなく、警報音が消される気配もない。通信系統が故障しているのかもしれない。

受信装置の一部をドライバーで外した。それに小さな部品を装着する。それから、薄い、継ぎ目のない銀色のスーツを着た。宇宙服だ。そして腰に、さきほどの奇妙な銃を差す。その上からメフィス服をつける。

ガスマンは、状況を把握すればすぐにDポイントへ駆けつけるつもりでいる。惑星脱出用ボールで、はい、おさらばだ。即座にボールに乗りこめるようにI・V・シルバーの宇宙服を着込んでいる。

装置をテープでメフィス服の下に止めた。鈍い振動が装置を通して直にガスマンの肉体に通ってくる。その振動は、クリーンリネス弾の上部に装着されていた部分に反応するのだ。

もう一度、ガスマンはカーテンの向こうのメフィスの遠景を見た。

雲が全天を覆っていた。白色矮星ドルのぎらつく光は、ない。

雨が降っている。

このメフィスに雨か。ガスマンは思った。住民たちは、この珍しい気象に感動していることだろうな。

もちろん、ガスマンは聖カマリオスの予言に出てくる終末の悪魔のことなど知るはずもない。とりあえず、レストラン・ハズラッドへ足を向けてみるつもりでいる。

羽音が飛びこんできた。

得体の知れない紫色の動物が、割れた窓から数匹、続いて侵入した。部屋中を激しく舞い狂う。

「何だ、こいつは!」

飛びナメだ。だが、そのグロテスクな小動物に関しての予備知識は、ガスマンにはない。目まぐるしく飛び交うために、そのはっきりした形さえ見極められずにいた。

そのうちの一匹が、ガスマンの胸部にペタリと貼りついた。初めて、飛びナメという醜悪の権化のような生き物を、目近にしたことになる。

ガスマンは顔をしかめ、飛びナメの羽を摑むと、テーブルに叩きつけた。簡単に片羽をもがれ、残った羽をせわしなく動かす飛びナメは、床の上に円を描き続けた。

ガスマンは、おぞましさを必死でこらえながら、飛びナメのへばりついた已れの胸部を見た。寒けがした。メフィス服の、その部分が溶けているのだ。奇怪な生物の分泌物のせいなのだろうか。

だが、内側に着用していたI・V・シルバーの宇宙服が幸いした。なんら損傷をうけていない。

「探索には、もっと装備が必要らしいな」

ガスマンは、ポケットからI・V・シルバーの手袋を取り出してつけた。

それからトランクから、I・V・シルバーの細長い布状の物を取り出し、マフラーのように顔のまわりに巻きつける前に、床の飛びナメに唾《つば》を吐いた。

すでにドゥルガーは事態を把握していた。レストラン・ハズラッドを振り返って言った。

「ここにいるのは、得策じゃないね。すぐに、あの窓くらい破られてしまう」

ラッツオだけが、ぽかんとしている。

「何がレストランの窓を壊すというんですか？　あの二口男の化け物が、またやってくるんですか？」

静香は大きく首を振った。

「ラッツオが命を助けてもらった、飛びナメよ。あれがいっせいに孵化するはず」

「この雨で？」ごくりと唾を飲みこむ。

「ええ、たぶん」

沙漠でどれだけの飛びナメが発生することになるか、静香には予測もつかない。道路のわきの部分にも、小さな飛びナメが数匹ずつ群れをなしている。この都市部でさえ、飛びナメが生まれつつある。

あたりは、少しずつ薄暗くなりつつある。

「飛びナメは、メフィスシティに来るでしょうか？」

静香はドゥルガーに訊ねた。

「ああ、必ず来るね。沙漠には、飛びナメが子孫を残すに足る栄養分がないからね。こいつらは、生きている間中、喰い続けようとする欲望だけに従って行動するんだ。

他に行く当てはなくってても、メフィスシティという〝食糧庫〟には、本能的にやってくるさ」

　ほら、とドゥルガーは顎をしゃくってみせた。

「うっぷ」

　ラッツオは、胃の中のものを戻しそうになり、あわてて両手で口を押さえた。

　それは、さっきア・ウンに殺害された治安官の死体だった。

　その一つ一つが、今では飛びナメの山と化していた。屍肉《しにく》に、孵化したばかりの飛びナメたちが群がっていた。

　道路わきから一匹の飛びナメが、突然、勢いよく舞いあがり、その群れの一つに飛びこんでいった。

「屍体を喰い終えたら、次はこっちに注意を向けるだろうさ。それよりも、沙漠で発生した飛びナメの大群がいっせいにやってきたら、想像を絶することになる。それまでに、我々自身の避難場所を確保しておく必要があるんだよ。

　ラッツオ、あまり遠くない場所で、いいところを知らないかい」

　ラッツオは首をひねった。

「ここいらは、似たような街並みだから……」

　しばらく首をひねり続ける。「あそこはどうだろう。この裏手に一軒、広い屋敷がある。

誰が住んでいるか知らないけれど、メフィスの人間の住んでいる造りじゃないんです。何かの観光ガイドブックで読んだ記憶があるような、異国的なイメージがある。

そこならいいんじゃないだろうか。メフィス風の建築だったら、風通しをよくするために、窓はガラスさえつけてないところが多いみたいだし。そこだったら、とりあえずは飛びナメの攻撃から身を守ることはできると思います」

「どんな屋敷？」

「球を半分に切ったみたいな……。材質はわかんないけど、メフィスの家屋みたいに石や砂を使ったものじゃないですよ」

ドゥルガーと静香は、顔を見合わせてうなずき合った。

ラッツオは、黄金色の正方形のものを片手でもてあそんでいた。

「何だい。それは」

ドゥルガーが気がついて言った。

「えっ。あ、これですか？　さっき、レストラン・ハズラッドの店内に落ちていたんです。ア・ウンが落としていったんだと思うけれど……。珍しそうなものだから。

いったい何に使うんだろう。あとで夏目さんに渡そうと思って。何か手懸《てがか》りが摑めるんじゃないでしょうか」

その正方形のものは、クリーンリネス弾の上部に取り付けられていた発信装置だ。装置は本来持っている機能を充分に発揮し続けている。装置から発されるシグナルは、振動としてガスマンの腰部に伝えられる。

「そうかい」とだけ、ドゥルガーは答えた。

「じゃあ、その屋敷へ行ってみようよ」

雨の中を、ラッツオが先導して走り始めた。塀《へい》にへばりついていた飛びナメが、気配に気がつき発作的に飛翔《ひしょう》していく。ときおり、上空から紫色のかたまりが滑空しながら攻撃してくるが、それはドゥルガーが手刀で叩き落とす。

今はまだ、飛びナメの数は少ない。

だが、この街はずれの道路にも、あちこちに飛びナメ誕生の兆《きざ》しを示す土の盛りあがりができている。そのほとんどは、まだ土中から地表へと抜け出ていないはずだ。

ふとラッツオが先導する足を止めて、静香とドゥルガーを振り返った。

「一つ、どうしても頭の中にひっかかっていることがあるんですが。訊ねていいですか？」

「何だい、急に」

「あの……ア・ウンという化け物のことですが、あいつ、私がヤポリスからメフィスに移ってレストラン・ハズラッドで働いているということを、どうして知ったんでしょう。私があそこで働いていることを知っているのは、シズカさんと、ナツメさんくらいのものです。

なぜ、汎銀戦のア・ウンが私の居場所を知ることができたんですか？」

ドゥルガーと静香は、何と答えてよいものかと顔を見合わせた。その気配をラッツオは見逃さなかった。一瞬、はっと息を呑む様子を見せた。

「ナツメさんは、私を餌にしたんですね。汎銀戦のテロリストをおびき寄せる、罠を仕掛けたんだ。そして、ネズミとりのチーズがぼくだったんだ。

だから、レストラン・ハズラッドの前に治安官がうろついていたんだ。いつテロリストたちが罠にかかるかと、ナツメさんはてぐすね引いていたんだ。ぼくの命など、あの人にとってはどうでもいいことなんだ。ぼくはもう少しで、あの化け物に殺されるところだったというのに」

「夏目さんは、だからラッツオを助けに駆けつけたじゃない」

「ほんとうは、まにあわなかった。ぼくが助かったのは、一種の奇跡です」

雨でぐしょぐしょに顔中を濡らして振り返っているラッツオに、何も救いとなる言葉を返してやれない。静香はそんな自分がいらだたしかった。

「だから、何だってんだい」

そう怒鳴ったのはドゥルガーだった。

「みんな一寸先は闇。生命なんてわかりゃしないさ。ラッツオだってそうされる理由があって狙われたんだろう。それを人のせいにしてくよくよしてるなんて、おまえ、男の腐った奴だね。

今はそれどころじゃないだろう。今考えなきゃなんないのは、自分の生命をどうやって守るかってことだよ。そんなことは暇なときに考えたらいい。さっさと道を急ぎな」

ドゥルガーに一喝され、ラッツオは口をつぐんだ。まだ何か言いたそうにしていたが「すみません」とだけ蚊の鳴くような声を漏らし、向き直った。

ゆるい坂を登りきったところが、その屋敷だった。鉄柵の向こうに巨大なドーム状の家屋が見える。

ラッツオの言ったとおり、このメフィスでは、ユニークな建造物の一つだろう。広大な庭に、サボテンの一種が何百本も植えられていた。その植物群も、このメフィスで見かけるものではない。

「惑星シュルツの工法で建てられた屋敷ですね」

静香は過去の記憶の中から探りあてて、そう言った。その惑星の名を口にしたとき、同時にそれにともなう記憶が蘇ろうとするのだが……。思い出せなかった。

「この庭でも充分増えているようだよ」

それは静香にもわかっていた。何百匹もの飛びナメが、虫がとまるようにサボテンに付着している。

「とりあえず、屋敷の人に頼んでみよう」

三人が門をくぐったとき、ドームの扉が開いた。メフィス服の四人の男が外へ飛び出してきた。ある者は喚《わめ》きながら、ある者は足をもつれさせながら。

静香たちの存在に何の関心を示すでもなく、ひたすら逃げていく。門を抜けたときに一人が鉄柵を揺らした。足を滑らせたのだろう。

それが刺激になったのかもしれない。一本のサボテン樹が、一瞬膨張したかのように見えた。そのサボテンに付着していた飛びナメがいっせいに飛び立ったのだ。

静香もドゥルガーも反射的に熱射銃を抜いた。だが飛びナメの群れは、静香たちに注意を向けることはなかった。鉄柵の向こうに駆け去る悲鳴を追って、飛び去っていった。

姿の見えない悲鳴が、後方でふっと消えた。

「さあ、屋敷へ入ろう」

ドゥルガーにうながされて、静香は我に返った。扉は開け放しになっていた。扉を閉め忘れるほど、今の四人はあわてふためいていたのだろう。

二匹の飛びナメが大広間を飛びまわっていた。ドゥルガーが熱射銃を構え、二度、引き金を絞った。狙いは正確だった。

大広間には誰もいない。

グレイの未知の鉱物に彫られた不思議な動物の像が、何体か置かれている。壁際には書物のフィルムを納めた書棚があり、ぎっしりとフィルムケースが並んでいる。

『ヴィク二百年史』

『デルタデルタ事件の追想』

『シュルツ前史』

『シュルツ環境論』等々。

すべてが、いかめしい装飾の施されたケースに納められている。

そのタイトルのいくつかに静香は見覚えがあった。それはどこで目にしたものなのか、頭のどこかに、もどかしくひっかかっていた。

ソファがある。応接用だろう。

正面の奥は、二階へと続く階段になっていた。階段の横には、一人乗りの昇降椅子が取り付けられていた。ごと、と音がした。

「二階だね。行ってみようか」

ドゥルガーが先に昇り始めた。

最初の扉は空き部屋だった。

二番目の扉は、ちょうどドームの玄関の上に当たる位置にあった。

開いた。ドゥルガーは、うっと声にならぬ呻きを漏らした。そのまま部屋の中へ突進した。静香はそれに続いた。

立ち尽くした。

部屋中が飛びナメなのだ。

ドゥルガーは手刀で飛びナメを叩き落としながら窓に駆け寄り、急いで閉じる。

静香も、熱射銃で、飛び交う小動物を一匹ずつ撃ち落としていく。

飛びまわる飛びナメをあらかた片づけたとき、ドゥルガーが言った。

「今夜の食糧だけは、充分確保できたみたいだよ」

悪い冗談だと静香は思った。

その部屋は寝室だった。壁際にはベッドが置かれている。

「うっ」

静香は吐き気を催した。ベッドの上に異形のものを見たのだ。

大の字に男が倒れている。白いメフィス服の表面が不規則に蠢《うごめ》いていた。顔が悪夢だった。眼窩《がんか》に小さめの二匹の飛びナメがもぐり込み、口でも羽がばたついている。まるで目から二本の紫色の舌が覗いているようにも見える。

メフィス服の動きからして、無数の飛びナメが、あの服の下で喰いついているのだろう。

予想外のことが起こった。

死体が呻いたのだ。低く喘《あえ》ぐように。

ラッツオが、ひえっと声をあげ、扉の向こうへ逃げ去った。

もう一度、死体が呻き声をあげた。今度ははっきりと聞き取ることができた。死体の下に誰かがいる。

ドゥルガーが死体のメフィス服の袖を摑み、持ちあげた。数匹の飛びナメが、驚いたのか、メフィス服の下で羽をばたつかせるのがわかった。

むぅーっ、と声がした。

枯れ枝のような老人が姿を現した。年齢は見当もつかないが、九十歳より下とは思えない。

頭には、まばらな、うぶ毛のような白髪。目と頬はげっそりと落ち窪《くぼ》み、全身が痣《あざ》のような老人斑《はん》に覆われていた。

瞼《まぶた》をぴくりぴくりと動かしている。

「いずれにしても、ここじゃいけない」

ドゥルガーは、赤子でも抱えるように老人の身体を抱えあげた。「もっとも、この身体じゃ、飛びナメも食欲がわかないだろうけどさ」

老人の意識が回復したのは、ソファに横たえて数分もしないうちだった。明らかに三人の姿を見て驚いていた。

「あんたたちがわしを助けたのか」

「すみません。緊急避難の場所をお借りしたくて入りました。他に誰もいなかったので」

静香がそう答え、状況を手短に説明した。

「ムータフはどうした。化け物の群れが飛びこんだのだが、わしの上に覆いかぶさるようにして、わしを守ってくれた」

あの寝室で死んでいた男のことだろう。静香は首を横に振ってみせた。それで充分に意は通じるはずだ。

「そうか……」と無念そうに老人は唇を噛んだ。「ムータフは、シュルツからずっとわしの世話をしてくれたのに。エルンストに続いてムータフまでわしのもとから去ってしまう。わしなぞ、いつ死を迎えてもかまわんというのに」老人は嘆息を漏らした。

エルンスト……。どこかで聞いた名前だと静香は思った。惑星シュルツのエルンスト。

静香は訊ねた。どうしても気になるのだ。この老人の正体が。

「わしか……。この自分の身体さえ自由にならんわしの正体を聞いたところで、せんないだろう。わしはメフィスの人間じゃない。サタジット・グレムという」

ドゥルガーはそれを聞いて目を丸くした。

「ひょっとしてグレム財団の」

静香も息を呑んだ。

「じゃあ、〝ヤポリス・サースデイ〟で暗殺された惑条機構事務総長のエルンスト・グレムの……」

老人は大きくうなずいた。

「エルンスト・グレムは、わしの一人息子じゃ」

21

何という巡りあわせだろう。静香は因果の綾にはそれを織り成す糸が存在し、それは一つにたぐられていく性質を持っているのではないかと思った。

息子をヤポリス・サースデイで殺された父親がいる。そして同じく、自分の夫と娘を同じヤポリス・サースデイで殺された女がいる。

「わしなど、他の生命を犠牲にしてまで守ってもらう価値は、今はもうない。あとは死期を待つだけだ。ムータフはかわいそうなことをした」サタジット・グレムは呟くように言う。

「ただ、息子の生命を奪った汎銀戦だけが憎い」

「私も」と静香は言った。「夫と娘をヤポリス・サースデイで失いました」

老人は、驚いたようにぎょっと目を剝いた。

「何といったかな。娘さん」

「静香といいます」

「ヤポリスの名前だな。そのあなたが、何でメフィスにいる」

静香はサタジット老人の問いにどう答えるべきかを考えた。ひょっとすれば、唐突に聞こえるかもしれない。しかし、こう答える他はないだろう。

「自分の生きる目的を果たすために……。汎銀河聖解放戦線のエネル・ゲに復讐をするために」

「軍に入っているのか?」

「いえ、一人です」

サタジット老人は笑わなかった。薄く目を開いたまま、静香を凝視していた。

「それで、なぜメフィスに」

「訓練をうけました。荒地で、ドゥルガーに」

ドゥルガーが唇を尖らせながらも、数度、うなずいた。

「わかるよ」と老人は漏らした。「わしも、一人息子のエルンストを失くした。この身体さえ立派に機能するのなら、身体を張ってでもこの手で汎銀戦に一矢報《いっしむく》いてやるところだ。ところがこの身体だ。進行性筋シュルツ症候群という病名がついている。あと一年もてばいいかという……これは医師の折り紙つきの寿命だ。もちろん、身体の自由はすでに利かない。

死期を待つだけのわしだが、あんたの気持ちだけは理解できる。

もし、ほんとうに、もし、静香さんに、エネル・ゲを倒す機会が与えられたら、エルンストの無念も晴らしてやってくださらんか」

静香は「はい」と答えた。

サタジット・グレムは一年前に母星のシュルツから、息子のエルンスト・グレムに招かれてメフィスへやってきたという。老人の病状を案じて、充分な治療を受けさせようとエルンスト・グレムは考えたらしかった。

だが、進行性筋シュルツ症という病名が判明したにすぎなかった。決定的な治療法は存在しないのだ。体力の消耗も進み、今の状態では母星シュルツへの帰還もリスクが大きい。そんな状態であることを静香は知った。

「ドゥルガー！　シズカ！」

窓際にいたラッツオが叫んだ。

「あれを！　あれを！」

外を指したままラッツオは立ちすくんでいた。外はかなり薄暗くなっている。

静香は窓際へ走った。そして息を呑んだ。

黒く巨大な雲のようなものが迫っていた。雲ではない。気が遠くなるほどの数の飛びナメが天を覆い尽くしているのだ。

「ナツメは大丈夫だろうね」

ドゥルガーがそう漏らした。

「一応、レストラン・ハズラッドに、この屋敷の位置を記したメモを残してきたけれど」

ラッツオが答えた。

しかし、あの数がいっせいにメフィスを襲ったとすれば、どの程度の被害に発展するのか静香には想像もつかない。いやこの屋敷でさえ、あの数の飛びナメに襲われたときは、どのような状況となるものやら。

「バリヤーを張りなさい。すべての門と窓に」

老人が言った。すぐにラッツオが走りまわってスイッチを入れた。

今は、待つことしかできない。飛びナメが去るのを待つのだ。

ドゥルガーとともに静香もソファに腰をおろした。ポケットに何かの違和感が生じた。

静香はそれを取り出した。

P・アルツ剤の小瓶《こびん》。

これを持ってきてくれた夏目郁楠は、どうしているのだろう。

夏目は疾走していた。

貨物用も乗用も、スピナーの操縦法は変わることはない。とにかく、メフィスシティへ帰りつくことだ。

飛びナメが疾走するスピナーのフロントにぶつかってくる。紫色の体液がフロントにこびりつき、波状の縞《しま》を作る。無数の飛びナメが宙空を舞い狂っており、視界は数メートルしかない。

自分が今、どこを飛んでいるのか、メフィスシティに入っているかどうかさえ、わかりはしない。

貧民キャンプの子供たちの顔が、ふと夏目の脳裏に浮かんだ。あの十二歳で母親という少女はどうなったのだろう。

絶望的な想像しか浮かばなかった。この飛びナメの群れの中では、自分の身を守ることさえ不可能だろう。ひとたまりもないはずだ。

まるで、雪が降っているようだ、と夏目は一瞬思った。真っ黒な雪が降っている。子供のころ教育映像で見た、地球に降るという雪。あれに似ている。

次の瞬間、目前にビルの影が迫っていた。停止装置を踏んだ。そのままステアリングを切った。

衝撃があり、何かに叩きつけられるのを感じた。

メフィスのビル街だった。

夏目が失神したのは、数刻の間だったろう。意識を取りもどすと、まず頬の痛みに気がついた。衝突の際、何かで頬を切ったらしい。手を当てると、血の感触がぬらりとした。

そうひどい傷ではないようだ。再び、窓には飛びナメがびっしりと付着している。その隙間から外をうかがう。

すべてのビルの壁面、そして道路が、ぬらぬらと動いていた。飛びナメが、ビル、道路の表面をびっしりと覆っている。

スピナーの形をした飛びナメの群れのかたまりがいくつか見える。ナツメ同様に飛びナメに視界を阻まれて飛翔不能となったスピナーだろう。

視界が利くのは、ビルの二階の窓あたりまでか。それより高さを増すと、夏目が操縦を誤った〝大移動〟の群れの中となる。

地上八メートル前後より上空は、まるで、濃い紫色の大河の流れだ。何か、非現実的な世界に自分が放りこまれたかのような感覚に夏目は襲われた。

あたりに人の姿は全くない。ただただ、飛びナメの洪水があるだけだ。

風が嗚咽《おえつ》を漏らすような羽音が間断なく続く。荒地に吹き渡る風のような音だ。

貨物スピナーの始動スイッチを入れた。何の手応えもない。再度、夏目は同じ動作をくり返した。

「だめだ！」

夏目は舌打ちした。スピナーは動かない。

女の悲鳴が正面のビルからした。

続いて、女が姿を現した。若い女だった。淡いブルーの服で、その女がやや富裕な階級に属していることが夏目にはわかった。

女は恐慌をきたしていた。背中に飛びナメが乗り、激しくはばたいている。ビルのどこかの部屋に、一人隠れていたのだろう。背後から飛びナメに襲われ、どうしようもなく、外へ飛び出してきたのだ。

「馬鹿、内部《なか》へもどれ!」

夏目は怒鳴ったが、聞こえなかったのか、それを判断する能力を失っていたのか、女は前進をやめなかった。悲鳴だけはあげ続けた。

次の瞬間、予想どおりの悲劇が起こった。

踏み出した女の足もとから、まるで絨毯《じゅうたん》から巨大な触手が伸びるように、飛びナメが飛び立った。その飛びナメの群体が作る紫色の雲のようなものが女の姿を隠した。そのもやもやとした群体が人の姿に凝縮した。

飛びナメの人形だった。ある種の花を組み合わせて人形を作ることがある。この場合飛びナメが花に代わっている。悲鳴が限りなく続き、その人形は崩れ落ちた。

再び、悪魔だけの風景にもどった。

スピナーを脱出したときの自分の運命が、あの女だ。夏目は顔をしかめた。

近くで、はっきりとした羽音を聞いた。

夏目が振り向くと、空中に浮揚したままの飛びナメが、目の前にいた。

ずんと、悪寒が全身を走った。首をすくめたのと同時に、飛びナメはステアリングにべたりとへばりついた。夏目は両手で羽を摑んでひっぺがし、薄くドアを開いて外へ放り出した。

もう一度振り返った。後部の窓に亀裂が入っている。小さな隙間があり、そこから侵入したものらしかった。

隙間から、次の飛びナメが入りこもうと半身をスピナーの中に差しこんでいる。放っておけば、次々と入ってくるだろう。

夏目は操縦席から離れると、後部の荷台に移動した。荷物の中から工芸品の槍《やり》状のものを見つけて、それを手にとった。

新たに侵入しようとする飛びナメを突き出し、工芸品を納める金属製の容器を、亀裂が隠れるように、いくつも積み重ねた。

容器からは、さまざまな商品が転がり出た。死んだノズレッド工芸の男が、方々の貧民キャンプで買い集めたものだろう。素朴な造りの土器、人形、首飾り、ゲーム盤、沙漠笛とよばれていたメフィス笛、彫り物。

どのような値段でそれらが売買されるものなのか、夏目にとって何の意味もない。それよりも、いかにこの危機に生き残るのに役立つかということが重要なのだ。

これ以上、スピナー内に飛びナメが侵入できないことを確信した。安堵《あんど》の溜息が出た。しかし、あとはもうなす術《すべ》がない。できるのは待つことだけだ。この悪魔の群れが去ってしまうのを……。

だが、それは奇跡に近いできごとのように思える。

何かの情報が欲しい……。

スピナーに公共放送の受信装置がついている。夏目はそのスイッチを入れた。

「――事態宣言発令中です。くり返します。メフィスシティ、及びその周辺地区全域に緊急事態宣言発令中です。十七時二十七分より降りだした異常雨のため、ルズノッド沙漠を中心として飛びナメが大量発生しました。現在、飛びナメの群れはメフィスシティを移動中です。

外出を避けてください。家屋には、外部からの飛びナメの侵入を避けるように――」

夏目は舌打ちした。メフィス政府は何も具体的な策を打てずにいるようだ。目の前でくり広げられている死の光景を、くり返し伝えているにすぎない。

「逃げ遅れた人は、治安官の指示に従って速やかに避難してください。被害状況は、わかり次第、お伝えします」

なんとも救いのない放送ではないか。治安官が、どうやって、この邪悪の群れをぐって巡回してくるというのだ。

夏目は、荷台に散らばったさまざまな民俗工芸品を手にとり、眺め始めた。

これまでの夏目は軍人としての日常を送り、メフィスに居住してはいてもメフィスという星に住む人の生活や風俗に興味をもつことはなかった。しかし、そのとき、時間だけは充分にあった。他にやるべきことは何もない。無意識に手が伸びたのだ。

首飾りは、樹脂状の紫色の玉でできていた。どんな樹木の樹脂だろうと夏目は思った。見事な細工が一つの玉ごとに施されている。紫色の玉の一つ一つに、人体のさまざまなポーズが線状に描かれているのだ。玉の大きさは直径五ミリほどしかない。

夏目は、ほうと感心した。値札がついていた。

〝飛びナメ体液珠ネックレス　七〇〇〇宇宙Cr.〟

げっ、と呻き、首飾りを後部に放り投げた。あの美しい線刻を施された芸術品が飛びナメの体液を材料としてこしらえたものだったとは……。窓に付着した飛びナメたちを見やり、顔をしかめる。

次に手にとったのは、例の貧民キャンプで若者が夏目にしつこく売りこんでいたメフィス笛だった。中央部が球状に膨れた土器製だった。表に不揃いの三つの穴、裏に小さな穴が一つ開いている。荒地の泥を焼いたものだろう。

ふと夏目は思った。このメフィスでは、水は人間が生存していくための最優先の貴重な物質であるはずだ。多分、この沙漠笛……メフィス笛の細工には、成型の過程で水分が必要となるはずだ。

貴重な水を使ってでも製作しなければならなかったメフィス笛というのは、過去のメフィス人たちにとって、どのような存在だったのか。それほど、この星の人にとって音楽や楽器というものは重要性をもっているのかと、感嘆した。

無意識に、夏目は笛を口もとに近づけた。だが、その泥でできた工芸物を、どうしても口につけることはできなかった。

メフィス笛を置き、ゲーム盤を手にとった。これは一人でもできる。さまざまな大きさの板状のコマを盤上で動かし、飛びナメのコマに阻まれた自分のコマを、限られた空間を利用して盤の出口へと脱出させるのだ。

夏目は今、何もなすべきことがない。彼はゲーム盤の自分のコマを動かし始めた。

周囲はいちだんと暗さを増した。もうすぐメフィスは闇になる。

銀色の奇妙な服は、ガスマンが宇宙空間で着用するものだ。メフィス服の下に、すぐに脱出できるようにと宇宙服を着てホテルを出たことが、彼には幸いした。

まず、あまりに様変わりした街並みに驚いた。雨は降り続いている。それはガスマンにとって珍しい光景ではない。

だが、大量に飛び交う飛びナメたちはどうだ。ずたずたになった死体に群がる小動物と、目にも止まらぬ速度で眼前をよぎる物体とが同一の物であると、最初は結びつかずにいた。

紫色の物が視界を走り、突進して、ガスマンの肩に取りついた。メフィス服の、その物体がいる周囲が紫色に染まり、ぐずぐずと溶け去っていった。そのとき、屍肉に群がった化け物と、飛行するそれがしっかりと同一の物であるという認識を得た。

ホテルに飛びこんできたあれは、ほんの一部にすぎなかった……。

直感的にガスマンは知った。この化け物の異常発生は、クリーンリネス弾のせいだ！　他に因果関係は思い当たらなかった。

理由は知る由もない。ガスマンの予期し得ない要因が重なり合って、小悪魔たちは大量発生したのだ。

メフィス服はすでに溶け去ってしまい、銀色の宇宙服が剝き出しになっている。顔にもI・V・シルバー繊維の布をぐるぐると巻きつけ、目には遮光装置をつけているため、ガスマンの外観は異様な雰囲気を醸《かも》しだしている。怪人と呼ぶにふさわしい。

しかし、通りにはその怪人に異常を感じる者は誰一人いない。人の気配さえないのだ。飛びナメだけの無人の通りをガスマンが歩いていく。

最初は、飛びかかってくる飛びナメをはらい落としていた。しかし、宇宙服の上からでは、飛びナメはどうすることもできない。それに気がついたガスマンは、今ではとまらせるままにしている。

腰の受信装置は正常に作動している。レストラン・ハズラッドへは、それほど遠くない距離のはずだ。

ガスマンは、恐慌の風景の中を歩き続けている自分が、次第に快感を持ち始めているのに気がついていた。

「このメフィスの滅びは、自分がもたらしたのだ」そう考え始めていた。その考えの痛快さにI・V・シルバーの覆面の下で笑みを浮かべていた。

クリーンリネス弾による在人類惑星条約機構本部の破壊には、確かに失敗した。しかし、思いもよらぬ副次的効果で、それにも勝るダメージを、惑条機構と惑星メフィスに与えることができたではないか。

充分に作戦失敗の抗弁材料を仕入れることができたはずだ。その証拠がこの光景だ。

いつしか、ガスマンの銀色の服には、鈴なりに飛びナメがへばりついている。その数匹は、ガスマンが食餌《しょくじ》として向かないとわかると、いずこへともなく雨粒をくぐって飛び去っていく。

　全身に飛びナメをへばりつかせたガスマンは、あたかも地獄からの使者だ。人一人いないメフィスシティを彷徨《ほうこう》する〝赤き死の仮面〟だ。

〝レストラン・ハズラッド〟の戸は開いていた。人の気配はない。ガスマンは立ち止まった。不思議なことに、受信装置の反応はレストラン・ハズラッド内部を指してはいない。もっと他の場所だ。

ガスマンは身体の向きをぐるりと変える。ある方向で、受信装置の振動は強さを増した。その方向には、静香たちが逃げこんだサタジット・グレム邸がある。

「こっちか……。近いな」

再び、とっぷりと暮れた雨の街の中にガスマンは出た。「ひょっとすれば必要になるかもしれない」

　ガスマンは、腰から破風《はふ》五連銃を抜き、右手に持つ。

　エネルギー・バリヤーの放つ異音が不規則にグレム邸に響く。グレム老人を始めとして、静香たちは、大広間に座っていた。

ドゥルガーはどこから見つけてきたのか、シュルツ産の地酒とやらをあおっている。

「あの音、いい気持ちしませんね」

ラッツオは眉をひそめる。

あの音とは、エネルギー・バリヤーのことだ。飛びナメがバリヤーに反応すると、異音を発する。それがやまないということで、いかに大量の飛びナメが庭先を飛行しているかが、わかるというものだ。

「あのバリヤーは、本来、飛びナメから屋敷を護《まも》るための設備ではない。エルンストは敵の多い男だった。政敵の放つ刺客がセキュリティ・システムに反応したときだけ、バリヤーが作動するようになっていた。

だから、エルンストがいなくなってからは、ほとんど必要のない設備となっていた。長時間連続して使用することも想定していない」

ソファに横たわるサタジット・グレムが、呟《つぶや》くように言う。

「いいさ。じたばたしても始まらないよ」

ドゥルガーが酒臭《くさ》い息でそう言ったとき、ラッツオが窓際に駆け寄った。

「うわっ」素頓狂《すっとんきょう》な声をあげる。

「バリヤーのところ！　飛びナメの死骸が山になっていますよ」

そうかも知れないと静香は思った。無限に近い数の飛びナメが外にはいる。先ほどからの連続的な異音からして、かなりの飛びナメがバリヤーの犠牲となっているはずだ。

「それに、バリヤーのターミナルがいくつか、飛びナメの死骸に埋まってしまって火花を出している。これではバリヤーが効果を発揮できない。このままだと、いずれ内部に飛びナメが入ってきます」

ラッツオが叫ぶと、ドゥルガーが肩をすくめる。

「どうしようもないだろう。ラッツオ、おまえ心配性なんだよ。おたおたしたところで、飛びナメが消え去ってくれるわけじゃないんだ。ラッツオも一緒に酒を飲んだらどうだい」

「ぼ、ぼ、ぼくは酒を飲まないんです」

静香は、今、他のことを考えていた。

手の中にあるP・アルツ剤のことだ。

P・アルツ剤は、忘却効果を持つ薬品だと教えられている。人工的な記憶喪失を起こさせるわけだ。

静香は汎銀河聖解放戦線への復讐を決意した。しかし、汎銀戦に属する人物に出会うと身体の自由が奪われるという心理制御が、潜在的に施されている。

確かに、戦士としての技能も、自分自身の鬼気迫るほどの執念で修めることができた。だが、心理制御が解けたわけではない。このままでは、汎銀戦を目の前にしても、何の戦闘能力も発揮できないだろう。

今、静香は、一つの選択を自分自身でやらねばならぬところへ来ている。どれほどの効果を、このP・アルッ剤は持っているのだろうか。

わからない。

このP・アルッ剤で、心理的な枷《かせ》から確かに解き放たれるかもしれない。しかし、そのとき、自分は神鷹静香ではなくなるという予感を持っていた。

戦闘能力と引き換えに、夫の啓一や娘の由里の思い出を喪失してしまう可能性がある。啓一との出会い。二人で過ごした日々。由里の誕生、その生活の記憶をすべて消失させることが戦士としての能力を発揮することの代償とすれば、その選択は本当に価値あるものなのだろうか。

戦士としての選択をした場合、夫と娘の記憶を持てない……いや、なぜ、汎銀戦を憎悪することになったかという経過もわからない……人間の肉体を持った殺人マシーンと化してしまうことになる。

いや、復讐の戦士としての自分を望んだときから、自分は、女であることも、人間であることも捨てたはずだ。

殺人マシーンであってもかまわない。戦士に人間の感情は不要ではないのか。それだけの覚悟をもって、自分はヤポリスで夏目郁楠を訪ねたはずだ。

自分は何を悩んでいるというのだ。P・アルツ剤をぐいと一飲みすれば、それでいいことではないか。

静香は沈黙していた。だが、その心は嵐のごとく揺れ動いていた。

22

すでに闇だった。

雨足は少しずつ衰えつつある。

ガスマンは悟った。その奇妙な建造物が、惑星シュルツ特有のものであることを。シュルツゆかりの人物がここに暮らしているか、あるいは、よほどのシュルツかぶれの人物が、金にまかせて道楽で建てた屋敷か、いずれかだろう。

いずれにしても、クリーンリネス弾の行方を知る鍵がここにある。腰に当てている受信装置が、最高の振動をガスマンに伝えているのだ。まちがいない。

破風五連銃の引き金にガスマンは指を当てた。

本来、破風五連銃は、銃身の長い武器である。途方もない圧力の小気塊を相手に向けて発射する。早い話、弾丸は銃の周囲の空気を圧縮したものだ。相手に命中した瞬間、気塊は急膨張し、信じられないほどの損傷を与えることができる。

ただ、破風五連銃は、誰にでも扱える銃器ではない。特殊な能力を持った人間だけに限られる。気塊を圧縮させる工程は銃にできる。だが、発射された気塊が、その時点で膨張せずに目標物に命中するまでその状態が保たれるかどうかは、銃を使用する者の精神力に左右される。だから、並の人間がその銃を使用しても、ほとんど何の殺傷力も持たない。

精神力を念力という言葉に置きかえてもかまわない。ただ、この特殊な銃の使い手といえども、一般的に用いるのは〝破風銃〟でしかない。

〝破風五連銃〟であれば、その数十倍の精神力でなければ使いこなせるはずもない。

「この屋敷に、まちがいないな」

ア・ウンがいるのか?……とガスマンは思った。その場合、ア・ウンも殺す。これ以上、自分のプランに泥を塗る可能性のある奴とコンビを組む必要はない。

他の誰か、未知の第三者であった場合は、すでにア・ウンは死亡しているという可能性もある。すると、ア・ウンを殺害した奴が、この屋敷にいる。そいつが、発信装置を手にしている……。

その場合、自分のプランを邪魔した奴は、すべて抹殺しておく必要がある。同様の計画による破壊活動へのリスクが増加するからだ。

いずれにせよ、この破風五連銃を使う必要がある。

ガスマンの夜目の利き具合は獣の域に達する。ガスマンは邸内のサボテンに目をやった。直径五十センチ、高さ五、六メートルもあるだろうか。いまだに、表面にはびっしりと飛びナメがまといついていた。

「しばらく使っていなかったからな」

闇の中で、ガスマンは破風五連銃を構えた。狙いは二十メートル先のサボテンだ。しよぉぉっ。

ほとんど無音だ。しとしとと降り続く雨の音に銃声はかき消された。

サボテンの先端から一メートル付近が破裂した。付着していた飛びナメも、サボテンの植物繊維も、気塊弾の爆裂によって粉微塵にちぎれ飛んだ。

「悪くない」

それからガスマンは、サタジット・グレム邸に向き直った。

ドゥルガーが身を起こした。眼光に炎を帯びている。

「聞かなかったかい」

酒の入ったコップを置く。酔った者の表情ではない。

「と、と、飛びナメですか？」

ラッツオが中腰になっておろおろとあたりを見まわす。静香も聞いたと思った。何か正体はわからない。これまで耳にしたことのない音だ。もちろん常人の耳には届かない。

「はい」とだけ答えた。

ドゥルガーは殺気を放ち続けている。

「まさか、破風銃だなんて」

「破風銃？」静香が聞き返す。

「ああ、汎銀戦のテロリストが使うという伝説の銃さ。空耳であればいいけどさ。アレを使える奴なんて、汎銀戦でも限られているはずだ」

「汎銀戦のテロリストが、まだいるんですか」

ラッツオが、再び、泣きだしそうな声をあげる。

ゲームを一人続けるには、あたりは暗くなりすぎていた。夏目は、貨物用スピナーの中で、まんじりともせずに時を過ごしている。

闇に閉ざされて中断した、メフィス民族に継承される一人遊びのパネルゲーム「飛びナメ攻め」も、夏目自身の置かれた状況と変わらないままだ。

何も状況は進展しない。あたりが闇に変わり、前にも増して時間の流れが遅くなってしまったかのようだった。

夏目は何度となく溜息をついた。静香の顔が脳裏に浮かんだ。この予想外の状況に、彼女たちは、どのように対処しているのだろうか。

まだ彼女たちは、ラッツオとともにレストラン・ハズラッドにいるのだろうか。メフィスの家屋は隙間だらけだ。飛びナメの試練を乗り越えるに適しているとは言い難い。しかし、彼女たちはサバイバル能力を習得した戦士たちだ。確実に、自分たちの生き残る場を確保しているはずだ。そして思う。……ここで、そんな心配を自分がしたところで、何ら彼女の助けになりはしないのだと。ときおり夏目は歯噛みをし、また、発作的に飛びナメのへばりついた窓を叩いた。

永遠に近い時が流れていく。

橙《だい》色《だい》と赤色の光が見えた。それは、通りの果てに、突然に現れた。

夏目は弾けるように身を起こした。スピナーの光だ。治安官の公用警備スピナーだ。まだ遥かな距離だった。だが、徐々に、夏目のいる方角に近づいている。

——こちらは、メフィス政府救援スピナーです。逃げ遅れた人は連絡をください。救出します。連絡をください。救出します。

スピナーはがなりたてていた。

夏目は窓を薄く開き、飛びナメを追いやった。そして叫ぶ。

「ここだ。こっちへ来い。助けてくれ」

だが、公用警備スピナーは、夏目の存在に気がついた様子はない。あいも変わらず、がなりたてているだけだ。

——逃げ遅れた人は連絡をください。逃げ遅れた人は連絡をください。

公用スピナーの中の連中に、助けを求める声が聞こえるはずもない。自分たちの発している音が、助けを求める声をかき消してしまっている。

何というお役所仕事だ。夏目は呆れ返ってしまった。

ドゥルガーは椅子から立ちあがった。ドゥルガーの体から酒の臭いは完全に消えていた。

「そうだね。……ラッツオ。サタジット老人を連れて、あっちの部屋にでもこもっていな」

「あっちって？　ここに飛びナメでも飛びこんでくるんですか？　あちらの部屋は、トイレですよ」

「ああ。余分な窓がついていないからね。あそこに隠れていな。危険が去ったら、また呼んでやる」

ラッツオは目をきょとんとさせた。

「飛びナメじゃないんですね。何か、別のものが近づいてきているんですね。誰ですか？　さっき言った、汎銀戦のテロリストの生き残りですか？　だったら、ぼくも一緒に戦います」

ドゥルガーは眉をひそめ、唇を突き出した。

「おまえの手におえる相手じゃない。あたいたちの邪魔にならぬように、ひっこんでいてもらうのが、最高効率というもんだ」

「でも……」

「向こうはプロなんだよ」

ラッツオは、ごくりと喉を鳴らした。それ以上何も言わず、サタジット老人を抱きかかえると、足をふらつかせながら隣の部屋へひっこんだ。

「得物《えもの》がいるね」

ドゥルガーは立ちあがった。「破風銃の使い手であれば、並の装備では太刀打ちできないだろうしね」

ドゥルガーは二階へと消えた。しばらくして、両手に何か暗く鈍い色彩のものをひとかかえ持ち、階段を降りてきた。それを静香の前に置いた。

「好きなものを使いな。熱射銃だけじゃ、あまり頼りにならないからね」

「これは……」

静香は驚いた。さまざまな武器が床の上に転がる。ソニック・ライフル、レーザー・メイス、核壊銃、中型熱射銃。サイドワインダー砲まであった。このような銃器がこの屋敷に存在することをなぜドゥルガーが知っていたのか不思議でならなかった。

「よく、こんな武器があることがわかりましたね」

「カンさね」とドゥルガーは笑った。「屋敷にバリヤーを張るほどだ。銃撃戦まで想定しているはずだと思ったのさ。どれにする、静香は」

静香は中型の熱射銃を手にとった。

「シールドは着ないのかい」

シールドで身体を覆うことによってダメージを受ける度合いは低くなるが、同時に敏《びん》捷《しょう》性は失われることになる。戦闘力を優先させることが防御性を高めることに有効だと静香は思った。

　静香は首を横に振った。

　ドゥルガーが黒い顔に真っ白い歯を覗かせて笑う。

「やはり、あたいの教え子だね。機敏さがなくなれば、必ず死を迎えるもんね」

「破風銃というのは、汎銀戦しか使わないいんですか？」

「ああ……。汎銀戦でも、使う奴は限られている。これまでに、使う奴は三人しか見ていない」

「三人……」

「あの銃は、物資が不足したゲリラたちが、冗談半分で使いだしたおもちゃだったのさ。一種のエア・ガンだ。素人が使っても、何の殺傷力も持ちはしない。だがね、ちゃんと使える奴が使うと、大変な効果を発揮する。破壊力もコントロールできるしね。目標物を内側から爆発させちまう」

「そんな汎銀戦のゲリラが、なぜ、この屋敷までやってくるんでしょう」

「わかんないよ、理由は。戦士には理由など必要はないさ。戦いを挑まれたときは戦うだけのことさ。

どうするね。どうやるのが正解と思う?」

ドゥルガーも熱射銃以外の武器を手にとろうとはしない。まるで問題を出す数学の教師のように問いを発した。

「明かりを消します」静香は答えた。「私がゲリラであれば……、エネルギー・バリヤーの耐久性に限度があるのなら、限度を越えるのを待ちます。飛びナメが屋敷内に飛びこみ、混乱が生じてから襲撃をかけます。とすれば、まず、襲撃の効果の高い方法は、明かりを破壊することでしょう。ゲリラは、我々が闇に目を馴らす前に殺害してしまうはずです。とすれば、こちらも早く、闇に目を馴らしておく必要があります」

ドゥルガーはうなずき、正解だと呟いた。

「シズカは立派な戦士だよ。ゲリラの前で身体が動けば、申し分ないけどね」

ドゥルガーには静香を傷つける意図は微塵もなかった。だが、静香が萎縮するには充分な言葉だった。

「明かりを消すよ」

そう言って、ドゥルガーは黒い眼鏡状のものを静香に渡した。それが暗視装置であることはすぐにわかった。

あたりは闇になった。

静香は暗視装置をつけた。

あたりが真紅の風景に変わった。

ジジジッ。ジジジッ。ジジジッ。飛びナメがバリヤーに灼《や》かれる音が絶え間なく続く。

「気配を消している……」

ドゥルガーが外をうかがいながら言った。

静香の汗まみれの左手がP・アルツ剤の瓶を握っていた。

今、飲むべきなのか。

ゲリラとの銃撃戦が始まってからでは遅いのではないか。

だが、静香はまだ飲めずにいる。

バリヤーの発する音が止まった。飛びナメの飛翔がやんだのではないはずだ。

ぴしっ。

ぴしっ。ぴしっ。ぴしっ。

代わりに、窓に飛びナメが体当たりする音が室内に響き始めた。エネルギー・バリヤーがすでに用をなさなくなったのだ。

窓に飛びナメの付着が始まっていた。赤紫の腹をべったりとへばりつかせたものが、一つ、二つと急速に増え始めている。

みるみる窓が飛びナメでびっしりと覆われた。その重みで内部にたわみ始めているものの、かろうじて窓の強度が勝っている。

「これも限界があるよ。どれだけ窓が耐えられるものかね」

静香がドゥルガーを見ると、暗視装置の周囲にびっしりと汗の粒を溜めていた。ドゥルガーも緊張しているのだ。

「もうすぐだ。

窓のことじゃない。外の奴だよ」

「奴？　一人ですか」

「ああ。途方もない奴だ」

それから二人は押し黙った。闇の中で、ドゥルガーの言う〝奴〟の出方を待つ。永い時間が過ぎていく。五分だろうか。十分だろうか。いや、数時間経《た》つのかもしれない。

静香は、思わず叫び出したい衝動に駆られた。そうすれば緊張もとける。この事態も終わりを告げる。そんな誘惑に駆られた。しかし、じっと身を低くしたまま、待ち続ける。

「来たっ」

ドゥルガーが叫んだと同時に窓の破砕が起こった。

前面の窓全体が枠ごと瞬時に微塵に消滅したのだ。

続いて壁面が爆発した。二発、三発。

その部屋の壁の一面が消えてしまった。

凄まじい破壊力だ。飛びナメが付着したままの瓦礫《がれき》が、静香の眼前の床に鈍い音をたてて突き刺さった。

「まさか」

ドゥルガーが言った。信じられないという様子で、明らかにうろたえていた。ドゥルガーは身を起こしかけた。そんな反応を見たのは、静香には初めてのことだ。

「どうしたんですか。あれが破風銃なんですか？」

ドゥルガーはうなずいた。だが、尋常さが失われていることは確実だ。

「ああ、破風銃さ。だが、ただの破風銃じゃない。奴は、三回、連続で破風弾を放ったんだ。ということは、あの銃は破風五連銃のはずだ。あれを使える人間は一人しか知らない。こんなことって」

雷鳴と閃光が轟いた。

飛びナメの舞い狂う雨の中を、銀色の男が横切るのが見えた。

「あの人だ。あの人だと思う」

無数の飛びナメが室内へと舞いこみ始めた。静香は、飛翔する飛びナメを熱射銃で必死に撃ち落とす。しかし、きりがない。

ドゥルガーは呆然と立ち尽くしていた。

「ドゥルガー！　向こうへ！」

静香は叫んで、ドゥルガーの腕をとった。しかしドゥルガーは激しく腕を振り、静香の手を引き離した。

飛びナメたちは、次々にドゥルガーの身体にとまり始める。ドゥルガーはその飛びナメを無造作に床に投げすてながら、仁王立ちになった。

その顔から、すでに動揺の表情は消え去っていた。代わりに恐ろしい笑いが浮かんでいた。

「あたいらしくないよね。狼狽《ろうばい》しちゃってね……それなら、それなりのやり方があるってもんじゃないか。あいつが汎銀戦の一員ということに変わりないんだ」

ひとりごとのように言った。

銀色の男が姿を現した。と言っても、飛び交う化け物の彼方に刹那《せつな》、出現し、ふっとかき消えたのだ。

ドゥルガーが跳んだ。その殺気に飛びナメが彼女の身体からあわてて逃げ去る。

ドゥルガーの背後の椅子が砕け散る。

静香には、まさに精神力の勝負に見えた。

静香は自覚した。あの麻痺《まひ》状態が、今、自分に起こりつつあることを。今、自分が汎銀戦の一人と戦おうとしていることを考えると、本能的に憎悪で胸が煮えたぎった。するとあの感覚がやってきたのだ。

左手の方に熱射銃を持ちかえた。左手だったら熱射銃が使える。

片膝を落としていた。飛びかかる飛びナメは間を見切って本能的によけることができた。それだけ、以前の静香と比較して戦士として成長を遂げている。だが、急速に進行していく麻痺だけは止めようもない。

ドゥルガーの熱射銃が閃《ひらめ》く。その閃光を発する位置が瞬間毎《ごと》に変わる。凄絶な速度でドゥルガーは跳びまわっているのだ。銀色の男が発射する破風銃が、ドゥルガーが寸前まで存在していた場所を吹き飛ばしている。

銀色の男がジャンプした。空中を激しく回転しながら、屋敷内へと飛びこんだ。

着地したとき、初めて静香は、銀色の男の異様な風体を確認した。顔にはやはり銀の覆面を巻いている。奇妙な、いかにも機械仕掛けといった長めの銃を持っていた。その銃口が、着地した瞬間、すでに静香をとらえていた。

そのとき、ドゥルガーの動きが止まった。

「シズカ！」

ドゥルガーが静香の身体を突き飛ばした。

侵入者の銃口から気塊が飛んだ。

絶句したのは静香だった。次の瞬間に、ドゥルガーの左腕が根元から弾け飛んだ。

23

夏目は、再び大声で叫んだ。

「ここだ。早く来てくれ」

だが政府から派遣された救援スピナーは、赤と橙のランプをくるくると回しながら、がなりたてているだけだ。

何か知らせる方法はないだろうか。

もう一度、スピナーの始動スイッチを入れてみる。何の反応もない。ライトも警笛もこれでは使えはしない。

「くそっ」

「くそっ」

そのたびごとにハンドルを叩いた。飛び出して、駆けていきたい衝動に駆られた。しかし、それは自殺行為だ。

薄く、リア・ウインドウを開いた。三センチが限度だ。それ以上開くと飛びナメが、これ幸いと飛びこんでくる。

何かないだろうか。

夏目は暗闇の中で手さぐりした。何か燃やすものがあればいいのだが。燃えるものに火をつけて、外へ放り投げれば気がついてくれるはずだ。何かないだろうか。

何もなかった。

夏目は、闇の中で自分の頬をひっぱたいた。

何か方法があるはずだ。何かいい方法が。

ゲーム盤が手に当たる。金属製だ。燃やすわけにはいかない。

ふと思いついた。

リア・ウインドウをさらに開いた。飛びナメが二匹飛びこんできた。

ゲーム盤を、メフィス政府救援スピナーに向けて力いっぱい投げた。

あまりに距離が離れている。百二、三十メートルの彼方だろう。落下音を聞きつけてくればいいのだが。

　あわてて、シートにへばりついた飛びナメを外へ放り出し、聞き耳をたてた。一秒、二秒、三秒。

　かすかに、コンと音がした。だめだ。これでは。

　そのとき初めて、夏目は絶望を感じた。すべての望みが絶たれたという思い。次に自暴自棄になる自分を感じていた。

　自分一人であれば、虚無の空間で一カ月も何もせずに耐える訓練を積んでいる。こんなスピナーの中であっても、生をつなぐ糧《かて》さえあれば、半年だろうが一年であろうが、耐えていく自信がある。

　だが、静香のことが頭の片隅から離れない。この飛びナメ・パニックが始まってからずっと、自分はちっぽけな箱の中で落ち着かずにいるが、彼女は身の安全が確保できたのだろうか、という思い。はがゆさ。

　本来であれば、今頃、自分は静香のもとに帰りついて、彼女を守っているべきなのだと夏目は思う。それができないことが、彼の絶望につながるのだ。

　静香と結婚という約束まで取り付けておきながら、この期に及んで静香の身に、もしも、もしものことがあったら。

とすれば、悔やんでも悔やみきれない。

「くそっ」

次に夏目は、飛びナメ体液珠のネックレスを救援スピナーに向かって投げた。

「くそっ」

「くそっ」

岩を彫った奇妙な人物像。土器。次々にリア・ウインドウから放り投げた。救援スピナーは、接近してくる。当たれ。当たれ。

当たらない。

——こちらは、メフィス政府救援スピナーです。逃げ遅れた人は、連絡をください。救出します。連絡をください。救出します。

救援スピナーに乗りこんでいる治安官たちは、最初《はな》から救援の意志など持っていないのではないかと夏目は思い始めた。

あれは、パニック終焉《しゅうえん》後に、メフィス政府が何の手だてもとらなかったという批判を避けるための行為ではないのか。あんなふうに騒音をたてながら、通りを走りまわることだけが彼らの職務ではないのか。

だって、そうではないか。彼らが生存者を発見したところで、どのようにして救援スピナーに生存者を誘導できるというのだ。

不可能だ。スピナーを出たとたん治安官は飛びナメの餌食になるだろうし、救出を求める生存者は、スピナーにたどりつくまでに、やはりやられてしまう。

「くそっ」

手もとにあった最後の工芸品を抱《かか》えあげた。それを窓の外に放り出そうとして、ふと、その手を止めた。

「待てよ」

それは、あのスラムで若者が夏目に売りつけようとした沙漠笛……メフィス笛と同じものだった。泥を焼いた土器の変形だ。

「この音だったら聞こえるかもしれない」

先ほどは、どうしても不潔感が先行してしまい、薄汚い球状の笛を吹いてみる気がしなかった。しかし、今は、そんな余裕はない。試せることはすべて試してみる価値があるのだ。

突起した穴を口に当て、精いっぱいの息を吹きこんだ。

スーッと息が漏れる音がした。何の音色も響きはしない。

「不良品だ！　くそっ。こんないんちきを売りやがって」激しく毒づいた。

しかし、なぜ裏に一つ穴があって表にも不揃いに三つも並んでいるのだろう。そう思った。あの若者は、スラムで自分にどうやって吹いてみせたっけ。

自分はこれまで、戦略、戦術、情報収集、殺人術、組織崩壊術、訊問法、さまざまな知識を習得してきた。

だが、楽器など一つとして扱えるわけじゃない。そのような技術は自分には無用だと信じてきた。

ところが、どうだ。笛一つ吹けずに、自分は今、窮地を脱せずにいるのだ。

思い出せ。

思い出せ。

どうやってスラムの若者は、このメフィス笛を吹いて聞かせたんだ。

両手で笛を持っていた。球状の笛を両手で包むようにして。

穴はどうだった。指をときおり立てていたっけ。

そうだ。

吹くときは、すべての穴を指でふさぎ、音色が変わるときに、立つ指が変わっていた。

そのとおりにやればいい。

メフィス笛を持ち、両手で覆った。笛を外へ向ける。すべての穴に指をあてがった。

救援スピナーの方角を見て、夏目は目を丸くした。屋根にある赤と橙色のシグナルの幅が狭くなり、赤一色になろうとしている。ということは、救援スピナーは手前の角で、左折しようとしているのだ。

夏目は焦った。目を剝いた。止まれ、こら。治安官め。こっちだ。最後までちゃんと仕事をやらんか。手を抜くな。

メフィス笛を力いっぱいに吹いた。夏目は頰を風船のように膨張させ、顔面を充血させた。

ぴょおおおおおおおおおおん。

鳴った。あのスラムの若者が吹いた音よりは低く、澄んだ音ではないが、とにもかくにも鳴り響いた。

「はははははぁっ」

メフィス笛を夏目は凝視し、素頓狂な笑い声をあげた。冷静沈着さを信条とする夏目らしからぬ反応だった。「メフィス笛を鳴らせた！」思わず叫んだ。笑いが浮かんでいた。

それから我に返り、救援スピナーの様子をうかがった。

灯火がなかった。

すでに去ってしまった。

そんな……。夏目は呻いた。笛の音が届かなかったのか。あんな大きな音色で鳴らすことができたというのに。聞こえないのか。そんなはずはない。

メフィス笛をもう一度大きく鳴らした。薬指を穴から外した。音階が変わった。

次に中指を外す。また音階が変わる。メフィス笛は奇妙で調子はずれの不思議な曲を奏で始めた。

目を疑うできごとが夏目の前で起こった。何が起こったのか、なぜ起こったのか、とっさには理解できなかった。

フロント・ガラスを覆っていた飛びナメの紫色の肉塊群が、消滅したのだ。

あっけにとられた夏目が、メフィス笛から口を離した。すると、再び飛びナメが次々に付着し始める。

今、何が起こったのか。何の拍子に飛びナメがフロント・ガラスの窓からいなくなったのか。

そして、自分の持っている笛をみつめた。

これだ。メフィス笛だ。

これが、何かの影響を飛びナメに与えたのだ。

再び、夏目はメフィス笛を抱えると、狂ったように吹き始めた。中指を離して吹いたときだけに、その変化が起こった。

いっせいに飛びナメが窓から飛び立つのだ。窓を開いた。その音階を鳴らしながら、ゆっくりと。

変化は明らかだった。メフィス笛を吹く夏目を中心に、円状に地面が見えている。飛びナメが次々と宙に飛び立っていく。

そのとき、初めて夏目は理解した。飛びナメはその音階の音を嫌っている。そして、なぜメフィス笛というものが、工芸品として、貴重な水を使ってでも作られ、継承されることになったかを理解した。

メフィス笛は、楽器としてよりも、生命を守るための道具として誕生した。メフィス人たちの生活の知恵だったのだ。

過去この星に降り立った人類は、数度、飛びナメとの遭遇を体験したのかもしれない。そして生み出されたメフィス笛は、飛びナメが消滅すると、その体験の記憶は消え、伝統工芸品としての価値だけが残る。

そして今、メフィス笛は本来の機能を発揮するための道具として蘇ったのだ。

その音階を吹き続けながら、夏目は周囲を観察する。半円状に道路が見える。空中を飛ぶ飛びナメも、こちらに近づいてくる気配はない。

やったぞ、自分は飛びナメの弱点を発見したのだ。夏目はあたりを飛びまわりたい衝動に駆られた。

まだ間にあう。さっきの救援スピナーは、まだそう遠くまでは行っていないはずだ。このままスピナーの外に出て大丈夫だろうか。メフィス笛の効果は継続するものだろうか。選択の余地はなかった。外に出てみることしかできないのだ。とにかく、あの政府の救援スピナーの後を追ってみよう。

一つ大きく息を吸い、夏目は外へ出た。小粒の雨が降り続いていた。ぬるりとしたものが足に当たった。飛びナメを踏んだのだ。

思わず、メフィス笛を吹き鳴らした。

あたりでいっせいに飛びナメの羽音がたち始めた。飛びナメたちが笛の音を嫌い、飛び去っていく。

夏目は小走りに歩き始めた。その間も笛を吹き鳴らしながら。すると波が立つように、飛びナメたちが逃げ去っていく。

大丈夫だ。

うまくいく。

夏目は、そう自分に言い聞かせた。そして古い地球の童話を連想していることに気がついた。子供の頃、誰かから聞いた話だ。何という話だったろう。

そうだ……『ハメルンの笛吹き』だ。今の自分が、そのハメルンの笛吹きなのだ。ネズミの代わりに自分は飛びナメを相手にしているだけのことだ。在人類惑星条約機構の対テロ特別工作室の契約軍人が、ハメルンの笛吹きをやらかすとは。

そして第三者の目がこの場にあったとしたら、自分の姿がどう映るかを思った。

滑稽《こっけい》だろうな。ずたずたの軍服を着て、飛びナメだらけの無人の街頭を笛を吹いてさまよっている。

超現実画の世界だな。途方もないピエロに見えるかもしれない。

それでも夏目は、メフィスト笛を吹き続けた。

まだ政府の救援スピナーは見当たらない。

ふと夏目は思い当たった。

今は吹き続けられる体力があるからいい。笛を吹けなくなったら、そのときが、自分の生涯のエンドだ。

いや、息をつぐタイミングだ。その間に飛びナメに襲われたらどうなる。笛を吹き鳴らしながら怖気《おぞけ》が走る。

息が続かない。

苦しい。笛を吹くのがこんなに苦痛を伴うものとは知らなかった。息を振り絞る。ゆっくり。ゆっくり。鼻から吸気する。

遂《つい》に耐えられなくなり、夏目は笛から口を離し、大きく息をした。

そのとき、天空から紫色の絨毯《じゅうたん》が猛烈なスピードで落ちてくるのが見えた。飛びナメの群れだ。

あわててメフィス笛を吹き鳴らした。

飛びナメの群れは、再び拡散していった。

角を曲がる。

救援スピナーの姿が見えた。

五十メートルの距離。

笛を鳴らす。

飛びナメが散る。

相変わらずスピナーは無意味な救援のメッセージを鳴らしながら、低速で進行している。

ここまで徹底すると、腹が立つのを通りこして、呆れてしまう。メフィス笛の音にさえ、スピナーは気がつかないのだ。

あんなに感覚の鈍そうな飛びナメでさえ、音色を嫌って逃げ出したというのに。

小走りで、やっとのこと、スピナーの近くまで夏目はたどりついた。

再び頰を膨らまして、大きく笛を吹いた。中からは何の反応もない。夏目は頭に来た。笛を吹きながら、左手で石を持ち、スピナーのボディに投げつけた。

メッセージ音がやんだ。

窓が開き、二人の治安官が、驚いたような顔を見せた。

「おや、まあ。生存者がいた」

あわててドアを開き、夏目をスピナーの室内へ誘導した。言いたいことはいろいろあったが、腹立ちをぐっと嚙み殺した。

「在人類惑星条約機構の本部に連絡をとれ。私は対テロ特別工作室の契約軍人夏目郁楠だ」

連絡はすぐについた。二人の治安官は、まるで亡霊にでも出会ったように、一言も喋らず夏目の様子を見ていた。

一刻も早く。

一刻も早く手を打って、静香のもとへ駆けつけてやらなければ。夏目は焦っていた。

「いいですか。今から流す音を分析して、メフィスシティ全市に大音量で流してください。飛びナメはこの音を嫌います。大至急、実行してください」

それから夏目は、二人の治安官のあんぐり開いた口の前で、顔中を充血させてメフィス笛を吹き鳴らした。

「何かって？　メフィス笛です。中指の穴だけを外して吹いた音です。……専門家に聞けばいいでしょう。ドだかミだか、知ったことではない。この音です」

再び夏目はメフィス笛を吹き鳴らす。

24

血飛沫《しぶき》が、静香の頬に当たった。生暖かいドゥルガーの血だ。

ドゥルガーは、静香の身を守るために左腕を失ったのだ。おびただしい出血を続けていた。出血を続けてはいるが、戦意は失っていない。眼光が戦士のそれだ。

ドゥルガーが叫んだ。

「シヴァ。久しぶりだね」

銀色の男は、家具の陰に身を隠していた。

「よく、あたいに顔を見せられたもんだ」

銀色の男は何も答えを返さない。

「あんたがシヴァだということは、わかってるよ。破風銃を使っていることを知って、まさかとは思った。だが、連続発射のできる奴は、あたいは一人しか知らない。破風五連銃の使い手といえば、汎銀戦の中でも、あんただけだったもんね。

シヴァ。あたいを覚えてるかい。あたいをドゥルガーと知って撃ったのかい。それとも、知らずに撃ったのかい」

飛びナメたちが、ドゥルガーの落とした左腕と血溜まりに群がり始めていた。

答えがあった。

「俺はシヴァじゃない」

「その声だよ。じゃあ、今、何と名乗ってる。デッド・ファッカーかい。ガスマンかい。あんたの本当の名なんか誰も知らないものね。あたいだって、あんたの本当の名前は、とうとう知ることがなかった」

再び声が返った。

「ガスマンだ」

静香は思い出した。この男が、ドゥルガーの恋人だった男なのだ。そして、作戦を成功させるために、ドゥルガーを裏切った。この男への復讐のためだけにドゥルガーは生きてきたはずだし、夏目たちへの協力を惜しまなかった。

「シヴァ。愛してるよ。あたいは、シヴァに裏切られたことなぞ、何とも思っちゃいない。もう一度あんたに逢《あ》えることだけを生きがいにして暮らしてきたんだ。あんた、今、何か困っているんじゃないか。あたいが助けてやるよ。出てきなよ。あんたがここにいるなんて、とても信じられない。あんたになら殺されても本望だよ」

静香は、ドゥルガーの言葉に耳を疑った。やはり、憎悪の対象であっても、愛した男に現実に再会すると、女はすべてを許してしまうのだろうか。

ドゥルガーは左腕を失っている。これ以上の戦闘に勝算がないと知り、ガスマンを懐柔《かいじゅう》しようとしているのだろうか。

静香は唯一、自由の利く部分、左腕でP・アルツ剤の入った瓶を出し、栓を抜いた。今がその時なのだ。

ドゥルガーが横目で視線を静香に走らせた。

「シズカ。飲むんじゃない。飲めば戦士にはなれるかもしれないが、人間であることはやめなければいけないよ。P・アルツ剤を教えたあたいの責任だからね。そう簡単に飲んじゃあいけない」

静香は唇を噛んだ。

夫や娘の記憶を蘇らせた。再び思い出すことはないだろう。自分は今、飲まねばならないのだ。

「さあ、シヴァ。出ておいで。また、シヴァとドゥルガーのコンビに帰ろうじゃないか。あたいたち二人で、惑条機構をもう一度、震えあがらせてやろうじゃないか。

何考えてるのさ。水くさいねぇ。あたいを信用しなよ。

何だいそのスタイルは、銀色の妖怪《ようかい》か何かみたいじゃないか。あたいのために、姿を見せておくれな。

もう、出血がひどくて目がかすんできたよ。シヴァ。お願いだ。ねぇ、シヴァ」

ドゥルガーは足をよろつかせながら、目の上の暗視装置を引き剝がした。それは、ガスマンに対して自分の素顔を見せることと、敵意がないことを証明する二重の意味を持っていた。

ドゥルガーの声は戦士のそれではなかった。恋人に呼びかける一人の女性の声だ。銀色の男がゆっくりと姿を現した。

男は覆面を外していた。ドゥルガーの吹き飛んだ腕に群がる飛びナメたちは、他に注意を向ける余裕はないようだ。

男の顔は、端整な野獣だった。天使のような金髪と顎の線。狼のような狡猾《こうかつ》な眼光。

それがガスマンの素顔だった。

「シヴァ！」

「ドゥルガー」

声をかわした。部屋の緊張が氷解した。

だがそれは一瞬の思いすごしでしかなかった。

乙女の瞳から肉食獣の目にドゥルガーは眼光を変化させた。熱射銃を持った右手がガスマンの胸を狙った。

ガスマンの破風五連銃も、捨てられてはいない。マイクロ秒の単位でガスマンの腕が動く。

閃光と異音が交錯する。

憎悪はそう簡単に消えはしない。先ほどのガスマンへのドゥルガーの呼びかけが演技でしかなかったことを静香は知った。

凄まじい殺気の波が、室内に充満した。

悪夢だった。ドゥルガーの右腕が炸裂《さくれつ》したのだ。熱射銃を握ったままの手が、天井に当たって、床の上に転げた。

さすがにドゥルガーは、身体を反転させ床の上を転がった。

静香は信じられなかった。

あのドゥルガーがやられている。しかも相手は彼女を裏切った男なのだ。このままではドゥルガーは死んでしまうだろう。左腕をなくしただけで、すでに膨大に出血しているはずだ。

床の上に転がったドゥルガーは白く目を剥いて喘いでいた。戦闘を続けられる状態ではない。

ガスマンも倒れていた。熱射銃によるダメージをドゥルガーから受けたのだろう。だが、ゆっくりと起きあがる。破風五連銃を右手に持ったまま。

だが左手はだらりと垂れさがったままだ。

左手にダメージを受けているようだ。

静香に余裕は残されていなかった。賭けるしかなかった。

四肢のうち唯一、自由なる左手で、P・アルツ剤を、一息に飲みこんだ。

あの夢だった。

夫と娘。啓一と由里の笑顔だった。

四歳の由里が、「ママ、早くすませてね」とミニスピナーの助手席から手を振っている。

静香は、その場所を走り去りながら、自分もその場に立ち止まっていなくてはならないと思い続けている。しかし、足が言うことを聞かない。夫の啓一も、遠ざかる静香に笑みを送っている。

「やめて。行かないわ。ここにいる」

ミニスピナーが点のように小さくなったときに、それが起こる。

夫が消える。娘が消える。世界が消える。

イメージだけが残る。

汎銀河聖解放戦線。

身を起こす。

白いベッドの上。ヤポリス星営病院の精神工学応用棟の病室。心配そうに静香を見守る初老の男がいる。父の秋山題吾だ。

その父の顔が消失していく。父だけではない。病室のすべてがなくなっていく。

憎しみだけが残る。

汎銀河聖解放戦線。

憎悪――エネル・ゲ。

憎悪　　憎悪　　憎悪

憎悪　　憎悪

憎悪　憎悪

憎悪　憎悪　　　憎悪

憎悪

憎悪

憎悪　憎

憎……

目を開くと暗黒の世界だった。いや、そこが、どこかの屋敷であることはわかる。自分は誰なのか。

神鷹静香。そうだ。神鷹静香だ。

横たわっている女が見える。そして無数の飛びナメが見える。ドゥルガー。なぜ倒れているの？　あなた……ドゥルガーでしょ。私を戦士に育ててくれた人。

気配を感じ、静香は後方へ跳躍《ちょうやく》した。静香は、自分が心理の呪縛から解き放たれたことも意識していなかった。ただ戦士として、戦うための反応を肉体がとっただけのことだ。

銀色の服の男が、ゆっくりと近づいてくる。男は、破風五連銃を次々に発射させる。

静香が思考するより早く、静香の身体は跳躍を続けた。

破風五連銃を使う者は汎銀戦の連中だけだ。思考がそう渦巻いた。汎銀戦は滅ぼさねばならない。憎い。憎い。

だが、銀色の男の射撃の腕は並々ならぬものがある。攻撃の隙を与えない。

跳躍したまま、熱射銃を静香は使った。標的は男の頭部だ。だが男は頭をひょいと下げた。熱射銃の光条を見切ったのだ。

「甘いな。女、おまえは誰だ」

初めてガスマンは、静香に声をかけた。静香の腕を見て安堵したらしかった。

「急づくりの戦士らしいな。その腕で俺に向かうつもりか」

「そう。私は復讐するのよ。汎銀河聖解放戦線の人はすべて許さない。私が裁くのよ」

静香の言葉を聞いて、ガスマンは笑い声をあげた。

「すべて許さない!?　これは大変だな」

「そうよ。最後の一人まで。エネル・ゲまで私は裁いてやるつもり」

再び、銀色の男は大声で笑った。

「なぜだ。一介の女が、なぜそんなに汎銀河聖解放戦線を憎む」

静香は言葉に詰まった。そのとおりだった。なぜ自分がここにいるのか。なぜ自分が汎銀河聖解放戦線を憎むのか。……わからなかった。ただ、現実に感じているのは、汎銀戦に対する憎しみがあるという事実だけだ。

静香は答えなかった。答えることもできなかった。

「最後の一人まで汎銀河聖解放戦線と戦うと言ったな。しかし、エネル・ゲは裁けないぞ。サラマンダーは無理だ。ましてや、女子にはな」

初めて聞く名だった。

サラマンダー。

「何、それは。サラマンダーって」

今回、ガスマンは笑い声をあげなかった。右手で黙って破風銃を構えた。

しょおおおおっ。

しょおおおおっ。

二連続で気塊が宙を走った。寸前に、静香は弾け、宙を舞い、回転した。

しょおおおおっ。

静香の身体のバランスが崩れた。テーブルで右足を打ったのだ。そのままよろけ、床に這《は》いずるように倒れた。

破風五連銃の発する音が止まった。ガスマンの銀色の影がゆっくりと近づいてくる。

逃げようのない獲物を、ゆっくりといたぶるつもりでいるのだ。

静香が振り向いたとき、ガスマンの銃口はすでに彼女の胸に向いていた。もちろん、引き金に指は乗せられている。すべてが最悪の状況だった。

「怖いか？　怖かったら、女らしく泣きわめくことだな。哀願するのもいい。発狂してもかまわないぞ。それで汎銀戦を全滅させるつもりとはな。お笑いだよ」

ガスマンは、引き金の指に力を入れ始めた。精神を銃腔内に集中させる。圧縮された気塊を制御するためだ。ガスマンの精神世界で、殺意が最大限に膨れあがった。

かん高い音が、部屋中に響いた。

引き金が絞られたのが同時だった。

破風五連銃から、調子の外れた空気の漏れる音がした。「何だ！」ガスマンが叫んだ。予期せぬ怪音によって、ガスマンの精神統一が破られたのだ。

飛びナメたちが床の上から、いっせいに舞いあがったのが同時だった。そこにガスマンの隙が生まれた。

静香はそのチャンスを逃さなかった。熱射銃を発射した。狙いは正確だった。ガスマンの右肩を貫通していた。

次の瞬間、ガスマンは静香の腕を蹴った。熱射銃が弾け飛んだ。素手の状態になった。

ガスマンは破風五連銃を再び構えた。引き金を引く。気塊は発射されない。肩の痛みがガスマンの精神統一を妨げているのだ。

静香は腰に手を当てた。ナイフがあった。ドゥルガーに貰《もら》ったセラミック製のナイフだ。

夢中でナイフを抜き、ガスマンの胸を貫いた。血飛沫《しぶき》が飛ぶ。

ガスマンは信じられないような目で、自分の胸を見た。今、彼は、自分が裏切った女のナイフで刺し貫かれているのだ。

ゆっくりとガスマンは両膝を床につけた。

「まだ……俺は……死ぬわけには……」

死んだ。

荒い息を吐きながら、静香は腰をおろした。いったい自分は何をやったのだろう。何も考えず、身体が反応した。汎銀戦の一人だということだけで戦った。

あの銀色の男に、なぜ汎銀戦を憎むかと問われたときも、明確な理由は引き出せなかった。

ただ確実なのは、汎銀戦という言葉を聞いただけで、自分自身の憎悪と闘争心がかき立てられたことだ。あたかも、機械仕掛けの殺人装置のように。

なぜ自分はここにいるのか？

なぜ自分は闘ったのか？

何もわかりはしない。Ｐ・アルツ剤の空き瓶に注意が向くはずもない。かん高い異音が、野外で鳴り続ける。それが、飛びナメおどしのメフィス笛の音を分析し、拡大したものであることも、今の静香は知らない。

次々と飛び立っていく飛びナメの群れにも、静香の注意は向けられていない。ただ、一つの言葉だけが、静香の心に呪詛《じゅそ》のように灼《や》きついていた。

今は動かぬ銀色の物体となってしまったガスマンの発した言葉だ。

レストラン・ハズラッドの書き置きを見て夏目がサタジット・グレム邸に駆けつけたのは、約二十分後だった。

雨はやんでいた。

例の、メフィス笛の音階からの合成音はまだ鳴り続けているものの、すでに飛びナメの群れの気配はない。移動した飛びナメたちは、夜明けの恒星の光に、ひとたまりもなく灼かれていくはずだ。

メフィスシティは危機を脱した。しかし、一夜の異常現象のもたらした被害がどれほどまでに及ぶのか、今の段階では予測もつかない。

だが、現在の夏目にとって、関心ごとは一つしかない。静香の安否だ。スピナーを降りた夏目は、邸内へひた走りに走った。

破壊された壁面とおびただしい飛びナメの死骸。夏目は息を呑んだ。

「静香さん」

夏目の目に入ったのは、凄まじいほどに破壊され尽くした室内。そして、ソファに老人が横たわっている。

ラッツオが身体を揺すっているのは……静香だった。

その脇には、両腕のないドゥルガーと見知らぬ男が倒れている。

何がここで起こったのだ。

「夏目さん」

助けを求めるように、ラッツオが言った。

「何があった！」

夏目は叫び、静香に駆け寄った。

静香が夏目に視線を向けた。

「うっ」

夏目は、その眼光を見て立ち止まった。顔は静香のままだった。だが、目は鬼の持つ輝きを放っている。人間の表情ではない。静香が別の何かに変貌している。

「静香さん。私がわかりますか。夏目です」

何の興味もないというように、静香は視線を移した。そのとき彼女が呟くのを、夏目ははっきりと聞いた。

「サラマンダー……」

その言葉が何を意味するのか、夏目にはわかるはずもなかった。

II 空間溶融

1

秋山題吾《だいご》はベッドの上にいた。

外は、闇《やみ》。物音一つ聞こえない。静寂の中で、秋山は書物を眺めている。読もうと努力しているのかもしれないが、一片の字句も彼の頭の中に入ってはいかない。眺めることを続けているにすぎない。

ベッドのかたわらの台の上には、正面から見れば立体的なスナップ写真が飾られている。写真では若い男女と幼い女の子が笑顔を見せている。

若い女は、静香だ。長い髪を後ろでたばねて、身体《からだ》にゆったりとした白い服をつけている。

男は啓一だった。神鷹《こうたか》啓一……静香を秋山から奪った男。その男が娘の由里を右腕に抱えている。

その写真一葉しか、秋山の手もとには残されていない。

最近の秋山にとって、その写真は寝室の風景の一部でしかない。遠い遥《はる》かな過ぎ去りし時のできごと。娘の過去の一断面が凍結されて、そこにある。しかし、今となっては、秋山には何の意味もありはしない。

かつて、自分には妻がいて、娘がいた。妻は契約軍人時代に自宅で病死した。その最期を彼は看取《みと》ることができなかった。職務を優先するのが軍人の生き方だと信じていた。妻を亡くして初めて後悔した。妻へ捧《ささ》げられなかった愛情まで、娘に注ごうと決心した。

しかし、娘はどこの誰か正体もよくわからぬ男のもとに走ってしまった。

神鷹啓一。

男は死んだ。男と静香の間に生まれた孫も死んだ。静香も去ってしまった。何ということだ。なぜ、死んだ者のために、私のもとを去らねばならなかったのだ。それほどの価値があることなのか。

この写真は幻影ではないかと思うことが、秋山には時おりある。全然、自分に関係のない未知の家族のスナップが、なぜかここにある……そう考えることすらある。

日が暮れる。就眠のための永い時を費やす。淀《よど》んだ時間。朝。そして夕刻まで近くをぶらぶらとさまよう。別に何の目的もない。一生、これから、このような時が流れていくのだろうか。暮らすのに充分な蓄えはある。それが何だというんだ。

かつて、自分には妻がいて、娘がいた。

妻は逝《い》き、娘は去った。自分だけが淀んでいる。

本には沙漠の写真が載っている。

惑星メフィスの沙漠だ。荒涼とした熱風の惑星。ここに、静香はいるはずだ。

あの夏目郁楠《なつめいくなん》に欺《だま》されて、あの子は行ってしまった。

本の活字など、秋山の思考に入りはしない。次から次へと妄念だけが尻とり遊びを始めてしまう。メフィスか。かつて自分も行ったことがある。契約軍人の現役時代だ。惑条機構の本部ビルだけが、唐突に近代的な建造物だった。その周囲には、住民たちの白いテントが無秩序に立っていた。

今もそうだろうか。もう、数十年も昔のことだからな。数十年も昔。どんな自分の未来を想像していたろうか。自分に子供が生まれるということさえ、想像していなかったはずだ。

そして今、自分の娘がそのメフィスにいるはずだ。不思議なものだ。

しかし、けっして暮らしやすいところではないはずだぞ。そんな苦労をあえてする必要もないではないか。

あの、夏目のせいだ。夏目の甘言に欺されて静香は出ていった。夏目の目的は静香を手に入れることだけだろうか。子供が欲しい玩具を我慢することができないのと同じように、それだけの動機で連れ去ったにちがいない。

自分の思考の積み重ねだけで、秋山は激昂《げっこう》してしまい、ぶるっと身震いした。

ベッドから立ち上がり、有線テレビのスイッチを入れると、トイレへと歩いていった。

欠伸《あくび》をしながらベッドへもどってきたときには、秋山の頭の中には、夏目のことなど微《み》塵《じん》も残っていなかった。

再びベッドに横になったとき、〝メフィス〟という単語が耳に入った。

一種のカクテルパーティ効果ということができる。人間はどんな雑音の中からでも、自分の興味のある、あるいは自分に関連した固有名詞や情報をふるいわけ、聞き取ることができる。

このときの秋山にしても、それは〝メフィス〟というヤポリスから茫漠《ぼうばく》と離れた距離にある惑星の名前が、いかに脳裏に深く刻まれたものであるかという証《あかし》であった。

秋山は身を起こし、台の上から眼鏡を取った。平常は眼鏡をかける必要はほとんどない。眼鏡ではっきりとした映像を見なくても、天性の勘で状況をほとんど正確に把握することができるからだ。

有線テレビのそのチャンネルでは、常時、在人類惑星条約機構に加盟している惑星の近況を流している。それは、秋山自身も潜在的に承知している。

しかし、〝メフィス〟という単語を耳にした瞬間から、より詳細な、より具体的な情報を正確に得なくてはならないという本能が働いていた。

映像は、自分の知っているメフィスの情景ではなかった。闇の中に降り続く雨。そして舞い狂う異様な形状の小生物の群れ。その一匹の姿が、アップで映し出される。

とてもこの世に生をうけたものとは信じられない、グロテスクで悪魔のような生物だった。もちろん秋山は、それが〝飛びナメ〟という生物であることなど知るはずもない。

「メフィスだと。メフィスに雨が降ったと」

秋山が、かつて若き日に訪れたときに得た情報だけではない。それは宇宙地理を得意としない子供でも持っている知識のはずだ。

メフィスには絶対に雨は降らない。

しかし、有線テレビでは、確かに惑星メフィスに雨が降ったことを告げていた。それも豪雨だった。

豪雨によって、メフィスの生態系が狂ったというのだ。飛びナメという吸血生物は、かつてのメフィスに存在した化石生物だと告げていた。水を得た飛びナメが、爆発的に異常発生し、メフィスシティを襲ったという。

メフィスシティは〝壊滅的状態〟であることを知った。

「死者二百四十万人、負傷者五百六十万人。正確な数字は、未《いま》だ判明しておりません。この数字は、まだ増加する可能性があります」

感情のこもっていないテレビの声が言った。

あの時代……そう秋山は考えた。あの時代のメフィスの人口は一千万人を超えていなかったはずだ。開発が飛躍的に進んでいることは聞いていた。だが、現在の正確な人口は知らない。三千万人か、四千万人というところか。それにしても、死傷者は途方もない数だ。

静香は無事なのか?

なぜそんな異常現象がメフィスで発生しているというのか。

もとより、汎銀河聖解放戦線のテロ活動と飛びナメの災害を結びつけて考える余裕は、秋山にはない。

娘の安否だけが、確認しておきたい唯一の事柄だ。だが、この場で、その手だては何もない。無力な初老の男でしかないのだ。

不安感が、まるで宙空から一本のロープで吊《つ》り下げられているような気分にさせる。

何もなければいいが。何か連絡をしてくれればいいが。一つの言葉でかまわない。

無事でいると。

ピシッ。

部屋の中で何かが割れる音がした。ベッドの方角。身を乗り出し、有線テレビの前まで歩み寄っていた秋山は、瞬間、身をすくめ、ゆっくりと振り向いた。銃弾の音ではない。何かが破砕した音だ。

何も変化はない。壁。照明灯。灰皿。

異音の発生源となるようなものは、何も見当たらない。

気のせいだったのだろうか。そうかもしれない。惑星メフィスの異常を知り、自分の精神世界が、緊張のあまり、きしみ音をたててしまったのかもしれない。

そう聞こえてしまったのだろう。そうかもしれない。

再び秋山は、有線テレビの画面に目を向けようとした。その時、またもその音がはっきりと響いた。

ピシッ。ピシッ。

秋山が視線をさまよわせている間、怪音は響いていた。

正体はベッドの横の額にはいったスナップ写真だった。額が捻《ねじ》れていた。写真の表面に無数の筋が入っている。透明な怪物が、スナップ写真のねじりんぼを作ろうとしているかのような外圧が加えられている。次第に写真は変形の度を加えていた。

ある種の超常現象が起こっている……。そう秋山は直感的に思った。すでに写真は立体に見えない。それどころか、スナップ写真であったという形跡さえない。何かが融《と》け、捻れたような物質が、そこに残っているだけだ。

ポルターガイスト……観念動力《テレキネシス》……そんな連想を、あんぐり口を開いたまま、秋山は持った。よりによって静香の写真が。ひょっとして静香の身に何かが起こったのではないか。ある種の虫の知らせというものではないのだろうか。

次の音は、壁の本棚の方角だった。

無数の泡が噴き出てくるような音。

陶器製のウサギだった。二十センチほどの大きさの白いウサギだ。数ミリの小さな泡を表面から無数に吐き出しながら、ウサギの人形は縮潰《しゅっかい》しつつある。

そのウサギは、静香が嫁ぐまで、彼女の勉強机の上に飾られていたものだった。静香が神鷹の姓を名乗るようになった日から、そのウサギ人形は、秋山の本棚のブックエンドとして使われることになった。

その静香のウサギが不条理な状態で崩壊しようとしている。

何かが、静香に起きている。

その正体が何かはわからない。だが、静香に何かが起こっているというのは、確信できた。

だが、まだ迷いがある。メフィスへ自分も行くべきなのか。行ってどうするというのか。

静香に何と言うのか。

それから二時間後、まだ、秋山題吾は眠れずにベッドの上にいた。

電話が突然に鳴った。秋山は、電話に映像を入れないまま、受話装置のスイッチを入れた。

「こちら治安庁です」

その声は、秋山の返事も待たずに、そう告げた。脳裏には、まだ、先ほどの異常現象の記憶がたぎっていた。不安がいっそう高まった。事務的な口調で声が続いた。

「秋山題吾さんですね」

「そうです」

「ご協力いただきたいことがあるのですが」

「何のことでしょうか」

「一口では申しあげにくい。今から、そちらへうかがいます。いくつか、見ていただきたい状況があるのですが、外出できる服に着替えておいていただけるとありがたい。私は、治安庁セクション5のヨブ・貞永《さだなが》といいます。数分でうかがいます」

男は、言葉どおりに、七分後に秋山の自宅を訪れた。男は再びヨブ・貞永と名乗り、身分証明用のカードを呈示した。

ヨブは、カードでは三十五歳と表示されているが、現実は、少なくとも五歳は老けてみえる。その原因の一つは若白髪《しらが》にあるようだ。無数のちぢれた白髪が、黒髪から突き出ている。背もそう高くはない。契約軍人であった秋山はもともと大柄なのだが、その秋山の耳もとまでしか背が届いていないということは、平均の民間人よりやや低いのかもしれない。ただ、その分、ヨブという男は肉付きのほうに栄養がまわっているようだ。

細い目で、人なつこそうに話すと、とても先ほどの事務的な口調で電話をかけてきた者と同一人物とは思えなかった。軍服のような治安官の制服はつけていないが、耳につけているマイクロレシーバーとマイクロトーキーは治安庁独自のものであることが、秋山にはすぐにわかった。

古びたブルゾンを着た治安庁セクション5のヨブ・貞永は、秋山を見あげて言った。

「早かったでしょう。私、スピナーの中から電話を差しあげたんです。すでに、私は秋山さんにご協力していただくつもりでいましたから」

人なつこそうな目を細めて、笑みを浮かべているものの、ヨブ・貞永という公務員は、案外強引な性格の持ち主かもしれないと秋山は思った。

「で、深夜、私にどんな用事なのかね」

ヨブはうなずき、目をしばたたかせて言った。

「秋山題吾さんは、秋山静香さんのお父様ですね」

「静香の身に何か？」

反射的に秋山は声を荒らげていた。ヨブ・貞永は、驚いたような表情を浮かべたものの、首を大きく横に振ってみせた。

「いや、静香さんご本人がどうこうなすったという話ではありません。他に当たりようがないので、こうして、静香さんのお父様にお話をうかがいにあがったわけです」

秋山は眉《まゆ》をひそめた。

「東本山町三番地というのが静香さんの嫁ぎ先の住所ですね」とヨブは質問した。

「そうだ。……そうだった。それが、どうしたというのだ。たしか、現在は人手に渡っているはずだと思うのだが」

秋山の答えに、すでにヨブ・貞永は予想していたかのように大きくうなずいた。

「ナリム・ヤポリス宙商株式会社に、二年ほど勤めておられましたか？」ヨブ・貞永は追い打ちをかけるように次の質問を発した。

再び静香のことだ。

「ああ、二年も勤務していない。一年と、そう三カ月くらいのものかな」

「そうですか」

秋山の前でヨブ・貞永は拳をつくり、何度も自分の額を叩《たた》いてみせた。

「ご主人の神鷹啓一さんと、娘さんの神鷹由里さんは、例のヤポリス・サースデイで亡くなられている。それから後の神鷹静香さんの所在を知りたいのですが」

「もっとはっきりと、何が起こったのか教えてもらえないと、答えようがない」

心底、困ったなあという表情をヨブ・貞永はした。

「お宅では、最近、何か、変だなとか、おかしいなというできごとを体験されたことはありませんか」

そんなものはないと即座に秋山は答えた。しかし、脳裏には、さきほどの異常現象の記憶があまりにも生々しく残っていた。

「そうですか。じゃあ、先ほども電話で申しあげましたが、数カ所、おつきあい願えませんでしょうか。

気がつかれた範囲内でいいんです。秋山さんが、ひょっとして……と思われる可能性を何でもお話し願いたいんですが」

ヨブ・貞永の言葉は、秋山にとって、すべて謎に満ちていた。

人一人いない道路に導かれ、秋山はヨブのスピナーに乗りこんだ。スピナーは、ヨブ・貞永のプライベート用らしい。電話はついているものの、計器盤は、何かで激しく叩かれたかのようにひびだらけで用をなしていない。ボディには錆《さび》とへこみが無数にあった。

「遠慮せずにどうぞ」とヨブに言われたものの、シートの上の塵芥《じんかい》のあまりの散乱ぶりに、秋山はためらってしまった。食べもののカスや埃《ほこり》、紙クズ類。走る清掃ボックスというイメージだった。

「何で、そんなに静香のことを調べているのだ?」

「一口では言いようがないんです。お話ししてもほとんど信じてもらえないと思うんですよね。百聞は一見にしかずと言います。まず、見ていただく。それから感想を聞かせていただくのが、一番、効率がいいと思うのですよ」

にべもなくヨブ・貞永はそう答えた。

「で、静香さんは今、どこにおられるんですか?」

隠しても仕方のないことだと秋山は思った。

「メフィスだ」

ヨブ・貞永は目を丸くした。

「ヤポリスにはおられないんですか……!!　メフィスというと、あの雨の降らない沙漠だけの星なんでしょう。

なぜ、そんなところにいるんですか。それは、ヤポリス・サースデイの後のことなのですね」

「そうだ」

いかにも不思議そうに、ヨブはスピナーを操縦しながら何度となくうなずいていた。

「もうすぐ到着します」

その道順には秋山も記憶があった。かつての静香の家族の住んでいた場所、東本山町の方向にスピナーは走っているのだ。ヨブ・貞永は、何かを秋山に見せたがっている。それが何なのか、今のところ、秋山はわからずにいた。

かつて、秋山もこの通りに幾度か足を運んだことがある。閑静な住宅街で、都心への通勤時間もそうかかるわけではない。啓一、静香の夫婦に食事に招かれ、孫の由里を連れ、夕刻のひとときを散策もしたあたりだ。

なぜか東洋系が集まっていて、町名もそれらしい名前になっている。

静香たちがいた住居は、住宅街のほぼ中央部に当たる、緑の多い公園に面した場所にあるのだ。そう広い公園ではない。四百平方メートルほどの広さだ。

中央部に、樹齢を経た常緑樹が、まるでシンボルのようにそびえている。その周囲の芝生の上にベンチが置かれていた。ブランコや砂場も、公園の隅に設けられていたはずだ。

その、かつての静香たちが生活していた住居に向かってヨブ・貞永の中古スピナーは走っていた。

しかし……。秋山は思った。

いまさらこんな場所に来たところで、何も治安官の役に立てることはないだろう。もうあの住宅は静香によって売却されている。生活しているのは、秋山にとっても神鷹家にとっても、縁も面識もない人々のはずだ。そしてこの家屋の売却代はすべて、メフィス行きの費用に充てられたはずだ。

その角を曲がれば、かつての静香たちのスイート・ホーム。

角を曲がる。

光が閃《ひらめ》いている。その白い光の中に、制服姿の治安官たちが何人も並び、逆光に白い輪郭を浮かびあがらせている。

巨大な針を規則的に突き出させたバリケードが、治安官たちの背後に見える。

非日常の世界だった。秋山の知っている閑静な住宅街のイメージは、微塵も残っていない。

何の工事がおこなわれているのだろう。それが、秋山の第一印象だ。いや、工事ではない。何かの災害が発生している。

道路の隅に駐《と》められた何台もの治安スピナーから、状況を連絡しあう無線の音が、幾重《いくえ》にも輻輳《ふくそう》して響いている。

「とにかく、お話ししても、なかなか、具体的に状況をお伝えしにくいと思ったんですよ。まず信用していただけないでしょう。治安庁の全員が、信じられなかったのですからね」

ヨブ・貞永は、頬を撫《な》でながらそう告げ、スピナーを停止させた。

バリケードには、立ち入りを禁じた標識がいくつも取り付けられている。そこから数メートル離れて野次馬たちが遠巻きにしているが、付近の住民たちなのだろう。

スピナーを降りた秋山がまず気がついたのは、鼻をつく腐敗臭《ふはいしゅう》だった。あたりに膿《うみ》をぶちまけたような臭気が漂《ただよ》っている。

バリケードの前の治安官たちに手をあげてヨブが合図すると、制服たちは道をあけた。

ライトが幾本も立ち並び、公園と、かつての神鷹邸の方角を照らしていた。

秋山は足を止めた。いや、足をすくませてしまったと言うほうが正しい。

「こ、これは……」

信じられない光景が、そこにはあった。

「これで、お話ししても、なかなか状況を説明しにくいと言ったわけが、おわかりになったでしょう」

ヨブ・貞永は、頭を掻《か》きながら、自分の常識と理解の範囲外の事件に遭遇した戸惑《とまど》いを表現した。もちろん、秋山は、ヨブ・貞永に返事をする余裕さえ失っていた。

「何が、ここで起こっているんだ?」

しばらくの沈黙の後、秋山はやっと、振り絞るような声でそれだけを言った。

「起こったというべきでしょうか、現在、起こっているというべきでしょうか。進行形の事件なのです。しかも治安庁は、この事件の参考となるような事例を有していません。いや、治安庁だけではありません。このような現象は少なくとも、これまでこのヤポリスでは発生していません」

サルヴァドール・ダリの超現実的な絵画に、すべてが融け去ろうとしている情景を描いたものがある。時計も人も動物も、現実から非現実へと溶融しようとしている風景。題材こそちがえ、秋山がまず連想したのが、それだった。

視野の中の世界が、すべて変貌《へんぼう》しつつある。

何に変わろうとしているのか。

秋山の記憶にある静香の屋敷、そして公園。そのすべてが、原形から大きく変わっていた。家屋の歪《ゆが》み、溶融《ようゆう》、捻れ。壁面はゼリー状の液体をねっとりと噴き出している。

神鷹家の前の道路は、無数の泡を噴き出したまま静止している。そして神鷹家に面した公園の入口の木々は、霧状の正体のわからない気体をのべつ発散し続けている。もちろん樹木自身、よじれ、泡状の液体をからみつかせている。単に融けているのではない。腐敗し、ただれ、穢《けが》れを具現しながら変化を続けているのだった。

秋山はスピナーを降り立ったときに感じた臭気の源を、そのとき知った。

「いったい、何が起きたのだと思いますか？」

ヨブ・貞永が訊《たず》ねた。この私服の治安官自身、心底、困惑しきっているのだ。

「なぜ、そんなことを私に聞くのだ。私が答えられる性質の現象ではない。これは……。そりゃあ、この家はかつて娘夫婦が住んでいたものだ。しかし、娘は現在、惑星メフィスだ。その父親に質問するより、現在のこの家の住人に訊ねたほうが、より効率的だと思うが」

「そうできれば、一番てっとり早かったのですが」そこでヨブ・貞永は言葉を切って、顎で、融ける家を示した。「住人たちは、まだ、あの中ですよ。我々には救い出す術《すべ》がない」

今度は、秋山にも返す言葉がなかった。

「……！」

「最初に通報が入ったのは、昨日の夕刻です。近所の人から、もよりの治安官を通じて連絡がありました。緊急出動がかかったとき、事態はここまで進行していたのです。

この家は、若夫婦と主人の老母の三人家族でした。脱出できた者は一人もおりません。最初の通報時には、この現象の範囲は家屋だけにとどまっていました。そして今はご覧のとおりです。道路から前の公園まで拡大しています。そしてその範囲は、いっそう広がりつつあります」

「この溶融する空間が広がっているというのか？」

「はい」

「しかし……」秋山は後を継ぐ言葉を探した。言葉が出てこない。「しかし、お役に立てればいいのだが、これだけでは、私には何のお手伝いもできはしない。私に、いや静香の家族にこの現象が関係あるかどうかもわからない。このような超次元的な自然現象は、私も体験したことはないし」

ヨブ・貞永は腕組みを解き、秋山の肩を優しく叩いた。

「ついでといっちゃあ何ですが、もう一カ所、おつきあい願えませんか？」

「他にもあるというのか？」

ヨブ・貞永は肩をすくめてみせた。

「静香さんのご家族ではなく、静香さん自身に、ひょっとしたらこの現象が関係あるのかもしれないということがわかるはずです」

秋山は絶句した。ヨブ・貞永は、ほとんど確信に近いものを持っているらしい。

再びスピナーに乗りこむ。

「治安庁のセクション5という職務はご存じですか」

あたかも秋山の気をはぐらかすように、ヨブ・貞永は話題を変えた。

「いや、知らん。惑条機構の組織であれば、まだそらで言えるんだが」

「そうですか。セクション1は交通管理。セクション2は軽犯罪、セクション3は重犯罪。セクション4……これが一番多い。セクション4も三つのカテゴリーに分割されています。公安と対テロ警備、思想、防衛。そして……そのいずれにも属さないセクション5。エニグマ課と呼ばれています」

「エニグマ?」

「〝不可解〟と呼ばれてますよ。そんな事件ばかりが、私のところへまわってくる。念力殺人とか、次元震動とか、ヤポリス先住知性の霊障とか。その一つ一つの事件が、いずれも未解決ですがね。一応、すべて担当しています。

だいたい、私はセクション2の担当だったんです。捜査方法も、全然勝手がわからない。なぜこんな担当にまわされたんだろうなあ。ええ、だから、よろしくご協力お願いしますよ」

た。

ヨブ・貞永は、ステアリングを握ったままポケットから細い棒状の物を秋山に差し出した。

「あ……どうも」

「やりませんか」

「いや、けっこう」

「そうですか」

それは、ヤポリスの池状の〝海〟で生育する海草《ウィード》を干したものだ。ヨブは一本、そのスティックをくわえ、クチャクチャと噛《か》み始めた。

「眠気がとれるんですよ。私、いつも眠いんです。多眠症というやつかもしれません」

スピナーが十分ほどで次に到着したのは、ヤポリス星営病院だった。

「ここは……」

秋山が驚き、振り向いたとき、ヨブ・貞永は口をくちゃつかせてはいるものの、目はじっと秋山の反応を観察していた。あの、人なつこさをたたえた細い目で。

「ヤポリス星営病院です。ご存じでしょう」

「え、ええ」

秋山にとって、ご存じどころの場所ではない。心身ともに不安定だった静香をつきっきりで介護した場所なのだ。

「ここでも、あの現象が起こっているのです」

病院の通用口に、スピナーは横づけになった。先ほどの現場とは異なり、喧噪《けんそう》はここでは感じられない。夜の闇の中で、重量感を持った古い建造物がそびえているだけだ。高層で、風の渦が忍び泣いているような震動音をたてていた。

建物の中へ入ると、制服姿の治安官が二人立っていた。ヨブ・貞永は治安官たちにヨオッと声をかける。

「変化はあるか」

「聞いておりません」

「あ、そ」拍子抜けした様子でヨブ・貞永はエレベーターへ向かう。救急の患者たちの姿が見当たらないことに秋山は気がついた。

「移動の不可能な者を除いて、他の患者さんはヤポリス総合医療センターの方に移ってもらいましたよ。万一のことを考えて」

ヨブはエレベーターの三階のボタンを押した。まちがいない。静香のいた精神工学応用棟だ。静香の病室は、中庭に面した、芝生の見下ろせる部屋だったはずだ。

エレベーターが開く。やはり、そうだ。

その階は、まるで粘土細工に不自然な力を加えたように歪んでいた。屋内の景観が渦を描いているのだ。その渦の中心に当たる部分は、見忘れるはずもない。

静香がメフィスへ発《た》つ寸前まで治療を受けていた病室だ。その病室の入口の輪郭だけが、霧に覆われたかのように、ぼんやりとかすんでいる。

一歩、足を踏み出しかけて、秋山は腕をとられた。

「秋山さん。出ないほうがいい。下手をすれば、取り込まれてしまう」

ヨブ・貞永の言うとおりだった。エレベーターの前にあるナースステーションは、すでに〝取り込まれた〟状態にあった。小さな窓から垣間見て、その状況が秋山にもわかった。数人の看護師と医師たちが、執務の姿勢のまま凍結し、半《なか》ば、建造物の施設と融合した状態でいた。

その中には、秋山の知った顔もあった。静香の主治医だった細西《ほそにし》だ。彼は壁に寄りかかるような姿勢のまま、「信じられない」といった表情で、半身をその中に埋《うず》めていた。しかも、壁と肉体の境目が判別できないほど溶融しあっている。

何という情景だ。

ヨブにうなずいてみせ、秋山はごくりと生唾《なまつば》を飲みこんだ。

「このエレベーターが使用できるのも、あと数時間というところでしょうかね」

「やはり、ここも進行しているのか？」

「ええ」とヨブ・貞永は答えた。「下へ降りましょうか……」

ヨブに抗《あらが》う理由は、秋山にはなかった。階下は日常の世界と変わりはない。

「状況は、おわかりいただけましたか」

「はい」

「あとも似たようなものです」

「あと？」

秋山は顔をあげた。

「ええ」ヨブ・貞永はこともなげに続けた。

「ナリム・ヤポリス宙商の事務所。それに英京大学のキャンパス。それ以上、つけ加えることもないでしょう」

その関連性は、秋山にはわかった。静香と啓一は英京大学出身だ。そして、静香は大学を出て一年と少し、結婚までの間、ナリム・ヤポリス宙商という商社に勤務していた。つまり、この異常現象の発生している場所に、かつて静香は何らかの関わりを持っていた。

「そこまで調査のうえでお訪ねしたのです。よほどの馬鹿でないかぎり、静香さんがこの事件の謎を解く鍵《かぎ》を握っている可能性に思い当たるはずです。すべて、静香さんの過去の足跡に関わった場所ですからね。データをインプットして共通事項を浮かびあがらせると、静香さんの名前になった。英京大学を卒業されたと知ったときは、まさに驚きでした。さあ、教えていただけませんか」

秋山は、よろよろと待合室の椅子に腰をおろした。

「わからない。たしかに静香に関係あった場所ばかりだということは認める。しかし、なぜ、このような事態となっているかという原因については、わからない」

ヨブ・貞永は、表情に失望の色を浮かべた。

「今、メフィスにおられる静香さんから音信はありますか？」

「ない」秋山は首を振った。と同時に、先ほど有線テレビに映し出されていたメフィスの天変地異の映像を思い出していた。闇の中で舞い狂う小さな吸血生物の群れ。

「静香に何かが起こったのだろうか」

「わかりません」ヨブはその問いは予測していたようだ。

「先ほどうかがってから、本庁からメフィス大使館を通じて、調査を依頼しようと思っているのですが……。今、メフィスはパニック状態らしいですね。復旧作業に人手を取られているらしい。ニュースで言っていたのを思い出しました。回答がもどってくるのに時間がかかるかもしれません」

「やはり、そうか」

秋山は大きく溜息《ためいき》をついた。

「なぜ、静香さんはメフィスに行ったのですか？　それから聞かせていただきましょうか。静香さんが、汎銀河聖解放戦線のテロの巻き添えでご主人と娘さんを亡くされたことは、わかっています。それが原因となって、精神障害を起こし、このヤポリス星営病院の治療を受けられた。

その静香さんが、なぜ、メフィスという彼方《かなた》の惑星に出かけなければいけなかったのでしょう。

お話し願えませんか？」

ヨブ・貞永は、秋山の機嫌をとるような口調で問いかけた。秋山も自分の気持ちを誰かに聞いてもらいたかった。娘に自分のもとを去られ、怪現象を前にしてそれが娘の消息と関係があるのではという、いらだたしい迷い。

この私服の治安官ならば、すべてを話せば力になってもらえるのではないか。

「わかった」

ヨブ・貞永は、身を乗り出し、ポケットからスティック・ウィードを取り出して、秋山に、ま、どうぞ……とすすめた。

2

メフィスは灼《や》き尽くすような熱気をすでに取りもどしていた。あの飛びナメのパニックが終結して、五日も経《た》とうとしている。

あれは、一夜の地獄だった。メフィスシティは伝説の吸血生物群の猛襲を受け、壊滅の状態に瀕《ひん》した。

しかし、朝を迎えると同時に、悪魔はいずこかへ去っていった。メフィス笛の音階による駆逐も効果があったのだろう。数日後、沙漠で干からびている飛びナメの死骸《しがい》が大量に観測されている。

死者は公称で二百四十万人だが、正確に把握されたわけではない。噂《うわさ》では、その倍とも三倍とも言われていた。

サタジット・グレム邸の復旧は早かった。どのような権力を有しているのか、地獄の翌日からわらわらと人が集まり、屋敷の営繕と復旧に着手した。

静香は傷の手当てを受け、今、グレム邸の客人となっている。惑条機構の数人と治安官たちの訪問を受け、質問に答えた。ドゥルガーの遺体も、夏目、ラッツオたちの姿も、あれからこの屋敷の中で見たことはない。

さまざまな質問に答えてはきたものの、自分の答えの中で重要な何かが欠落していることがわかる。しかし、いったいそれは何なのか。

父、秋山題吾を振り切り、ヤポリスを離れ、このメフィスの地までやってきた。汎銀河聖解放戦線という組織と戦うために。憎いからだ。なぜ憎いかということは関係ない。この屋敷で、そのメンバーの一人と死闘を演じた。そして勝った。それが事実だ。曲げようもない現実。

今、静香はサタジット・グレム邸の二階にいる。サタジット老を飛びナメの群れから救った部屋だ。その部屋から広大な庭を見下ろしていた。

この邸の主人は、いつまで滞在してくれてもかまわないといった。完全に傷が癒《い》えるまでその言葉に甘えようか、と静香は思っていた。そう長いことではないだろう。

それから、静香は〝サラマンダー〟という謎の言葉を調査しようと考えていた。

汎銀戦のテロリスト、ガスマンが最後に残した言葉だ。その言葉を耳にしているのは、静香だけだ。ドゥルガーは絶命していたはずだし、ラッツオは別の部屋に潜《ひそ》んでいた。

破風《はふ》五連銃を持ち、勝ち誇ったガスマンは、静香に言った。「エネル・ゲは裁けないぞ。サラマンダーは無理だ。ましてや、女子にはな」

サラマンダーとは、人物なのか？　エネル・ゲとどのような関係があるのだろう。ひょっとして惑星の名前？　どこかの惑星の地名なのだろうか？　汎銀河聖解放戦線の何かの別称なのだろうか。

わからない。

だから惑条機構の軍人や治安官たちが発した質問にも、その〝サラマンダー〟という単語については、教えていない。汎銀戦の首魁《しゅかい》であるエネル・ゲを討つのは、自分自身でなくてはならないのだから、その重要なヒントとなる情報を、たやすく他人に教えるべきではない。

だが、今の静香は、これからどのように行動していくのかという部分では、ほとんど先が見えていない。

スピナーが邸内に滑りこんでくる。そのスピナーには、静香も見覚えがある。在人類惑星条約機構、対テロ防衛特別工作室独立班の契約軍人、夏目郁楠《いくなん》の私用スピナーだ。公用スピナーは、テロリストのア・ウンとクリーンリネス弾を積んだまま爆発、消滅してしまっている。今は、仕方なく勤務でもプライベートスピナーを使用せざるをえないのだろう。

このメフィスの酷暑の中でも、あの夏目という男は軍服を一分《いちぶ》の隙《すき》もなくぴしりと着こんでいるのだろう。

スピナーは、正面のほうへと曲がり、二階の部屋にいた静香の視界から消えた。

しばらくして、とんとんと階段をリズムよく駆けあがってくる音が響く。夏目の足音であることが、静香にはわかった。

「こんにちは、静香さん」

現れたのは、予想どおり夏目郁楠だった。だが、それ以外の部分では、大きく予想とかけ離れていた。

「まあ」

思わず、静香は声をあげた。それまで、そのような夏目を見たことがなかったからだ。

夏目はメフィスの民間人なら誰もが着用する白い民俗服を着こんでいた。それだけではない。頬といい顎といい無精髭《ぶしょうひげ》でびっしりと覆われている。数日間、剃《そ》っていないということが、一目でわかる。

「どうしたんですか？」

夏目はあの完璧《かんぺき》主義者の表情ではなかった。照れたような自嘲《じちょう》的な笑いを浮かべていた。

これまで静香の見た夏目の表情の中では、一番、人間臭い顔なのだ。

「恥ずかしいというべきか……。なかなか静香さんの前に顔を出しにくかった」

夏目は、頭を掻《か》きながら室内へ入ると、ベッドの上にぺたりと腰をおろした。

「契約解除になった」惚《ほう》けたような口調だった。

「ああ、惑条機構の契約軍人の職をクビになってしまったってことですよ。軍法会議だけは免れましたけどね」

「なぜですか？」

「契約項目違反が限度を超えてしまったみたいだ。独断専行が多すぎる。それに判断力に適切さを欠く。まだまだあったなあ。とにかく、今回の飛びナメの件の全責任は、私がとらされることになった。

例のア・ウンのおびき寄せも、クリーンリネス弾の処理方法も上層部のご機嫌を損ねてしまった」

それから、大声をあげて馬鹿笑いした。ほとんど自暴自棄になっているように、静香には見えた。

「これからは、私には時間だけはたっぷりあるよ」

「どうするんですか？　これから」

静香が質問すると、夏目は嬉《うれ》しそうに笑った。

「惑条機構の軍の中で出世していこうという望みは、見事に消えてしまった、だが、もう一つの夢は、まだ生きている。静香さんとの約束です。あなたは、汎銀戦の復讐《ふくしゅう》を終えたら、私と一緒になってもかまわないと約束してくれた。その約束を実現させなくてはならない。

今までは、出世と静香さんという二兎《にと》を追っていたわけだが、これからは一つに絞りこみますよ」

冗談めかして話しているが、すべては本音らしい。

「復讐ですか……？」

静香はそう問い返した。

「ああ、何をとぼけているんです。ご主人と娘さんの復讐のためにメフィスへ来たわけですから」

だが静香にはぴんと来ない。主人と娘……そのような言葉もあまり意味をなしはしない。

「汎銀戦を壊滅させるために、私はここにいるんです。他意はありません」

夏目は、少し不思議そうに眉をひそめた。

「じゃあ、なぜ、あなたは汎銀戦を壊滅させなければならないと信じているんですか？」

「汎銀戦が憎いからです」

「なぜ、汎銀戦を、あなたはそんなに憎むんですか？」

「理由など必要ありません。蛇の嫌いな人が蛇を嫌う理由を具体的に列挙するということもありません。とにかく、汎銀戦と戦うことが、私の使命だと信じているんです」

何かがちがう。うまく言えないが、何かが静香の裡《うち》で変化を起こしている。それが夏目には本能的にわかった。

「これからどうすればいいのか、皆目《かいもく》見当がつかずにいるんです。ラッツオは、あれからどうなっているんですか？」

静香は、顔をあげて、そう言った。

「元気ですよ。まだ、治安官の事情聴取を受けているはずだ。たぶん、ラッツオが私の独断専行を話したのだろうなあ。今となっては何ともならない。まあ、私を恨んでいても仕方のないことだ。

それが軍人時代からの私流のやり方だったからなあ。効率を最優先させるためにある程度の犠牲は避けられないと考えていた」

ラッツオを囮《おとり》にして、汎銀戦のテロリストをおびき寄せようとした男だ。ラッツオでなくとも、真相を知れば、ぶち殺してやろうという気になっても不思議ではない。軍人の契約を破棄されたところで、同情されるはずもない。

だが、クビになって合わせる顔がなかったと口にするわりには、以前とは異なり、ノンシャランとしたイメージが強い。何か、彼の表面に張りつめていた皮が一枚剝《は》がれてしま

ったようだ。その人間の職務とか立場といったものが、人間性にまで影響を与えていたい
い例かもしれない。

「もうしばらくすれば、ラッツオにも会えることになるでしょう」その言い方も、以前の
夏目からは考えられないものだ。なんとなく、当てにならないような口調だ。

「それと……静香さんを一つ、驚かせることがある」

静香は首をかしげた。

「階下まで足を運んでくれませんか？」

静香は、うなずいて夏目の後に続く。

大広間のソファの上に、その人物は横になっていた。

まさか……静香は信じられなかった。思わず歓喜の叫び声をあげた。

「ドゥルガー!!」

死んだはずの人物がソファの上で微笑を浮かべて横たわっている。静香の知っている、
訓練中の厳しさの中で漏らす笑みとはまったく種類が異なるが、見紛《みまが》いようもなくドゥル
ガーの微笑だった。

「助かったのね。助かったのね」

静香は、涙を溢《あふ》れさせながらドゥルガーに駆け寄ろうとした。その腕をとったのは夏目

だった。

「まだ完治したわけじゃないんだ。あまり興奮させないほうがいい」

ドゥルガーの首から下は、白いシーツで覆われている。ドゥルガーは、飛びナメの夜に、両腕をガスマンに粉砕され、おびただしい出血のあげく絶命したと静香は信じていた。

「そうですよね、ドゥルガーが死ぬはずはないと信じていたんです」

荒い息づかいでドゥルガーが唇を動かした。

「今日で、病院を追い出されちまったよ。とにかく危機は脱したらしい。重症の患者がまだまだ病院の前に列をなしているんだってさ。あの飛びナメのせいでさ。回復のめどのついたほうは、さっさと退院だと。でも、優先的に治療を受けられたのは、ここの屋敷の爺《じい》さんのおかげらしいよ。もっとも、両腕はあきらめなくちゃなんなかったみたいだけどね。シズカこそ元気でなによりだよ」

「あまり、喋《しゃべ》らないほうがいいわ」

静香に、ドゥルガーは何度もうなずいていた。その横で、夏目も今さらながら驚嘆している。ドゥルガーの生命力だ。いかに戦士として、また元汎銀戦のゲリラとして肉体の鍛練を重ねていたとはいえ、肉体をあれほどまでにずたずたにされ、大量出血した人間が蘇《そ》生《せい》するとは。とても常識の尺度で計れる人間ではないのかもしれない。

「楽しみだよ」ドゥルガーが、ぼそりと言う。

「シズカは戦士として、ガスマンをやっつけることができたんだ。もう充分に、汎銀戦のメンバーを相手にできるということだ」

「P・アルツ剤を飲みました」

静香は答えた。一瞬、ドゥルガーの目が、ぎょっとしたように見開かれた。

「そうかい。やはりね……じゃあ、薬の残りはもう必要ないはずだ。捨てちまいな」

「もうありません。あのとき、一度に飲んでしまいました」

それを聞いてドゥルガーは、大きく口を開き、目を剝《む》いて自分が呆《あき》れ果てていることを表現してみせた。夏目は驚かなかった。彼なりにP・アルツ剤の情報を仕入れていたのだろう。「やはり」と、納得したように呟《つぶや》いただけだった。

「まあ、いい……まあ、いいさね。それだけの覚悟をシズカはしたっていうことさ。こんどの生命は儲《もう》けものだったと、あたいは思ってる。治ったら、今度はシズカと一緒にあたいも戦うよ」

「ありがとう。ドゥルガー」

静香は、その気持ちだけで嬉しかった。しかし、再びドゥルガーが戦士として活躍できるようになるとは信じられない。そう思うと、胸が詰まるような気持ちに襲われた。

「さ、ドゥルガーは、まだ安静にしておいたほうがいい。さっき、サタジット・グレム氏にも会ってきた。ドゥルガーがここで静養するように提案してくれたのも、グレム老人なのですから」

夏目が静香を促した。静香は立ちあがった。ドゥルガーは助かったのだ。回復すれば話し合うことはいつでもできる。しかし、ドゥルガーとともに戦士として戦うことは二度と……。

男が一人、入ってきた。三人に会釈すると、外の数人に合図をした。入口近くに棺桶《かんおけ》のような箱が、一つ運びこまれた。

「あなたは」

男は笑みを浮かべた。

「私はハフハハール。死んだムータフとともに、グレム老のお世話をしています。これはグレム老からドゥルガーさんへのプレゼントです。もっと彼女が回復したら使っていただくようにとのことで」

静香はその言葉の意味がよくわからなかった。その様子を察した夏目が箱のほうへつかつかと歩み寄って蓋《ふた》を開いた。

「これは……」

ケースの中に、油紙で覆われた二本の腕があった。青銅色で、さまざまな油圧装置や加圧装置が取り付けられていることがわかる。何万本もの細い化学繊維を縒《よ》り合わせた人工筋。何十本もの細いチューブ。それは、かつてのドゥルガーの腕の大きさと、ほとんど変わりない。ドゥルガー専用の人工腕なのだ。

「これを装着したら、ドゥルガーは、とんだスーパー・ウーマンに変身してしまうんじゃないかな。彼女の悪口は、めったに言えなくなる」

首を振って、夏目が言った。

静香はその義手の性能を疑わなかった。最新の性能を持つ特別仕立てであることは、どんな素人にでもわかる。

「こんなものを発注したら、いくらかかるか見当もつかない。これがグレム老人のプレントとは……」

静香は目を見張るしかない。

「皆さん。揃《そろ》われたようだの」

三人の背後で、声がした。しゃがれた声の主の正体は、静香にはわかっていた。

サタジット・グレム。

エルンスト・グレム亡きあとのこの邸宅の主だ。振り返ると、皺《しわ》だらけの老人斑《はん》に覆われた存在が、歩行性椅子の中にうずくまっている。ハフハハールが、あわてて部屋の隅にしりぞいた。

「部屋は、それぞれ好きな所を使えばいい。十分すぎるほどにあるのだから」

そう言って指を動かすと、歩行性椅子の四本の足がぎくしゃくと歩き始めるが、その震動は微妙な計算によるバランスでサタジット老人には伝わっていないようだ。

「お三方《さんかた》とも、わしなりに前歴を調べさせてもらった。申し分のないチームができあがると踏んだよ」

夏目郁楠は、ぎょっとしたように老人を凝視した。

「ただ、夏目さんの肩書が邪魔だった。惑条機構の契約軍人では、あまりにもこれから動きづらいでの。それに心理パターンでは、あまりに野心が大きすぎることがわかっている。邪念なくチームの作戦に没頭してもらうには、肩書を外してもらうのが一番だ」

夏目は弾《はじ》かれたように立ちあがった。

「あんただな。あんたのせいで私は惑条機構の軍人契約を一方的に解除されたんだな」

サタジット老人は、首を小刻みに振りながらにこにこ笑い続けていた。

「どう思われても、かまいはしない。

ただ、あれだけの災害を引き起こした原因の大きな部分を、夏目さんが占めとるんじゃ。

契約解除が申し渡される前に、その責任の取りかたを追及されなかったのは、不思議と思わんかの」

夏目は老人の指摘を受けて、ぐっと息を呑《の》むしかない。

「組織義務違反だけを問われるほど幸運ではなかったはずじゃ。当然、惑条機構軍軍事裁判は覚悟していたはずだのにのぉ」

サタジット・グレム老人は、あい変わらず笑みを絶やさない。老人の指摘するとおりのことに、夏目も思い当たっているのだろう。一言の返す言葉もなく、唇を嚙みしめるだけだ。

「軍事裁判にでもなれば、長い年月も費やされることになる。そんな中では野心を発揮する余裕もあるまいに」

老人の言うことが当たっているのだろう。夏目は抗弁しようともしない。ただ、その悔しさだけが表情に出ていた。

「軍に傭《やと》われる軍人も、個人に傭われる軍人も、職務は変わりはせんはずだ。

夏目さん。これからは、私の傭兵《ようへい》として働いてくれないだろうか。永久にとは言わない。目的を遂行した段階で、惑条機構の軍人として復帰できるように、わしが責任をもって手配しておく。それまでの報酬だが、これまでの年俸の三倍を支払おう」

明らかに夏目は呆れていた。だが、すぐに手を振ってみせた。

「サタジット・グレムさん。それをあなたの厚意と受け取っていいのかどうかはわからないが、あなたが私にやらせたがっていることはわかる。静香さんとサタジット・グレムさんの復讐を手伝えということなのだろう。もし、当たっているとすれば、一部、納得できないことがある」

「…………」

「何だろう。かまわん。言ってみるがいい」

「年俸の件だ」

「ほう、三倍では不足かね。四倍でも、五倍でもかまわんが」

「私は、息子さんのエルンスト・グレム氏になんの関わりも持たない人間だ。だから、サタジットさんの私怨《しえん》のために傭われるとすれば、四倍だ。だが、静香さんの復讐を手伝うことは、私自身の問題だ。経過はだぶってしまうかもしれないが、区別して考えてほしい。

報酬は、二倍でいい」

そこで、夏目は静香に片目を閉じてみせた。そのような反応は、かつての夏目なら、静香に対して絶対におこなわなかった類《たぐ》いのものだ。

夏目はつけ加えた。「それから、今回の我々に対しての処遇は、この件は別にして、感謝します」

　サタジット老人は弱々しい苦笑いを浮かべていた。

「メフィスに来て、治療法が存在せんこともはっきりした。わしの肉体も、そう長くは持たんようだ。惑星シュルツで最期を迎えるという望みも果たせそうにない。今の望みは、エルンストを殺したエネル・ゲたちの存在を一刻も早く絶つことだ。奴《やつ》らは害悪でしかない。和平の道は存在しない。奴らを駆逐するための援助はどんなことでも惜しみはしない」

　静香が立ちあがった。

「〝サラマンダー〟というのは、何でしょうか」

「サラマンダー」

　老人も夏目も、その単語を復唱した。ドゥルガーも横たわったまま眉をひそめ、考えこんだ。老人は、部屋の隅のハフハハールに目をやったが、彼も首を振るばかりだった。

「汎銀戦のテロリスト、ガスマンが最後に私に遺《のこ》した言葉です。はっきりと覚えていますわ。〝サラマンダーは無理だ。ましてや、女子にはな……〟そう言いました」

「火竜という意味だったと思うが、トカゲの、ある種類と思う。あるいは空想上の炎を吐く巨大なモンスターか……。ただ、静香さんがその言葉を聞いた状況からすると、汎銀戦との戦いの延長上にあるキーワードじゃろう。

　今の時機であれば、逆に、情報を収集しやすいかもしれんて」

　サタジット老人は謎を残すように話した。

「逆に、情報を収集しやすい？」

　静香が問い返した。

「ああ。今回の飛びナメ災害について、惑条機構の発表は、汎銀戦のテロ作戦には何も触れておらんことに気がつかんかね」

　夏目も静香も一言も発しなかった。事情聴取は実施されたものの、確かに大衆に向けての報道の中では、飛びナメの大量発生の現象面とその被害、及び復旧状況については詳細に伝えられているが、その原因となったテロ未遂については、まったく触れられていない。

　サタジット老人に指摘されて、今、もやもやとしていた疑問がはっきりと結晶化した。

　確かにそうだ。

「ましてや、汎銀河聖解放戦線からのテロ宣言が発表されないということは、かつてなかったこととは思わんかね。デルタデルタ事件のときも、ヤポリス・サースデイのときも、狂気じみたテロ声明を発表していた。今回のテロ行為も、未遂に終わったとはいえ、あれだけの被害をメフィスに与えたのだ。自分たちの戦果として、脚色した犯行声明を発表しても何も不思議はない。

変化が起こりつつあるんじゃ。変化のときには、何か情報を摑《つか》める機会が生まれるもんだて。

だが情報を収集しやすいかわりに時間もないのじゃ」

「時間もない……」

夏目にも、その意味は測りかねるらしい。

「ああ、早い話、今言ったとおり、状況が変わりつつある。汎銀河聖解放戦線と在人類惑星条約機構の和平交渉が、水面下で進行しようとしている」

「馬鹿な！　そんな話、信じられやしない。ありえないよ」

それまで横になって話を聞いていたドゥルガーが、呆れ果てたような声を発した。「汎銀戦と惑条機構は星暦前から憎み合い殺し合ってきているんだ。そんな簡単に仲良くしましょうってことはできるはずがないさ。肉の中に血の中に、おたがいの憎悪が染みこんでんのさ。そんな話、聞いたこともない。とんだ法螺《ほら》話だよ」

「そんなことは、私も聞かされていない」

夏目は頭を振った。「実現の可能性があるとも思えないが」

ひゅるひゅるという笛の鳴るような笑いをサタジット老人は発した。

「どこに双方の真意があるのかは、わかりはせん。だが、それが現実だ。わしのもとに入った情報では、その申し入れは汎銀戦から出されたものだ。それに、今回のメフィス災害の原因となった工作は、汎銀戦司令部とは何のつながりもなく、下級分子が独断で専行した結果ということになった」

「そんな情報をどこから」夏目は呆れ顔だった。

「それは明かせない。わしも情報源を失《な》くしたくはないでの」

「何を汎銀戦はたくらんでいるんですか？」

「わからんが……。

ただ、汎銀戦も、全宇宙に少なからざる人員を抱《かか》えている。その組織の維持に資産を消費することは避けられはせん。略奪だけでの収入で、組織が経済的に維持できない段階にまで事態が進行してくれれば、背に腹は代えられない場面も出てくるのではあるまいか。あくまで推測ではあるがの」

そこで、いったん老人は言葉を切った。

「ただ、和平にそのままなだれ込むことになれば、汎銀戦そのものを潰滅《かいめつ》させようと考える静香さんの動きは封じられることになるじゃろうて。それでかまわんかの」

静香は形容できない、沸騰《ふっとう》するような思いが体内から噴きあがるのを感じ、唇を噛んだ。

「そうじゃろうて。思いは、わしも同じことだ。情報をいち早く入手し、行動に移らねばならん。〝サラマンダー〟の意味も、そのような和平の動きのある時期だからこそ、知る機会が出てくるということじゃ」

「どうやって探るというのです」

「わしもグレム財団の長を務めている者だ。ここに到達するまでには星々に様々な自分なりの情報の網を築いてきたつもりじゃて。だから、サラマンダーという単語の意味一つ知るのに数人の生命が犠牲になる可能性も、ある程度は覚悟しておる」

歩行性椅子の上のサタジット老人は、自分の言葉にうなずいているかのように見える。

「そう長い時間は、かけられんの。迅速な情報は迅速な行動がもたらす……名言じゃのう。だが、今のわしたちの仕事は待つことじゃ。そうだろう。ハフハハール」

部屋の隅で男がニコリとうなずいた。

3

惑星ザフの自由貿易都市ボルブの特徴的な点は、その名の通り、人に関しても物に関しても、まったく何の拘束性もないところにある。当初はボルブという都市名さえなかった。行政をつかさどる政府もない。

ボルブ周囲は隆起した山脈が続く。地表は、上空から見下ろすと巨大なやすりの表面のように見えるはずだ。そのやすりの一部分だけが、磨かれたように輝いている。そこが、自由貿易都市ボルブだ。

政府が存在しないゆえに、税も存在しない。また、ザフには有益な資源一つあるわけではない。観光資源もなく、あるのは、トレーディングのための街並みと宙港だけだ。

もちろん、法もなく、ボルブに存在する秩序は自然発生的なボルブ倫理だけということになる。

「ここで禁止されている取引物は、何もない」

「すべての訪問者を受け入れる」

「すべての資金を安全に保管できる」

ボルブのイメージを人々に語らせると、そのような答えが並ぶことになる。

かつて、ボルブ・トラストという企業が開発した都市がボルブの中核となった。しかし、企業規模が崩壊現象を起こし始めた段階で、本部の管理の手を離れている。

そのかつてのボルブ・トラストの企業理念が進化したものがボルブ倫理と呼ばれるもの

で、ボルブ自体が巨大な金融と商社機能を持った一つの組織体と化している。

都市と名がつく場所には、必ず、華やかな表の顔と、都市の本能的欲求を処理する裏の顔とが同時に存在する。〝自由〟をイメージとする都市、ボルブにも、周辺地にそのような陰の場所が存在した。

アーロン・ベネディクトが住んでいるのもそんな場所だった。在人類惑星条約機構ボルブ支部事務官が、彼の正式な役職名ということになる。年齢は四十五歳。外観も、役職から連想されるものからそうかけ離れたものではない。こけた頰と広い額、薄い頭髪が、アーロンの性格を象徴しているといっていい。

二十五年間、惑条機構の職を続けている。当初アーロンは、契約軍人として惑条機構と五年間の契約を結んでいた。惑星チャナに駐留中に、ミランという東洋系の恋人がいた。二人は、契約期間が終了した段階でアーロンの母星であるシュルツにもどり、夫婦になる約束をかわしていた。

チャナは、住民の出入国について異常なほどの規制をもつ惑星だった。環境の激烈な場所であるがために平均寿命も短く、人口も減少傾向にあり、長期的には国家としての体をなさなくなるとも予測されていた。出入国を放置しておけば、チャナの住民たちは、すべて他の惑星へ逃げ出してしまっていたはずだ。

契約期間の終了寸前に、アーロンとミランは婚姻を届け出て、ともにチャナを出発してシュルツで正式に式を挙げようというのが、二人の計画だった。

契約期間終了まで一年半を残すという時期に、アーロンは軍人として必須の研修を惑星メフィスで受けることになった。

それが悲劇の始まりとなった。宇宙船で航宙中に、アーロンはこれまでにない疲労感に悩まされた。中継宙港であるボルブで、惑条機構の軍用宇宙船から強制的に降ろされ、精密検査を受けることになった。疲労感そのものの原因は、チャナ特有の風土病である、急性の軽い肝炎であることがわかった。一カ月ほどの休養で治すことのできる性質の病気だった。

だが、もっと厄介なものが発見されたのだ。

アーロンの肝臓の中に、ピンポン玉大の二個の動脈瘤《りゅう》が発見されたのだ。医者はアーロンに伝えた。「二度と宇宙空間へ出ていくことは、あきらめてください。いつ動脈が破裂してもおかしくない状態にあるんです」

それは気圧の変化による加圧、減圧でも、あるいは離着陸の際のほんの些細《ささい》なGの変化においても、それが命取りになる可能性を意味していたのだ。それから、永遠とも言える時間、彼はボルブに足留めされることになった。

契約軍人から事務官吏へと、彼の立場も変わった。在人類惑星条約機構のボルブ支部という事務所があるわけではない。アーロン自身が惑条機構のボルブ支部なのだ。

初めは、チャナにいる恋人をボルブへ呼び寄せる様々な方法を考えた。ミランに手紙を書いた。チャナ政府に嘆願書も書いた。だが、それだけだった。何の返事も、チャナ政府からの回答も、返ってはこなかった。

時が流れた。

シュルツに残っていた母親が死んだという知らせを受けた。そのとき、アーロンには何もできることはなかった。母親は契約軍人に職の決まった息子を誇りに思うとアーロンに告げてシュルツから送り出したのだ。ミランを連れてシュルツに帰ったら、母親とともに暮らすつもりでいた。しかし、そのとき、アーロンは母親の遺体のもとにさえ駆けつけることができなかったのだ。

自分の立場を呪《のろ》い、アーロンはシュルツ政府に手紙を書いた。自分がそれまでいかに職務に忠実に生きてきたか。そして、どのように誠実に人々に接してきたか。その結果、惑星チャナの恋人と離別し、母親を今、失ったと……。

それは政府に出す類の書簡とは全然、別の次元のものだった。愚痴とも呪詛《じゅそ》ともつかない手紙だった。アーロン自身も、その手紙を発信したのは、現実に送ろうとは決心しかね、迷った挙げ句のことだった。

発信後しばらく、アーロンは後悔していたのかもしれない。

事務官吏としての仕事は、たいしたものではなかった。惑条機構の人間、あるいは関わりのあるＶＩＰがボルブを訪問したり立ち寄る際の、現地での世話というのが、主な仕事だ。その際に必要な情報や知識も収集し、提供する。

その指示は、アーロンの狭い居住空間の隅に置かれた、惑条機構本部から支給された通信装置から打ち出されてくるのだ。

シュルツ政府に手紙を発信してしばらくの後、その安物の通信装置は、初めて公文書以外の私信を打ち出してきた。発信者はサタジット・グレムとあった。アーロンは、最初、誰かの悪戯《いたずら》かと疑ったほどだ。

その名前はシュルツに関わりを持った者なら、誰でも知っているものだ。あの、シュルツ経済を牛耳るグレム財団の総帥のものなのだから。そして、シュルツ政府の閣僚のエルンスト・グレムの父親でもある。

意外な内容を、通信装置は打ち出していた。信じられなかった。

――貴殿の要望される人物、ミランの他星移住願が円滑に受理されるように、チャナ政府と交渉に入った。とりあえず、お知らせする。

それが始まりだった。なぜサタジット・グレムのもとに、自分の愚痴ともいえる要望が届いたのか。そして、なぜサタジットほどの人物が気紛《きまぐ》れを起こし、どのような交渉ルートでかはわからないが、ミランの移住手続きを援護するというのか。

しかし、その理由はどうでもよかった。現実に、自分の生活に光明が差したのだ。

数日後、アーロンの通信装置のアダプターが到着した。送付人はグレム財団とあった。

それは、サタジット・グレムとの通信の盗聴を防ぎ、両者の相互通信を優先的にしかもタイムラグなしに可能にする時間粒子を使ったアダプターだった。

早速、アダプターを通信装置に接続した。そのときから、劇的な進行が開始した。アーロンのもとに、次々と情報が送られ始めたのだった。

——チャナ政府からは、それが前例となることを盾に、いかなる例外的移住許可も出していないとの回答を受けた。

——現在まで、チャナ政府に対し、ミラン・チョウなる人物から、他星への移住申請は出されていない。

アーロンは、そのような情報に接して、がっくりと肩を落とした。

——グレム財団は本日、チャナ政府に対して、医療援助及び長期開発援助を申し入れた。この額は、チャナの二公転政府予算に相当する。この援助には条件が付加されている。

アーロンは目を剝いた。これは、いったい、どのような状況を意味するのだ。

日が過ぎていった。

――チャナ政府は、グレム財団の提示した条件を、特例措置として受け入れてもかまわないと回答している。

特例措置とは、ミランの他星への転出を許可するということだ。かなり、事態は好転したぞ。おめでとう。

通信装置から流れてくる、初めての人間らしい文章だった。アーロンは信じられなかった。ミランに再会できる！

――ミラン・チョウに関する詳細なデータを送付されたし。人別ファイルが、チャナでは整備されていない。

アーロンは長い長いデータを送った。ミランと出会った場所、住んでいた所。記憶にある限りの家族構成。惑条機構軍における自分の当時の立場。当時の風景。ミランの趣味、ミランの性格、ミランの好物、ミランの笑顔、記憶にあるすべてをデータとして、アーロンは送った。

待った。いたたまれない気持ちで待った。時というものが、そのように粘り気を持っていると知ったのは、この時が初めてだった。

その間に、メフィスから将校がボルブに降り立ち、再び、惑星テトロムへ飛び立っていった。だが、ボルブに将校が滞在している間中、アーロンはやきもきしていた。将校を接待しながら、心はいつも通信装置にあった。将校は、ボルブで免税価格で求められる電脳幻覚器の専門店に連れていってほしいとか、この惑星では禁止されていない獄乱酒を飲みたいとか、他愛もない要求を並べたて、満足し、去っていった。

アダプターからは、新たな情報が吐き出されていた。アーロンは食い入るような目つきで、何度も首を振らせていた。

――貴殿の記憶によるデータに基づく調査では、ミラン・チョウに該当する人物は、現時点では存在しない。

この調査は打ち切られていない。

この調査は継続されている。

アーロンは、「嘘《うそ》だ！」と思わず叫んだ。調査をいい加減にやっているのだ。中途半端な情報しかもたらされていないのだ。惑星チャナのルーズな官吏たちの仕事ぶりを思い出していた。あいつらのやるレベルの調査なんて信頼できるものか。

通信装置が、カタと動いた。

――希望を捨てないように。調査は継続されている。

アーロンは大きく溜息をついた。通信装置の前の椅子にぺたりと腰をおろした。

数日間、通信装置はアダプターと関わりのない、惑条機構の公文書しか吐き出さなかった。三惑星会議のボルブ開催に関する設営準備の指示。十日後にヤポリスより訪問予定のヤポリス閣僚のボルブ滞在スケジュール。

自分の身体の中にあると聞かされた二つの動脈瘤の存在を、このときほど疑ったことはなかった。

実は、そんな動脈瘤なぞ、存在しないのではないか。この職を打ち捨てて、ボルブを脱出しても、肉体に異常は起こらないのではないか。実際、何の自覚症状もないのだ。いっそのこと、このままチャナまで駆けつけたほうが早いのではないか。もし、体内の血のボールが破裂するようなことがあったとしても、そのほうが悔いは残らないのではないか。

ここで、じっと待つだけの時間を過ごすよりも、よほどいいのではないか。

そして、数日間、アーロンは三惑星会議の設営準備に追われることになった。

――ミラン・チョウと思われる人物の情報を入手。現在、確認中。

三惑星会議を翌日に控えた深夜、突然に通信装置が作動した。

それだけの情報で、再び通信装置は静止した。ミランらしき人物とはどんな人物なのだ。どこにいたのだ。あわててアーロンは起きあがり、問いなおした。

だが、通信装置はそれ以上の返事をくれはしなかった。翌日の三惑星会議におけるアーロンのコンディションは最悪のものとなった。

一日を置いて、正式な情報がアーロンにもたらされることになった。

——ミラン・チョウを確認した。

ミラン・チョウと思われる人物は、アーロン・ベネディクトとの過去のいきさつを認めた。

しかし、チャナからの転出をミラン本人は拒否した。

なぜだ！　とアーロンは絶叫した。そんなはずがあるものか。あれほど、軍の契約期間が終了したら、シュルツで夫婦になろうと誓いあっていたはずではなかったか。

——その理由は？

まだ見ぬグレム財団のサタジット・グレムに対して、アーロンは質問した。

通信装置が動き出した。

——彼女の今の名前は、ミラン・チョウではない。ミラン・パクだ。

——…………。

アーロンは、直感的にその意味が理解できた。

——ミラン・チョウは、すでに嫁いでいた。

無慈悲に通信装置はショックのだめ押しをした。

——希望を捨てないでほしい。説得を続ける。

アーロンは、放心し、身体を硬直させた。そして、右手を出し、ゆっくりと一本ずつ指を折り始めた。いったん指をすべて折り、そして親指から開き始め、中指で動きを止めた。

八公転年。

チャナでは、八公転年が経過している。

いかに愛しあった者同士でも変わっていくには充分な年月ではないのか。何の通信も裏付けもなく一人残された恋人が、どのように変わっていったとしても、自分にそれを責める権利はありはしない。

何の音信もない恋人をミランが永遠の時間待ち続ける、という幻想を抱き続けていた自分のほうが馬鹿だったのだ。ミランは自分自身の幸福を得るための努力をしたにすぎないのだ。彼女には何の責任もない。

——今の……ミランについて教えてください。

——彼女は、現在、チャナ装飾管工師、ジオン・パクの妻だ。年収は二十四万チャナ・ウォン。ジオンの父と二人の子供の五人家族。子供を一人、一昨年、風土病で亡くしている。

二十四万チャナ・ウォンといえば、チャナでは中流の上といったところだ。チャナ装飾管工という職種も伝統芸術といえる基盤を築きつつある。一人の子供を失ったという不幸はあった。だが、もともと、風土病であるチャナ肝炎の幼児死亡率は高いのだ。

彼女の生活は、今、完成している。それを、今、自分は破壊しようとしているのではないか。アーロンはそう思った。

——ミラン・パクとの接触を中止してください。説得をやめてください。

アーロンは、まだ見ぬ通信装置の先の主にそう伝えた。

——了解した。ミランは君を恨んでいる。

それでアーロンは、自分の人生に、一つのピリオドが打たれたことを実感した。その時以来、アダプターを通じて、サタジット・グレムからの通信を受けることはなかった。

日々をただ生きるだけの連続がアーロンの人生となった。いつでも動脈瘤が破裂しやがれ、というやけっぱちな気持ちもあった。獄乱酒を徹底的に飲みほし、我を忘れたい欲求もあったが、惑条機構の仕事をうっちゃるほどの無責任さは、アーロンにはなかった。

ザフ唯一の事務官吏の職務を継続していくことが、彼の生活となった。

また五公転年が経過した。

通信装置がアダプターを通して作動した。突然に。

――アーロンに伝える。私はサタジット・グレム。消息を知らせたい。

ボルブの統計資料に目を通していたアーロンは、ゆるゆると立ちあがった。

――アーロン。チャナのミラン・パクについての消息を伝えたい。ミランの夫、ジオン・パクは、ウィルス性の進行性チャナ肝炎にかかった。現在、治療中だが、半年後に死亡すると予測される。その段階で説得を再開するか？

アーロンは、ぼんやりと通信装置を眺めていた。それから、何度も首を振った。

――その病気には、治療法はないのですか。

――チャナにおいてはない。

――つまり、治る道はないということですか？

――ただ、この風土病は、チャナ以外の場所では進行しない。惑星の環境と密接な関係があるらしい。

アーロンは、自分が風土病の軽い肝炎を宇宙船の中で思っていたことを思い出した。あれこそ、その病気ではなかったのか。

――チャナ以外の場所に移せば、どうですか。ウィルスが死滅する可能性は？

――調査してみるかね？

――お願いします。

数時間後、回答が打ち出されてきた。

——治療の可能性は高い。チャナの人工衛星内でも効果はあるそうだ。だが、アーロンはミランの夫の回復を望むのかね。しかも、移送手続きは困難を極めるが。

——お願いします。例の……特例措置を、今、使ってもらえませんか？　移送費用は私が出してもかまいません。

——わかった。手配しよう。

あわてて、アーロンは通信装置に向きなおった。

——それから、ミランにも、ミランの家族にも、この件に私が関係したということを伏せていただけませんか？　風土病の治療実験ということか何かにして。

——なぜだね。

——それは……償いだからです。それに彼らの心の負担にしてほしくない。

しばらく通信装置は沈黙した。それから思い出したようにアダプターのランプを点滅させた。

——アーロン。おまえは、馬鹿だよ。

半公転後に、アーロンはジオン・パクが全快し、チャナに帰宅した旨の連絡を受けた。何の感慨も湧いてはこなかった。ひょっとして、自分はサタジット・グレムに通信装置で言われたように、本当の馬鹿かもしれないと思ったりもした。

しばらくの時が過ぎた。

サタジット・グレムの通信装置が、突然、悲劇を伝えた。

——本日、チャナ時間十九時三十二分。ミラン・パクが死亡した。劇症肝炎で発病してから一日半しかもたなかった。

アーロンに伝言がある。〝許してください〟と一言残したそうだ。これは、グレム財団の調査員が受け取ったもので、他の誰も知らないはずだ。夫のジオン・パクさえも。

大きく、アーロンは溜息をつき、祈りの言葉を呟いた。しかし、涙は流れ出すことはなかった。

——グレム財団は、常時、パク家と接触をはかっていた。ミランは知っていたらしいよ。ジオン・パクが宇宙空間で治療を受けている間に、これがアーロンの厚意であったことを。そして彼女は、きみの現在の状況をすべて知りたがったそうだ。

——ありがとうございます。

そのとき、感情が奔流となって目から溢れ出た。大声をあげて、アーロンは泣いた。泣き疲れて自分自身の思考が溶けるまで、涙を流し続けた。

——私にできることは、何もなかったようだ。すまないと思っている。

泣き続けるアーロンの横で、そう、通信装置はメッセージを流し続けていた。

いずれにしても、アーロンにとってサタジット・グレムの名前は忘れられぬものとなった。

エルンスト・グレムが惑星ヤポリスでテロに遭い死亡したというニュースを知ったのは、一公転前のことになる。

何か、自分がグレムのためにできることはないのだろうか。そう考えて、悔やみの言葉を通信装置で送った。汎銀河聖解放戦線のテロだった。そして、息子を失った父親は、復讐を目論《もくろ》んでいるようだった。

悔やみの言葉に礼を述べたサタジット・グレムは、汎銀戦の動きに関する情報をキャッチしたら、惑条機構より優先的に連絡してほしいという依頼を返してきた。

もちろん、アーロンは協力するつもりでいた。他にサタジット・グレムに対して自分が奉仕できることはなにもありはしない。四十五歳の体内に爆弾を抱《かか》えた、風采《ふうさい》のあがらない一介の辺境地の事務屋にできることは。

数日前に受け取った公文書は、アーロンにとって驚くべきものだった。特秘と記され、すべてが暗号となっていた。それも乱数で三種類の暗号が合成されている。

解読機が文章を打ち出すまでに数時間を要した。惑条機構の気の遣いかたが、それだけでわかろうというものだ。

内容を知ってアーロンは再び、驚愕《きょうがく》した。信じられなかった。

このボルブで、惑条機構と汎銀戦の和平条約の予備交渉を実施するというものだった。ついては、汎銀戦の事務レベルと接触し、交渉の場の設営をはかるようにと指示されていた。

汎銀戦と惑条機構は、数百年の間不毛の戦いを続けている。大多数の一般人は、その抗争の原因も理由も知りはしない。ただ、ひたすら永い時の中でテロと反撃が行われているという事実だけの認識しかない。しかし、その歴史の中で、一度たりとも和平交渉を行ったということは、聞いた例《ためし》がない。

血みどろの争いを続けていたその汎銀戦と惑条機構が和平の話し合いに入って、条約実現の可能性があるのだろうか。

それが、まずアーロンに生じた疑問だった。

ただ、和平条約のための予備交渉がこのボルブで行われるというのは、いささか現実味のあることだと思われた。

この惑星ザフは、惑条機構に加盟していない。もちろん、ボルブには政府もない。惑条機構軍も駐留していない。商取引や、金融機関の利用の際も、信用コードを提示する必要もない。現実に、自由貿易都市で交易する組織の実体が汎銀戦ではないかと想像されるものが無数にあるのだ。

汎銀戦の事務担当者と、いつ、どのような形で接触するのかは、わからなかった。しかし、追ってメフィス本部から詳細な指示の暗号が送られてくるのだろう。

アーロンは、サタジット・グレムとの約束を思い出して、あわてて、その情報をアダプターを通して通信装置で送った。

数日後、サタジット・グレムからの返事が届いた。

事務担当者と接触する際に、〝サラマンダー〟という単語に関して、より多くの情報を引き出すようにと指示されていた。そして、その単語に関する情報は、惑条機構に絶対に漏らさないようにと念が押されていた。サラマンダーは汎銀戦の重要なポイントを指す地名、職名、あるいは、組織内で使われる符号と思われる。そうつけ加えられていた。

もちろん、アーロンはその言葉を耳にしたことはない。

深く考えることはない。汎銀戦の事務担当者と、予備交渉に関しての事務的打ち合わせを重ねればいい。仕事の合間に酒の一杯もひっかける機会があるだろう。こちらも人間だし、汎銀河聖解放戦線のメンバーといえども生身の肉体を持つ血の通った人間のはずだ。

事務レベル同士、愚痴の出る可能性もある。その成り行きの中で、さりげなく聞いてみればいいのだ。〝サラマンダー〟という言葉を。何かの反応があるはずだ。

予備交渉の人員、名簿、そして開催希望の日時などが、次々と公文書として惑条機構本部より送られてきた。そして、事務担当者との接触日時と場所が指定された。

それは、ホテル・ロブロのレストランだった。ホテル・ロブロは一流のホテルというわけではなかった。貨物宇宙船が荷下ろしの数日間ボルブ宙港に繋留《けいりゅう》される。その間、航宙士たちがボルブで骨を休める。そしてそこが、航宙輸送各社の指定宿泊施設となっている。そんな種類のホテルだった。だから、規模もそう大きいことはない。ボルブの歓楽街の中央部にあるために、出発待ちの航宙士たちからは、すこぶる評判の良いホテルではあった。

アーロン・ベネディクトの住まい兼、在人類惑星条約機構ボルブ支部は、ホテル・ロブロに近いビルの一室に入居していた。

指定された日時、書類を手にアーロンは事務所を後にした。かすかな興奮が湧きあがるのを感じていた。この仕事が、自分がボルブに着任して以来、最も重要性を持った種類のものであることもわかっていた。しかも、サタジット・グレムからの使命を同時に遂行しようという目論見もある。これからの体験が、そのまま全宇宙の歴史を左右する可能性もあるのだ。

見慣れたボルブの街並みから、騒音が減少しているような印象を受けた。全宇宙の運命が自分の手に握られているのかもしれないという思いが、身を絞るように、時おり震えとして身体を走った。

闇が天空に広がっていたが、様々な色彩の光があたりに瞬いていた。都市の陰として、人々の生理的、本能的欲求を満たしてやろうという場所なのだ。こんな所が予備交渉の打ち合わせの会場とは。何という場所と時を指定してきたものだとアーロンは溜息をつく。

通りを歩く男たちを誘う女たちの声。何十年も何百年も前の音楽が、さまざまなメロディとリズムで脈絡もなく聞こえてくる。ボルブ・トラスト運営の賭博場の喧噪《けんそう》。そんな光景を横目で見やりながら、アーロンはホテル・ロブロへと向かった。

塵芥の積まれた街角で、カンガルーに似た小生物の群れが、食餌《しょくじ》をあさり、奇妙な声をあげ続けていた。

ホテル・ロブロのレストランへ入る。アーロンはボーイに告げた。

「〝宇宙の平和について考える有志の会〟の者だが」

ボーイは笑みを浮かべ、こちらでございますとアーロンを導いた。何という名前の会だ。アーロンは偽装のための会の名をボーイに伝えながら、恥ずかしさに唇が急速に乾燥していくような思いに駆られた。

いったい誰が、こんな会合名を思いついたのだろう。悪趣味もここに極まれりというものだ。

部屋が準備されているのだ。

その部屋にはテーブルと椅子が四つ。

まだ、誰も来てはいない。五分前だった。

入口が見える椅子に腰をおろし、アーロンは待った。待ちながら、何度も打ち合わせの手順を心の中で反芻《はんすう》し続ける。

扉が開いた。

ボーイに案内されて二人の男が入ってきた。一人は、のっぺりとした、卵に大きな目玉を描いたような顔の、背の高い男だった。もう一人は中背だが、がっちりとした、浅黒く目の細い顔の男だ。

アーロンが立ちあがると、その二人はしきりと頭を下げた。挨拶《あいさつ》しているようでもある。自分は、今、汎銀河聖解放戦線のメンバー二人と向き合っていることになるのだ。指示にあったとおり、確かに、この二人は武器を携行していなかった。

のっぺりした卵男が言った。

「ゲヤムです。よろしくお願いします」

「ナドユと言います。二人とも汎銀戦の広報事務担当です」もう一人の中背の男も言う。

アーロンは自分が抱《だ》いていた汎銀戦の猛々しいイメージが崩れるのを感じていた。

それは、自分に関しても同じことだろう。相手は、どんな惑条機構の軍人がやってくるかと、想像していたはずだ。こちらは、頭の薄くなった初老の男ときている。似たようなものだろう。おたがい事務レベルの予備交渉のための打ち合わせなのだ。

「アーロン・ベネディクトです。惑条機構のボルブ支部事務官です。このような職務は初めての体験で、不馴《ふな》れな面があるかもしれませんが、よろしく」

アーロンは二人と対面するような形で、席に着いた。

「今日の段取りは、まず、予備交渉に入るための設営条件の確認が主体となります。双方の要望をすり合わせ、未決事項は絞りこんで双方持ち帰り、次回の会で決定することになります。それでよろしいでしょうか？」

ゲヤムが事務的な口調でアーロンに訊ねた。もとより、そのようにアーロンは指示を受けていたが、これはその場の再確認というものだろう。

「それで結構です。で、一つ疑問に思うのですが……オフレコの質問ですが、この交渉に入る提案が、なぜ汎銀戦から出されたのですか？」

ゲヤムとナドユは、顔を見合わせ、鼻白んだように眉をひそめた。

「それは、交渉の中で出てくる話であって、我々、事務レベルとは何の関係もありません」

　ナドユが無表情にそう答えた。まったくその通りのはずだ。アーロンは自分の馬鹿な質問をあわてて謝罪しながら、すでに後悔していた。

　双方が各方面の責任者五名ずつ、場所は中立地区であるボルブの一流ホテルという点で、すぐに合意をみた。その他、日時と個別懇談の開催などの点と、予備交渉の成果をふまえて、和平交渉までにどの程度の期間を設けるかも案として話し合われることになった。

　二時間ほどさまざまな案が提示され、もまれることになったが、最終的に、交渉開催の方向で三種類の案に絞りこまれ、本部回答を待って五日後に同じ時間、同じ場所で再び会合を催すことになった。

　その後、食事が運びこまれ、ゲヤムとナドユは目を剝くこととなった。これは、アーロンが私費で、ボーイに注文しておいたものだ。

「これは、私の個人的なおごりです」アーロンは頭を掻きながら、おどけるように言った。

「今回の和平交渉が無事、成功するように……と。これは我々事務段階でも、祈るべきことではありませんか？　今回の交渉が私には嬉しくてたまらないんですよ。もっとも、私たち事務担当者には、戦略も戦術も、縁のない世界のできごとです。とにかくこれからの平和を祈って、ここでは仕事を離れて、つきあってもらえませんか？」

ゲヤムとナドユは戸惑ったように顔を見合わせた。

「しかしなあ……」とナドユ。

ゲヤムが、せっかくだからと呟くように言った。

「我々も今回の交渉が良い結果をもたらすことを祈っているんです。そうですね……。報告は明朝でかまわないし。ナドユ、厚意に甘えるか。五日後にも会合を持たなきゃいけないんだ。その会合が、ぎすぎすしたものになってもいけない」

立ちあがりかけていたナドユも、右手で自分の肩をぴしゃぴしゃ叩きながら、まだふんぎりつかずというふうに席に着いた。

「じゃあ、予備交渉の成功を祈って、乾杯！」

ホテル・ロブロで出される最高級の料理をアーロンはオーダーしていたのだ。ゲヤムたちが心動かされないはずはなかった。ボルブには、全宇宙の海の幸、山の幸が集中する。少々輸送料がかかっているが、しかし税抜きの値で味わうことができる。

最初、ワインからスタートした。チャナの銘酒〝珍花酒〟だ。花びらを発酵させた甘味の低いワインだ。食前酒としてよく使用される。もちろん、アーロンにしても、初めて飲むような類《たぐ》いの酒だ。

「いや、あなたのような方だと、非常に話しやすい。もっとずる賢そうな担当者を思い浮かべていましたからね」ゲヤムが、テリーヌを頬張りながらにこにこと言った。

「じゃあ、まるで私が間抜けそうに見えるということですか」アーロンが答え、笑いが起こった。

できるだけ、汎銀戦の機密に触れないような会話を続けるんだ。相手に一度、警戒心を起こさせたら、それでアウトだ。他愛のない世間話を続けるんだ。そして、さりげなく〝サラマンダー〟の情報を訊ねる。

もっと待つ。もっと酒を入れるんだ。それまでは自分のことをいろいろと話すべきだろう。安心させなくてはならない。アーロンは自分にそう言い聞かせながら、笑みを浮かべて話し始めた。

この地区で二十年も惑条機構のボルブ支部で働いていますが、こんなに興奮できる仕事を持ったのは初めてですよ。家族ですか。そんなものありません。ずっと独り者です。汎銀戦と何百年もの抗争をした話は聞いているんですが、私自身、このボルブでは実感していないんですよ。テロに遭ったこともないし。もう私自身も契約軍人だった時代から、二十年も経ってしまったからねぇ。

最初むっつりと食事をとっていたナドユが、その頃からやっと口をはさみ始めていた。

初めは軽い相槌《あいづち》にすぎなかったものが、次第に自分の感想をこめるようになったのだ。

アーロンは獄乱酒を注文した。

「ネオ・ドレスデンの地酒ですよ。試してみたことはありませんか？」

もとより、汎銀戦の二人がその獄乱酒を口にしたことがある可能性はまずなかった。一般人が獄乱酒を飲《や》れるのは、ネオ・ドレスデンと、ここボルブに限られている。地下サボテンの芽の部分を発酵蒸留させた酒は、軽い幻覚作用を肉体に発現させる。酒好きの者なら、一度は話に聞いて記憶にとどめているはずだった。

ボーイによってボトルが運ばれてきた。二人とも、充分にくつろいでいるという様子だ。ゲヤムが、獄乱酒のラベルを見て感嘆の叫びをあげた。

それはもう、会食というより宴に近い状態となった。まずゲヤムが、請《こ》われもしないのに、汎銀戦に伝わる〝聖戦の勇士〟〝虚空《こくう》に果つる〟という歌を二曲連続で唄った。ナドユは呆れ返っていたが、〝虚空に果つる〟の曲になると、立ちあがり、狭いスペースをうまく利用して静かに踊りまわった。

つぎにアーロンは、チャナで覚えた〝ソハハン〟という曲を披露した。

ソハ宙港から、鉱山労働者として出稼ぎに出た夫の死を聞いて悲しむ歌だった。静かな曲ではあるが、ナドユ、ゲヤムともに、いたく感動したようだった。歌詞の意味を説明すると、ゲヤムなどは涙さえ流していた。

歌のひと時が終わったときには、すでに獄乱酒のボトルは空け終えていた。

ナドユは自分のことを語った。自分には妻と子供が二人いる。子供たちは自分のことを戦士と信じている。しかし、実は自分もゲヤムも広報担当の事務職なのだ。それも辺境地域を転々とまわらざるを得ないのだと。

「テロを実施した後で、急にこちらに、声明文を考えろと指示が来たりするんで、あわてるんだよなぁ。テロを実行した連中は文才がないし、どんなテロをやったかよく聞かされもしないで声明文を作るんですよ。

本日、汎銀河聖解放戦線は、在人類惑星条約機構の悪政に対して審判を下した。これは以下の理由によるものである……なあんて具合にね。三案か四案くらい作ったりするね。でも採用されるのは、だいたい一番下品な案ね。センスないものね、ボフの上の連中」

「上の連中が決めるんですか？」アーロンは興味深く聞いた。

ゲヤムが口をはさんだ。

「そう、サラマンダーにいる連中って、本当にセンスがないんだ。暑くって感性が干《ひ》あがっちまってるんだろうさ」

「バトルメントが消えちまわない限り、なおりはしないだろうさ」とナドユ。

アーロンは思いがけず、〝サラマンダー〟という言葉を聞いた。〝暑くって感性が干あがっちまう〟〝バトルメント〟〝上の連中のいるボフ〟。

腕を突《つっ》きあっていた二人が、突然、真顔にもどった。アーロンは自分の表情が変わったことに気がついた。正直すぎてアーロンは隠しごとをするのに馴れていない。

「もうボトルが空です。もう一本とりましょうか」

アーロンは、自分の表情の変化が、空になったボトルに向けられたものというように、必死で演技した。自分が引き出した言葉ではない。サラマンダーという単語を、二人が勝手に出してくれたにすぎないのだ。

「いや、もう充分に今日はご馳走《ちそう》になった。感謝します」

ナドユが脱いでいた上着をとり、立ちあがった。ゲヤムも妙に後ろめたそうな表情でアーロンに礼を述べた。先ほどのサラマンダーという単語は、対外的にタブーになっているということをアーロンは再確認していた。

「予備交渉を成功させることに全力を尽くしましょう」震えるような興奮を隠しながら、アーロンは右手を差し出した。しかし、その手は握り返されることはなかった。

「それでは、本日はこれで」

そう告げて、汎銀戦の事務担当者たちは、よそよそしく、その部屋を去っていった。

荒い息をつきながら、通信装置のアダプターをアーロンが操作したのは、それから二十分後だった。

4

ヤポリス。

治安本庁本館ビル三階。

セクション5。

ヨブ・貞永は、スティック・ウィードをくちゃくちゃと噛みながら、自分のデスクにつく。報告書を提出しなくてはならない。

明け方が近い。しかし、当直の私服の治安官たちが、セクション5の大広間で軽い喧噪状態を生み出している。

さて……。ヨブ・貞永は手帳を取り出す。どのような報告書を作成したらいいものか。

ヨブは、調書とか報告書用の作文が大っ嫌いだ。雨だれの音のようにキーボードを叩く時間が続くと、眠気さえ催《もよお》してしまう。ただでさえ、いつも眠いと思っているのに。

それに、いつも上司から書類の不備を指摘されてしまう。用語がばらばらで統一されていないとか、些細《ささい》な事項が報告漏れになっているとかの種類のものだ。

耳につけているマイクロレシーバーも、のべつ情報の垂れ流しを続けている。これも、報告書を作成する精神の集中を邪魔してしまう。

だが、どんなに苦手でも、どんなに眠くても、どんなに悪い環境でも、今、ヨブ・貞永は報告書を作成しなくてはならない。

それだけの重要な情報が、手帳の中に書きこまれているのだから。

「だが、この事件の鍵を握っている神鷹静香……なかなか美人だなあ。あの秋山の爺《じ》っ様の本当の娘とは信じられないよ」

ヨブは人の好《よ》さそうな目を細めて、手帳にはさんだ静香の写真を眺めた。その写真は秋山題吾から預かったものだ。

謎は完全に解けてはいない。

ヤポリスの各地で発生している空間溶融現象が、神鷹静香という女性の過去の足跡と関係があることは、わかる。しかし、何が引き金となって、異常現象が連続して発生し始めたものかは、想像の域を出ない。

ふと、ヨブ・貞永は、半年ほど前に手がけた事件のことを思い出した。

コンピューターのポルターガイスト現象だ。ヤポリス銀行の西部支店のコンピューターが、でたらめなアウトプットを始めたのが最初だった。

その銀行では、月に一週間ずつ、周期的にコンピューターが異常を起こすのだ。口座呼び出し画面が、ゲーム画面に突然切り換わり、また突然脅迫文をユーザー画面に浮かびあがらせた。

さまざまな光の紋様を画面で数時間フラッシュさせたこともあった。当初、ハード面での故障と、プログラムへのウィルス侵入との二つの方面から捜査が行われたが、原因は解明されなかった。

すぐに、ヨブ・貞永のセクション5も調査に駆り出されることになった。事件発生の周期と行員の勤務状況をリンクさせて、ヨブは分析を進めた。一人の女子行員が、現象時に必ず勤務についていたことがわかった。

その女子行員を自宅待機にさせたときから、ぴたりと、コンピューターのポルターガイスト現象は発生しなくなった。〝その女子行員は常に欲望を抑圧した生活を送り続けていた。それゆえに、そのようなポルターガイスト現象を引き起こしたのだ〟という因果関係はついに立証できなかった。ただ、そのような原因と結果が想像されただけのことだ。

その原因と思われる少女を連想した。

「あの少女も美人だったな」

あれから、あの少女はどうなったのだろう。

口の中いっぱいに膨れあがったスティック・ウィードをごくりと飲みこみ、ヨブ・貞永は、白地の報告書用紙を机上のプリンターにはさみこみ、溜息をついた。キーボードに伸ばしかけた手を一瞬止めて、再びポケットに突っこみ、スティック・ウィードを摑み出して口にくわえた。

「おい、報告書はまだか」

背後で怒声が飛んだ。ヨブはぴくんと体を硬直させる。その声の主は、ヨブには馴染《なじ》み深いものだった。直属の上司であるセクション5の二部次長、マック・磯辺だった。

「は、今まで情報を整理しておりまして、これから、すぐにかかります」

「部長から、何度も請求されているんだ。頼むよ。急いでくれ」

「はあ」と頼りなげな返事をした。

マック・磯辺は書類優先の管理職だ。ヨブ・貞永より二つほど年下になるのだが、治安大学ヤポリス分校を優秀な成績で卒業し、連続三回の昇進試験に合格して今の地位にある。実務面ではさほど能力があるとも思えず、常に保身に重点を置いた指示だけをくり返す。

ヨブ・貞永にとっても充分に信頼している上司というわけではなく、配属された組織の中でのおたがいの立場だけは守り合っているというつながりにすぎない。

マック・磯辺は、次長のデスクに座った。本来であれば、ヨブ・貞永から口頭だけででも報告を受けるはずだ。それから報告書を作成させる指示を出すというのが順序のはずだが、それほど、彼が書類優先の考え方をするということか。

マック・磯辺は次長席で頭を抱《かか》えているだけだ。報告書を待っているらしい。彼も勤務時間外なのだが、溶融現象の拡大という前例のない事件の性質上、また保身上、セクション5に詰めざるを得ない。

マック・磯辺が黒縁眼鏡を外《はず》し、ハンカチで丸まっちい童顔に浮かんだ汗を拭《ぬぐ》ったとき、ヴィジテルのブザーが鳴った。あわてて受話装置をとる。

は、今、作成中でして。いえ、私はまだ聞いておりません。はい。わかりました。緊急であることは、わかっております。事情をすぐ聴きます。申し訳ありません。そのようにいたします。すぐ連れてまいります。

マック・磯辺は受話装置を置くと、椅子を蹴飛ばすかの勢いで席を離れ、ヨブ・貞永のところへ駆け寄った。

「報告書は、まだだろう」

「は、今、作成中でありますが」

「い、いや。それは後でいい。とにかく一緒に来て状況を説明してくれ」

マック・磯辺は舌をもつれさせるほど、あわてている。

「は、かまいませんが。どこへ？」

「部長のところだ。しこたま怒鳴られた」

ヨブ・貞永は肩をすくめたかった。いかにも、ヨブの仕事ぶりが遅いために自分が叱られたのだとマック・磯辺の口調は言いたげだ。

「口頭でなら、すぐに報告できるんだろう」

「は、でも正確を期するために、急いで報告書を作成してもいいのですが」

できるだけのんびりとした口調で、ヨブ・貞永は答えた。

マック・磯辺は、ヨブの腕をとり、一目散に部長室へ歩いた。

「磯辺、入ります」

部長室で、那加瀬《なかせ》部長は、左足の短い歩行装置のごとく同じ場所をぐるぐるとまわり続けていた。その回転が、二人の顔を見た瞬間ぴたりと止まった。面積が巨大な割に凹凸の少ない、感情の測りにくい種類の顔だ。

「おお、かけろ」

ヨブ・貞永は迷っていたが、マック・磯辺に腕をこづかれて、仕方なくデスクの前のソファに腰をおろした。

「あの現象について、その後、何かわかったことはないのか」

那加瀬部長は、単刀直入にそう切りだした。

「ヤポリス市長から直々に電話が入った。私の地位も尻に火がついた状態だ。あの現象が拡大していなければ問題はない。だが、空間溶融は確実に広がりつつある。解決策が見つからなければ、私もおまえたちも、職を失くして路頭に迷う前に、溶融現象の中に身投げしなくてはならん破目になるぞ」

明らかに、その口調はいら立っていた。

「科学班の結果は、まだ出ていないんですか」

マック・磯辺が恐る恐るといった様子で口をはさんだ。

「調査は進んどらん。機材は〝あれ〟の中に入った途端、何の用もなさなくなる。おまけに科学班の者も、二人が〝あれ〟に取り込まれた」

那加瀬部長は、他にすがる術《すべ》もないのだ。現象の科学的性質さえデータを揃えられずにいる。

「必要なのは状況の共通項を導き出すことだ。それから原因を探究する。それしか方法はないだろう。今までの調査結果を教えてくれ」

マック・磯辺が再びヨブ・貞永をこづいた。

「おい、こんなときにガムなど噛みおって」

「あ、これはガムではありません。スティック・ウィードです。眠気がとれるんですよ」

ヨブ・貞永はポケットから数本のスティックを取り出した。「やりますか？　気分が落ち着きます」

「いらんよ」磯辺が不機嫌に言った。

「もらうよ」那加瀬部長がスティックに手を伸ばした。

「じゃ、じゃあ私も」と磯辺。

三人は、顔を見合わせ、口をくちゃくちゃくちゃと動かし始めた。はたから見れば、非常に奇妙な光景ではあった。

「じゃあ、聞かせてくれ」

「はい」膨れあがったスティックをぐいと飲みこんで、ヨブ・貞永は話し始めた。

「共通点は、すぐに見つかりました。すべての現場に関わりのあった女性が存在します。英京大出身で、その後、ナリム・ヤポリス宙商に勤務し、嫁いだ後に東本山町で生活をしていました。例のヤポリス・サースデイで夫と娘を亡くした後、しばらくヤポリス星営病院に入院していました」

そこまで話し、ヨブ・貞永は二人の反応を待った。二人とも目を丸く見開いていた。すべて、溶融現象の発生源なのだから。

「自分で洗い出したのか」驚いたように那加瀬部長が訊ねた。

「いや、治安本庁別館の連想コンピューターを無断で使わせてもらいました」悪戯《いたずら》っぽく肩をすくめる。

「ヨブ・貞永くん。使用許可の起草書をなぜ出さなかったんだ。次長の許可なしには作動できないぞ」

マック・磯辺は顔を真っ赤にしてヨブの責任を質《ただ》す。

「いや、次長のコードを使いましたので」

けろりとヨブが答えると、マック・磯辺は、

「おっ、おまえ」と立ちあがりかけた。

「かけたまえ。この際、そんなことはどうでもいい。状況への対処が最優先だ」

那加瀬部長に言われ、渋々と次長は腰をおろした。

「で、その女性は？」

「はい、神鷹静香といいます。これが、そのファイルです」

静香に関してのファイルには、これまでの経歴が記されている。

「なるほど……。偶然かもしれないが、それにしては共通項目が多すぎるな。で、現在、

神鷹静香はどこにいるんだ」

ファイルに目を走らせながら部長は言った。

「ヤポリスにはいません。父親は秋山題吾というんですが、彼の話によると、神鷹静香はメフィスにいるようです」

「なぜだね」

ヨブ・貞永は、秋山題吾から聞いた話を、そっくりくり返すことになった。

ヤポリス・サースデイで夫と娘を殺された静香が心神喪失の状態にあったこと。覚醒《かくせい》のため精神的外科手術を施《ほどこ》したこと。覚醒とひきかえに、汎銀戦への憎悪を植えつけられていること。

「これ……カルテというか、神鷹静香が星営病院で受けた治療記録をプリンターで取り出したんです。主治医は細西というんですが、現象の犠牲になっちまいましてね。この記録は危機回避用の予備データファイルに入ってたのを打ち出しました」

その紙片を、ひったくるように那加瀬部長は受け取り、あわてて目を走らせる。

カルテを置き、部長は大きく首を振った。

「この、精神工学による外科的処置によって〝あれ〟が発生したと思うかね」

「わかりません」ヨブ・貞永は、そう答えた。

「ただ、神鷹静香がメフィスへ去った理由はわかっています。彼女は汎銀戦と戦う戦士になるためにヤポリスを出たのです」

「しかし、いくら戦士になる訓練を積んだところで、汎銀戦を前にすれば、身体が硬直化してしまうのだろう」

「はい。それは、訓練中にも彼女自身、直面する問題だと想像するんです。とすると、彼女はどのようなことを考えるだろうかと。麻痺《まひ》暗示を解くために、再び他の精神工学の治療を受けるか、あるいは」

「あるいは、何だね」

「わかりません。すべて、これから先は想像の域を出ませんから」

三人は、そこでしばらく押し黙った。

「他にないのか。そのシズカという女性を別にして、現場の共通性といったものは」部長はやや戸惑い気味だった。

「今のところ、ありません」

ヨブ・貞永はファイルをすべて那加瀬部長に手渡し、言った。「報告書も、以上の内容になります」

しばらく那加瀬部長は、ファイルをめくり続け、それを置くと腕組みした。

「狂気の沙汰《さた》だな。この女は……」部長は大きく首を振った。「たった一人の女が、惑条機構でさえ数百年も手を焼き続けている汎銀河聖解放戦線を崩壊させようとしているなどとは。蟷螂《とうろう》の斧《おの》もここに極まれりだ。この協力者の夏目郁楠というのは、惑条機構の契約軍人とあるが、どのような立場なのかね」

「対テロ防衛特別工作室独立班ということだけは神鷹静香の父の秋山題吾から聞いたのですが、それ以上、詳しくは……」

ヨブ・貞永が答える。「そのくらいは」そう言って那加瀬部長は立ちあがり、デスクのキーボードを叩いた。すぐに振り向く。

「わからん。夏目郁楠という契約軍人は、数日前に、惑条機構軍との契約を破棄されている。いや解雇だ」

ヨブ・貞永は反応を返さなかった。

「このファイルによると、神鷹静香の父の秋山というのも、惑条機構の軍人あがりだったな。何か関係があるのか?」

那加瀬部長が訊いた。

「かつて契約軍人の職を辞した後に、秋山題吾は惑星防衛大学で教鞭《きょうべん》をとっていたことがあります。夏目郁楠は、その彼の教え子の一人だそうです」

それはヨブ・貞永が秋山に聞いたとおりの内容だった。

「秋山題吾に、もう少し詳細な事情聴取をやる必要がありそうだな」

部長が言った。

「そ、そうだ。その男を本庁で、もう一度取り調べろ」

あたかも、秋山が犯罪をおかしたかのごとく、マック・磯辺も尻馬に乗って叫んだ。

那加瀬部長のデスクのヴィジテルが明滅した。

「部長だが」

ぴくりと眉を動かし、受話装置を塞《ふさ》いで二人に言った。

「溶融現象が新たに発生した」

思わず、ヨブ・貞永と磯辺は立ちあがった。

「どこです」

「被害者も出ている。今の話に出ていた秋山題吾の自宅だ。秋山自身が〝あれ〟に取り込まれている」

ヨブ・貞永が絶句した。自分が先ほどまで一緒だった男の運命が、かくも簡単に断ち切られた驚きだった。

「わかった。詳しくわかったら報告を頼む」

部長はヴィジテルを切り、二人に向きなおった。

「これで、この現象の原因が、より、神鷹静香という女性に近づいたわけだ。いったいどんな女性なんだ」

「は」ヨブ・貞永は、ポケットから手帳を取り出した。同時に数本のスティック・ウィードが床の上に転がる。

「秋山題吾から神鷹静香の写真を預かっています」

あわてて手帳を開き、中にはさんだ写真を探した。一枚の写真がぽとりと落ちた。

「これだな」

次長のマック・磯辺が写真を拾いあげて覗《のぞ》きこんだとき、彼は悲鳴を発した。

写真には何も写っていなかった。いや、それだけではない。写真全体がよじれ、溶けだしていた。その写真を持つマック・磯辺の右手だけが宙に浮かび、捻れていた。

宙に浮かんだ右手の上部の空間にすっぱりと切断されたマックの身体があった。いや、切断されているのではない。二つの異なる空間の境界にあるために、視覚的に屈折して見えるに過ぎない。

ヨブ・貞永の目の前で、溶融現象が起こりつつあるのだ。しかも、上司のマック・磯辺を犠牲者として。

マック・磯辺は情けないほどはかない悲鳴をあげていた。この上司の運命が数瞬前までは自分のものだったかもしれないのだ。那加瀬部長が、神鷹静香のことを知りたいと漏らしたばかりに、自分は危機を逃れることができた。

徐々に、徐々にマック・磯辺は異空間の中に取り込まれていく。悲鳴を聞きつけて部長室には十数名の制服の治安官たちが駆けつけていた。無謀な治安官の一人がマック・磯辺を救い出そうと手を伸ばす。

「やめろ。おまえも取り込まれてしまうぞ！」

那加瀬部長の叫びに、あわてて、その手を引いた。

やがて、マック・磯辺はアブストラクトな一個の彫像状に凝固した。頭部を巨大なボールのように膨れあがらせ、腕先に無数の血管を浮かびあがらせていた。普段のマック・磯辺を知っている人間には、とても同一人物とは思えない。室内は陰湿な腐敗臭に満たされた。甘酸っぱい、すえたような臭気。

「止まった……」

誰かが言った。急速にマック・磯辺の全身に広がった空間溶融は、一時休止したかのように見える。だが、誰も近づこうとはしない。

「いや、まだだ」

確かにそのとおりだった。空間溶融現象は停止したわけではない。床面の光のぎらつきが、目を凝らしていると、少しずつ、少しずつ広がっていくのがわかるのだ。それは、数日、いや数十日で治安本庁ビルをすっぽりと包んでしまうほどの速度だが。

5

外の光景は、白い。

メフィスは、炎熱の世界にもどっていた。サタジット・グレムの屋敷の庭で、汗を流しているのは静香と夏目だ。両肩に機甲腕をつけて、全力疾走をくり返しながらシュルツサボテンをプロトンガンで狙う。陽子を集束させるのだが、機甲腕の肩にあたる部分に陽子を大量に発生させるための小型炉がついている。肩の上に小さな太陽を納めた箱が装備されていると表現したほうが、わかりやすいかもしれない。

その重量は、戦士の敏捷《びんしょう》性を奪うには充分すぎるハンディキャップとなっている。機甲腕の二の腕あたりから突き出したプロトンガンを握りしめ、疾走しながら静香が地面を蹴る。一瞬、宙に静止したかに見えた。と同時に二十メートル先のシュルツサボテンの先端が蒸発する。着地すると同時に、赤熱《せきねつ》した銃口を上部に向ける。

立派な宇宙戦士だ。かつて野戦用セラミックナイフさえ見たことのなかった主婦のおもかげは、完全に消失している。

次の機甲腕の男は、夏目郁楠だ。プロトンガンを構え、走り始めた。宙を舞った瞬間、彼につぶてが飛んだ。

「おっとっと」

そう漏らして、空中で身体をひねり、小石をよけた。そのまま、プロトンガンの引き金を絞る。夏目の体勢はバランスを完全に崩している。

静香が先ほど蒸発させたサボテンの先端の下あたりに直径十センチほどの小孔が開いた。命中だ。ビームが絞られている。

宙を落下しながら、機甲腕を広げて振りまわしながら着地のスタンスを探った。両足が地につこうというときに二度目のつぶてが飛んだ。つぶては夏目の左膝の裏に命中した。

夏目はかくんと情けなく膝を折った。

「あたたたたっ」

夏目は気の抜けたような声をあげた。眉をひそめ、振り向くと、悪戯っぽい笑みを浮かべた大女がテラスの彫像の日陰に腰をおろしていた。小石を一つ、お手玉のように何度も空中に放っている。その両腕は、青銅色の金属製だ。

「何をするんだよ。ドゥルガー！　訓練中だぞ」

夏目は機甲腕を振りあげて抗議する。ドゥルガーは腹を抱《かか》えて大声で笑った。

「何言ってるんだい。あたいが敵だったらどうするんだよ。今の隙に、熱射の集中砲火を浴びて蒸発しているところだよ。それでも、元契約軍人の将校さんかね」

ドゥルガーの憎まれ口に、夏目は口を尖《とが》らせたが、それ以上返す言葉もない。ただ「私は、対テロ防衛特別工作室の人間だ。肉体の戦いより、頭脳を駆使《くし》した戦いが専門なのだ」と蚊の鳴くような声で呟いた。

「え、なんて言い訳してるんだい」とドゥルガー。

「いや、何でもない」

静香が、すでに機甲腕を外《はず》し、汗を拭いながら、近づいてきた。

「まあ、ドゥルガー。義手をつけたのね。どうなの具合は」

「ああ、なかなかいいみたいだよ。こんなに思いどおりに腕が動くとは予想もしなかった。嬉しくって、今ナツメの訓練のお手伝いをしてやったところだよ」

それから、ドゥルガーは屈託《くったく》なく笑う。

「すごく重そうに見えるだろう。そうでもないんだよ。予想外だった。思考に素直に反応してくれるんだ。ほらね」

ドゥルガーは立ちあがり、サリーの裾《すそ》を持ち女性らしく会釈する。

「素晴らしいわ。もとのドゥルガーにもどったのね」

「ああ、そうみたいだね。ただ……」再びドゥルガーは小石を拾いあげて親指と人差し指でつまんだ。ぴしっと音がして小石が粉状に砕けた。

「こんな具合さ。力の加減が、まだうまくできずにいる。この腕をつけたまま考えずに使っていたら、日用品を片っぱしからぶっ壊していくことになるんじゃないかね。あたいは、とんだデストロイヤーさ」

静香はくすっと笑った。

「そんなシズカのほうが、あたいは好きだね。本当のところ、戦士のシズカなんてあまり似合わない」とドゥルガー。

「よく、言ってくれた。同感！」

夏目も、機甲腕を外し、いつの間にか石段の陰の部分に腰をおろして言った。

静香は肩をすくめる仕草だけを返した。

「そういえば……」ドゥルガーが言った。「今朝、あんたたちが訓練中に、サタジット・グレム老人が興奮してハフハハールに方々に連絡をとらせていた。何やら、サラマンダーに関する情報らしい」

「わかったんですか？　サラマンダーの意味が」

　静香の目が生き生きと輝いた。

「いや、よくわからない。わかれば、すぐにでも教えてくれるだろうさ。しかし、何らかの収穫があったことは確かだよ」

「そうですか」静香はうなずく。

「しかし、あのサタジット・グレムという老人も不思議な人だな。どれだけの資力と権力を持っているのか見当もつかない」

　夏目自身も、グレム老人の権力により、この場所に引き寄せられることになったのだ。それだけに実感がこもっている。

「あたい、傷が癒えるまで、ときどきグレム老人の話し相手をしていたよ」

　ドゥルガーがそう言った。

「若い頃は、かなり苦労したみたいだ……。シュルツの初期開拓民のメンバーの一人だったそうだし。エルンスト・グレムを育てあげるまでは、ほとんど人間らしい生活はしていなかったってさ。シュルツも不毛の土地だったらしい。息子が法律家の道に進み始めた頃から彼に運が向いてきたらしい。彼の所有する土地で、シュルツアースと呼ばれる稀土類《きどるい》の鉱脈が発見されたらしい。その資源をうまく転がしながら、いくつもの産業をシュルツに興《おこ》し、その産業を拡大したんだってさ。そのグループがグレム財団の基礎となっているらしいよ。

頭はいいんだと思うよ。大金を摑んでも、それを消費しちまうだけしか能のない奴もいれば、手にした金を守ることだけに汲々《きゅうきゅう》とする奴もいる。関連産業を興して発展させていくには、それだけの才とカリスマ性がなければ、できはしない。

大した爺さんだと思うね。

でも、自分が一代で築きあげたものを遺す相手は誰もいやしない」

「エルンスト・グレムのことか？　ヤポリス・サースデイで汎銀戦に殺された……」夏目が口をはさんだ。

「唯一の血縁者だったんだってさ。

でも、彼ら親子は、シュルツの開拓時代から汎銀戦の攻撃をいくたびもいくたびも受けてきている。まるで、農民が播《ま》いた種子を、その度ごとに舞い降りてきた鳥たちにほじくり返されるような仕打ちだったってさ。

サタジット老人の奥さんも、エルンスト・グレムの家族も、デルタデルタ事件のときに、目の前で残酷な殺され方をしたらしい。

エルンスト・グレムがシュルツの法律家から政界入りし、惑条機構の事務総長の職を目指したのも、そんな過去とのつながりがあるみたいだよ」

「ひどいな……」夏目が、溜息を吐き出すかのように呟いた。

「それだけの仕打ちを汎銀戦から受け続けていれば、誰でも鬼になってしまう。デルタデルタ事件か」

「デルタデルタ事件って何ですか？」

かつてデルタデルタ事件という名を、静香も耳にしたことがある。だが、子供の頃の話だ。それに、遠い他所《よそ》の星のできごとだということで、静香の記憶に残ることはなかった。

「惑星シュルツの現在の首都ヴィクに、新興開拓村群があった。三つの集落が、正三角形に存在し、放射状に開拓を進めていた。一万八千人ほどの人口だ。その開拓村群をデルタデルタと呼んでいた。

そのとき、デルタデルタは、百人近くの武装した汎銀河聖解放戦線に占領された。汎銀戦は機銃で集落を包囲し、即刻に要求を発すると同時に住民の殺戮《さつりく》を開始した。

彼らは逮捕された仲間の解放を要求し、実現するまで〝処刑〟を執行し続けると宣言していたのだ。……まったく狂気じみた行動だ。

毎秒一名という速度で、住民の処刑が実施されていった。その処刑の状況を電波にのせ、全宇宙の茶の間に流し続けた。惑条機構に選択の余地はなかった。一瞬のためらいが、数人の生命を消耗させるのだ。処刑のスピードには一刻の休息もなかった。

要求された汎銀戦メンバーは五時間後に全員、ヤポリスの収容所から釈放された。

そのときまでに、一万八千人の住民のうち一万六千人が汎銀戦に虐殺されていた。

そのときの釈放要求のあった汎銀戦メンバーの数は何人か知っているか。……八人だ。

一人の汎銀戦の戦士を救出するのに、奴らは二千人の民間人を犠牲にしている。単純な算数だ。その住民たちの虐殺は、メフィスの惑条機構本部ビルの情報ライブラリィで今も映像として確認することができる。

自分たちが新米の軍人だった頃、毎日のようにその非道ぶりを映像で見せられたよ。まったく、ひどい。赤い血が体内に流れている者のやれることではない。奴らは、虐殺に銃などは使わなかった。

信じられないだろうが、住民たちを一人ずつ生きたまま焼いていった。

これ以上の説明はいらないだろう。これがデルタデルタ事件だ」

「そのとき、サタジット老人の奥さんも犠牲になったのですか」

静香は思った。いたましい、あまりにいたましい。

「そうだ」

夏目が答えたとき、室内で物音が聞こえた。サタジット老人が移動する際に利用する、四足タイプの歩行性椅子のきしみの音だ。

そう……。この老人は、息子のエルンスト・グレムとともに家族の復讐を進めていたのだ。

自分は財力を極め、息子には政権を握らせて、汎銀河聖解放戦線との終わりなき闘争を挑んでいたはずなのだ。しかし自分は病《やまい》に倒れた。そして、頼みにしていたエルンストは暗殺された。それは老人を一層の悲しみにおとしたと同時に、手足をもぐような結果にもなった。

静香たちの出現で、老人がもう一度、自分の望みを彼らに託そう、賭けてみようと思ったにしても不思議ではない。

「休憩中かの……」

しわがれた声が、歩行性椅子の中から発せられた。

「はい」

静香が代表した形で答えた。

「じゃあ、ちょうどいい。中へ入ってもらえんかの」

グレム老人の声はなぜか弾んでいるかのように聞こえる。静香と夏目は顔を見合わせた。

予感があった。さっき、ドゥルガーが言った〝サラマンダー〟の情報ではないのか。

急ぎ足で三人は室内へと入る。

「惑星ザフから、今朝一番で、情報が入ったよ。サラマンダーに関してのものだ。予想外に早かった」

グレム老人の声は満足そうだ。例の惑星ザフの惑条機構ボルブ支部事務官、アーロン・ベネディクトからもたらされた情報のせいだ。ほんの気紛《きまぐ》れで始めた見も知らぬシュルツ出身の男への援助が、予想以上の成果をもたらしたのだ。

グレム老人の声が弾《はず》むのも当然だろう。

「まるで、謎々だよ。三題噺《ばなし》の世界だよ。うん、連想クイズに近いな」

いかにも勿体《もったい》ぶったように、なかなか本題に入らない。

「サラマンダーとは、汎銀戦の〝ボフの上の連中のいる〟場所で〝バトルメント〟があって、そのせいで〝暑くって感性も干あがっちまう〟場所だということだ。つまり、汎銀河聖解放戦線の本部の存在する場所らしい」

「ボフ……」静香が初めて耳にする名前だ。

「惑星の名前だろうか、私も聞いたことがない」夏目も腕を組んだ。

「そう。航宙図にも存在しない。だから、わしは分析を依頼した。通常航法に加え、ギャザリング航法で一年以内に惑条機構の星々に往復できる範囲で、〝ボフ〟という単語に関して連想できる事象を抽出させた」

ギャザリング航法は、ある種の空間歪曲《わいきょく》航法というのが、いちばん近い表現になるだろう。

理論の世界で討議される、空間の穴を抜けたり、空間から空間へ瞬間にジャンプできる航法ほどの派手さはない。空間に皺《しわ》を作った状態で、距離を短縮させる。空間を波うたせた頂上の部分のみを飛び移るように航宙を続ける。通常航法の三倍近くの速度を結果的に得られることになる計算だ。汎銀戦がさまざまな連続的テロ行動を実行するのに適当な本拠地といえば、そのような特殊航法を駆使しても空間は限定されてくるはずだ。そう、サタジット・グレム老人は想定している。たぶん、その考えに誤りはないはずだ。

「で、該当する事象は絞られたんですか」

夏目が訊ねた。

「時間はかからなかった。あっけないほどにな。〝ボフ〟という固有名詞の惑星は見つからなかった。だが、数カ所の未踏星系が確認でき、その中に〝砦《バトルメント》〟と呼ばれる高温主恒星があった。メフィスとシュルツの延長線上だ。その恒星バトルメントの星系には、惑星は数年前まで確認されていなかった。だが、現在、一個だけは確認されている。人の住む環境の星ではない。表面温度が一〇〇〇℃以上ある」

「そこがサラマンダーのあるボフですか」

「可能性は一番強いと推測される。ボフというのは、バトルメント・オブ・ファイヤーという表現の略称ではないかと分析されておる。炎の砦《とりで》に守られた基地、それが火竜の意味を持つサラマンダーではないかというものだ」

手渡されたデータに夏目は目を走らせた。

惑星名　なし
主恒星　バトルメント／スペクトル型Ｂ１
軌道半長径　42.8×10^{6}km
公転周期　６４７・９７日
軌道傾斜　0°
質量　6.001×10^{27}g
自転周期　６４７・８３日

そこまで読んで、夏目は顔をあげた。

「黄昏地帯《トワイライトゾーン》だ！」

「そう。分析結果でも、そう推理されている」

サタジット・グレム老人も満足そうにうなずいてみせた。

ドゥルガーが不満そうに口を尖らせた。

「あたいは、馬鹿だからわかんないよ。ナツメ、もっとわかりやすく言ってくんなきゃあ」

「これだと、汎銀河聖解放戦線が和平交渉を提案してくる背景が見えてくる。これが理由の第一順位ではないにしても、和平交渉に入るための大きな要素であることは、まちがいないだろう」

夏目は納得したようにしきりにうなずくが、ドゥルガーにも静香にも、その意味する状況が見えてこない。

「自転周期と公転周期の数値が非常に近いことに注目するべきだな。ということは、恒星バトルメントに向いた半球は、半永久的に昼が続く状態だ。逆にその反対側では、夜の世界が続いているはずだ。このデータでは、大気組成については触れられていないようだが」

夏目は、そう疑問を口にする。

「大気は不明だ。そこまで調査が行われた経過がない」

サタジット老人が答えた。

「私の想像で話を進めよう。

もしも、汎銀河聖解放戦線が基地を数百年前に建設したのであれば、その位置は、昼と夜の境界、つまり黄昏地帯《トワイライトゾーン》を選んだと思う。一〇〇〇℃を超す昼世界であれば、住民は耐熱問題をクリアしたにしても紫外線障害を起こしてしまうはずだ。夜世界に基地を設ければ、凍結の世界だ。継続的なエネルギー供給の問題に追われ続けることになる。

ところが、約二キロの幅の黄昏地帯《トワイライトゾーン》に基地をもってくれば、そのいずれの問題も解決できる可能性がある。適切な温度と必要なだけのエネルギー源をバトルメントから供給できることになるはずだ。

だが、公転周期と自転周期が近似値ではあっても同一ではない。ということは、この惑星表面の黄昏地帯《トワイライトゾーン》が、数百年の間、移動を続けているということを意味する。すでにサラマンダー基地は焦熱面か、あるいは厳寒面にあるのかもしれない。

彼らが惑星を〝ボフ〟ということ、司令部にサラマンダーつまり〝火竜〟の意味を持たせていること、『暑くって感性も干あがる』状況の場所であることを考え合わせれば、司令部は焦熱面に移動しつつあると考えるのが普通だろう。

基地を移動するための経済力、資源、あるいは人材が不足しているのか……。建設当初はテロ活動に全力を尽くしていればよかったかもしれないが、現在は和平交渉に入りたがるほど、のっぴきならぬ状況に追いつめられつつあると考えるべきだろう」

「ドゥルガー、心当たりはないの？」

静香がドゥルガーを見た。かつてのドゥルガーは汎銀河聖解放戦線の一員だった。

ドゥルガーは首をひねる。

「あたいたちは、実行部隊だったからね。シュルツとか、メフィスとかを転々としていた。シヴァ……そうガスマンは知っていたかもしれない。そうだねぇ」

青銅色の腕で頬をさすった。

「そういえば、シヴァは作戦に入る前に、時々、空を見あげてたねぇ。たんに癖だと思っていたんだけど、そのたびに見あげる方角がちがってた。いったい何を見てるのさと訊ねたことがあるけれど、ただの癖だと言って答えはしなかった。

状況を思い出してみると、いつも、ある方角を見あげてたんだね。言われてみれば〝ボフ〟のあたりだった」

いずれにしても確認が必要だ、と言ったのはサタジット・グレム老人だった。「その惑星に四十四の〝虫〟をシュルツから放ったよ。より具体的なデータを得ることができるはずだろうて」

「〝虫〟ですって」

「ああ、多足型の探査装置のことだよ。昔から〝虫〟と呼ばれている。未踏惑星の予備調査で、初期段階に必ず使用される」

夏目が静香にそう説明した。

「自動ギャザリング航法だ。最終データが揃うまでに二十日間を見ておけばよいだろうて」

満足そうに、サタジット老人がうなずいた。

「スピナーが近づいてくるよ」

ドゥルガーがぼそりと言った。何も気配はない。しかし、徐々に、風を切る音が響き始めた。

屋敷の前で、ふいに音が消えた。

ノックの音がする。静香が出ようと足を向けたときには、すでに扉の開く音がした。

入ってきたのは、白い制服の二人の治安官だった。

「神鷹静香さんは、どちらですか」

静香がうなずいた。「私ですが」

中年の治安官が、一枚の書類を呈示した。

「ヤポリス政府からの依頼で、神鷹静香さんの保護措置を命ぜられました。同行願います」

「何か、私に不都合なことでも」

治安官たちは何も答えない。

「何でシズカを逮捕するというんだよ。シズカは何もやっちゃいないよ。何なら、あたいを逮捕してからやってみるかい」

ドゥルガーが一歩踏み出し、腕を突き出して叫んだ。治安官たちは、身体を震わせ、一歩後ずさった。あわてて若い方の治安官が言う。

「い、いえ。これは逮捕でも任意同行でもありません。誤解しないでください。保護なのです。同行いただければ、ヤポリス政府より、後に説明があると思います」

6

ヨブ・貞永は、思わずスティック・ウィードを飲みこんだ。ヨブの机の前に那加瀬部長がいる。

突然の命令にヨブ・貞永は目を白黒させていた。

「メフィスへ行け」と部長は言った。ヨブ・貞永は仕事でも私用でも、生まれてこのかたヤポリスの外へ出たことがない。だから、その命令が、あまりにも唐突に聞こえてしばらく理解することができなかった。

「は？　宇宙にある、惑星の、メフィスですか」

「そうだ」

部長は眉をひそめた。例の空間溶融が部長室で発生して以来、那加瀬部長は、次長の席を使っている。部長室は立ち入り禁止の措置がとられ、監視態勢のもとにあった。

「なぜ、私なのですか？」

「さまざまな検討を加えてきたが、例の溶融現象の謎を解く鍵は、神鷹静香という女性が握っている。他に理由は考えられない」

「で、私にどうしろというんですか？」

「このまま放置すれば、空間溶融はヤポリス市全域に拡大する。いずれ、そうなる前にヤポリス市は崩壊だ。拡大速度によると、全域に溶融が広がるのに、二年半かかる。だがこれは、恐るべき速度だと言える。

早急に我々は、ヤポリスの崩壊を防ぐ手段をとらねばならない。すでに、メフィス政府に対して神鷹静香の保護を依頼してある。メフィスに行って、静香と接触をとるんだ。

神鷹静香を知る者、つまり神鷹静香と名乗る人物と出会って、それが本人と確認できる者は、ヨブ・貞永、おまえしかいない」

「私しかいないんですか?」

「ああ、後は、手がかりさえ残されていない。実の父の秋山題吾は溶融現象の中だし、静香の過去に関するすべても同じだ。写真一枚さえもない。

そして、その最後の写真が私の部屋を溶融現象に引きずりこんだ。

静香の顔を知っている、その過去も知っているとなると、おまえしかいないんだ。ヨブ・貞永」

「は」ヨブ・貞永は背筋を伸ばした。「光栄であります」

那加瀬部長が「少々、頼りないが……」と呟いたのは、ヨブ・貞永の耳には届かなかった。

「で、自分が神鷹静香に会ってどうするんですか? ヤポリスへ連れもどすんですか?」

「方法は問わない。この破壊をくい止めろ」

「は? どうやって」

「これは、超法規的措置だ。神鷹静香がどのような存在か、一切我々にはわからないのだ。破壊をくい止めるためには、どのような手段をとってもかまわん。もし、神鷹静香がこの世に存在すること自体が、災厄を招く元凶というのであれば、存在を消去してもかまわん。その際は、メフィス政府に話を通しておく」

「それは……神鷹静香を殺せということですか？」

　那加瀬部長は、ヨブ・貞永の目を凄まじい形相で睨みつけた。

「ケースによっては、どのような措置もとらざるを得ないと言っているんだ！」

　怒鳴りつけた。

「今夜のメフィス・エキスプレスで出発するんだ」

　ポケットから二枚のチケットを取り出し、一枚をヨブ・貞永に渡す。

「もう、一枚は？　部長も行くんですか？」

「いや、私の分ではない。おまえの助手の分だ。かなり役に立ってくれるはずだ」

　それは、初耳だった。

「誰です。やはり、セクション5の奴ですか」

「いやちがう。ラーミカ・由井《ゆい》」

「女ですか？」

　部長はうなずき返した。どのようなつもりで女を助手につけるというのだ。女というのは口やかましくて感情的で、仕事の相棒には向いていない。しかし、どこかで聞いた名前だ。マスコミにそんな名前が現れた記憶はないが。

次長のデスクのヴィジテルのブザーが鳴った。那加瀬部長が出た。

「おお、来たか。セクション5へ通してくれ」

それから、部長がヨブ・貞永に向きなおった。「ラーミカ・由井がチケットを受け取りにきた。紹介しておく」

「民間人ですか?」

「そうだ。だが、ヤポリス超常研では、最高の能力者だ」

部長の答えを聞いてヨブ・貞永の心は萎《な》えた。とんだ魔女か鬼婆《おにばば》と同行することになるらしい。

部長のしかめ面に光がさした。笑みが浮かんだのだ。

「やあ、よく来てくれた」

ヨブ・貞永は息を呑んだ。水色のワンピースを着た短い髪の乙女が立っていたのだ。その顔を見て、ヨブ・貞永は思い出したのだ。まさか、あの少女がヤポリス超常研の最高の能力者だなんて。

「ラーミカさん、これが、セクション5で今回のメフィス行きの……」

「知っています」ラーミカはペコリと頭を下げた。

「お久しぶりです。ヨブ・貞永さん。覚えていてくれましたか？ 今回は、お仕事を手伝わせていただきます」

忘れなかった。昨日も彼女のことを考えたばかりじゃないか。ヨブ・貞永は、ぽかんと口を開きっぱなしだ。

「あれから、部長の紹介で、私はヤポリス超常研のスタッフに加わったんです。だって私みたいな変わり者は、どこへ勤めに出ても、勤め先に迷惑をかけてしまうことになるんですもの」

半年前の、ポルターガイスト現象を引き起こした張本人の少女だ。そうか……どこかで聞いたことのある名前だと思っていたら。でも、あの頃のラーミカと、表情がどこか違っている。大きな黒い瞳と、細めの顎の線。小鼻が高くて、まるで人形を見ているようだ。半年前と同じように完璧に繊細《せんさい》な美人だ。だが、半年前の彼女には、これほどの明るさはなかった。今は、官憲の象徴ともいえる古めかしい治安本庁のビルの中で、春風のような笑みを浮かべている。不安にさいなまれる暗さは微塵《みじん》も見ることができなかった。

「私、自分の能力に気がつかなかったんです。だから、自分が正体のわからない魔物に取りつかれているようで、自分自身が怖くて仕方がなかった。でも、超常研で半年を過ごしてやっとわかりました。私はもう、自分の不思議な力を制御することができるんです」

ラーミカは、部長にすすめられて椅子に腰をおろした。

「私にもその未知の女性、神鷹静香さんのことを、教えておいていただけませんか？」

ヨブ・貞永はこくりとうなずいた。


数時間後、身体を揺すられて、ヨブ・貞永は瞼《まぶた》を開いた。昨夜から一睡もしておらず、うたたねをしてしまったらしい。宙港の喧噪が、耳を襲った。

「ああ、よく眠った」大欠伸《あくび》をしてスティック・ウィードを取り出し、口に運び「う・ん……？」

ラーミカ・由井の存在に気がついた。

「あ？　来てたの？」とヨブ・貞永。

「よく眠っておられたから、どうしようかと思ったんですけど、でも出発まであまり時間もないようですから……」

笑みを浮かべてラーミカが屈託なく言った。ヨブ・貞永は、ああ、と立ちあがる。

そのとき、アナウンスが宙港内に流れた。メフィス・エキスプレスの整備が予想以上に手間どるらしく、二時間近く出発が遅れるという連絡だった。

立ちあがりかけたヨブ・貞永が、はあ、と溜息をついて再び腰をおろす。

「ごめんなさい。眠りの邪魔をしてしまって」

申し訳なさそうに、ラーミカが言った。

「いや、気にしなくていいよ。ラーミカのせいで遅れるわけじゃない。二時間もあるのなら、カフェテリアにでも行ってようか」

ヨブ・貞永は立ちあがる。よっこらしょと掛け声をかけたとき、ラーミカが笑った。

「ずっと独身なんですか？」

驚いたようにヨブ・貞永は目を見張った。

「なぜ、知ってる？」

ラーミカは肩をすくめた。「わかるんです」

「あんたの〝能力〟かい？」

「能力の一部です」

コンコースの中央部に設けられたオープンスタイルのカフェテリアに二人は場所をとった。

「ラーミカに再会することになるとは思ってもみなかったよ。例の、銀行のコンピューターのポルターガイスト事件のときから」

「私には、うっすらと予感のようなものがありましたわ」

「あ、そう」

そうだ、彼女は超常能力者なのだ。どんな答えが返ってきても、しかもその答えが突飛《とっぴ》なものであっても受け入れるしかない。平凡な私服の治安官のヨブとしては。

「でも、あの事件のときとは、すごく印象が変わってしまった気がするよ。人相が変わってしまったというのではなく、なんとなく、雰囲気といったものがかかな。あの時のラーミカは、もっと暗いイメージがあった。いつも、何かに脅えているような……」

「そうね」とラーミカは答えた。「それは、私にもわかります。それは、自分が怖かったからだと思います。自分の周囲で次々に発生する怪奇現象の原因が私にあると認めるのが」

確かにそうだろうとヨブ・貞永は思った。幼年時代から、ラーミカは抑圧された生活を送っていたはずだ。母親は狂信者だった。母親が凌辱《りょうじょく》された結果、生まれたのがラーミカである。凌辱されたのは、自分の日常生活に淫靡《いんび》なところがあったためだと、母親は考えていた。

だから、悪魔が、吸血鬼が、人に姿を変えて自分を襲ったのだと。生まれた娘にラーミカと名付けたのは、その意識の表現だったろう。吸血鬼を意味するカーミラのアナグラムだ。

母親の狂信性は生来のものだったが、ラーミカの誕生とともにその言動はいっそうの異常性を増すことになった。原罪の具現であると信じたラーミカの魂の浄化だけに、母親の教育エネルギーは注がれることになった。

せっかんを受け、すべてのこの世の罪をラーミカはあがなわなければならないと教えこまれた。受難日に聖痕《せいこん》を出現させる訓練を、何度も受け続けた。

ラーミカは耐えた。ラーミカにとって唯一の近親者であり指導者である母親の意志は、絶対のものだった。できることは、母親に従い、自己を抑え、耐えることしかなかった。

それから、ラーミカの家に悪魔が棲《す》みつくようになった。

突然に部屋中にラップ音が響いたり、食卓の上のコップが振動し、飛びあがったりした。室温が激しく上下することもあった。母親にとって、それらの現象は〝悪魔が棲みついた〟もの以上ではありえなかった。

俗に〝騒霊現象《ポルターガイスト》〟という。

それはラーミカの抑圧された精神が生み出した未知の精神エネルギーだった。

母親の狂躁《きょうそう》性は、いちだんと激しさを増した。その狂気の中で、ラーミカは少女時代を送ったのだ。

十七歳のとき、母親は事故で死亡した。一人残されたラーミカは、ヤポリス銀行西部支店に職を得ることになった。

これが、ラーミカ・由井のそれまでの人生だったはずだ。

銀行の事件で知り合ったラーミカの半生について、ヨブ・貞永の知識にあるのは、そのようなことだ。それまでのラーミカは、自分の精神エネルギーを制御することができなかった。それが脅えの表情の第一の原因だったろう。

「ヤポリス超常研になぜ、私が雇われることになったのか、最初、見当もつきませんでした。でも、超常研の人たちは熱心でした。今では、あの人たちに感謝しています」

そうだ。ヨブは思った。銀行ポルターガイスト事件を知った超常研は、まさにダイヤモンドの原石を発見したような思いだったにちがいない。

「そこで私は、生まれて初めて自分の正体を知ったんです。私のまわりの怪現象は、悪魔のせいではなく、私の精神エネルギーが、制御されることなく無秩序に放射されていた結果なんだって。

超常研で初めて自分の持つ超常能力について系統立って学んだんです。それから能力を自在にするための訓練……」

ヨブ・貞永はうなずいた。それは、ラーミカにとってどんな体験だったのか。きっと、夢の世界にも似た魂の救済の場所であったはずだ。それまでの得体《えたい》の知れない自分自身の周囲の現象の一つ一つが、理論づけられ理解できていったというのは。

「もう、自分が何者かということが、私にはわかるんです」

ラーミカはそう言って笑った。それから、ゆっくりとカフェテリアの中を見回した。出発遅れのために、かなりの人々が飲み物をとって待機している。

「たとえば、あのウェイトレス。もうすぐ彼女に〝何か〟が起こる、ということがわかる。これも私の能力です。

あのウェイトレスのこれまでの人生とか、このカフェテリア内のすべての人々の未来とかはわからないけれど、ふっと感じられることがある。たとえば、もうすぐあのウェイトレスに、〝何か〟が起こる、といった種類のことが」

「へえ」

「そう」ラーミカは確信している。

ウェイトレスは、右手にトレイを持つ。その上には、カップに入った数杯のドリンクが載っている。テーブルの間を急ぎ足で歩く。

「あの子だわ」

ラーミカがヨブに目で示してみせた。四、五歳の男の子は、それまでつないでいた父親の手を振りほどいた。

「あっちの席が空いてる」そう叫んだ。男の子の視界には、混雑したカフェテリアの空席しか見えていない。突然、走り始めた。

ウェイトレスに男の子が激突するまでに二秒もかからなかった。

ウェイトレスは身体のバランスを崩し、自分の体勢を取りもどすことに全神経を集中させた。その結果、彼女の手のトレイは傾き、コップは弾かれた。

「あ」ヨブ・貞永が叫んだ。

予想しない光景だった。本来であれば、撒《ま》き散らされたドリンクが周囲の客に飛び、パニック状況を引き起こすはずだ。だが、そうはならなかった。古い映画のフィルムを逆回転させたかのようだった。

空中に飛散した液体は、トレイの上の容器にもどり、トレイはウェイトレスの手の上にもどった。

一番驚いたのは、ウェイトレス自身だった。何か悪い夢を見たかのように、何度も首を振った。

「覆水が盆に返ったわ」

ラーミカが笑顔で、ヨブ・貞永に言った。

「今のも？　ラーミカの能力なのか？」

「そう。コントロールできるの」

観念動力《テレキネシス》か……。ヨブ・貞永は舌を巻いた。しかし、なぜ、ラーミカがパートナーとして自分に付けられたのだろう。彼女の能力のどこが必要になるというのだ。

「私が、なぜ、必要になるのかって」

ラーミカが、そう口にした。

「い……いや。ただ、そう思っただけなんだけれど。私の考えていることが、すべてわかるのか。読めるのか？」

「すべてはわからないんです。でも、ある部分だけは伝わってきて〝見える〟ことが、あるんです」

「不思議なものだ」

「私が同行するのは、ヨブ・貞永さんの犬がわりだと思います」

「犬？」

「そう。静香という人を追っかけるための。私、臭《にお》いは嗅《か》ぎわけることができないけど、残留思念を感じることはできるんです」

「残留思念……」

ヨブ・貞永が初めて耳にする言葉ではない。セクション5に勤務する関係上、心霊鑑識の連中から時おり聞かされてはいた。

人の意識は空間に焼きつけられることがあるという。死者の意識がひどく残留した場所は独自のエネルギーを持ち、空間に影響を与える。人間の視覚、聴覚に与えるほどのエネルギーになると、古来、人々はそれを幽霊と呼んだ。

「私、かすかな残留思念でも、その跡をたどることができるんです」

「ほう。じゃあ、空間溶融現象の現場にも同行してもらうとよかったなあ。神鷹静香という女性について、ラーミカなら、もっと様々な手懸《てがか》りを探してくれたかもしれない」

しかし、ラーミカは、ヨブ・貞永に大きく首を横に振った。

「今朝一番で、すでにその命令は受けました。もう行ってきたんです。星営病院、ナリム・ヤポリス宙商、秋山邸……」

「で、どうした？　わからなかった？」

「ええ、全く。静香という人の残留思念は、微塵の気配もありませんでした」

「…………」

ヨブ・貞永は、スティック・ウィードを口にくわえ、腕を組んだ。すべての事件現場は、神鷹静香と関わりのあった場所ばかりのはずだ。その現場すべてに静香の残留思念が、気配さえ感じられないとは。

とすると、静香という女性がこの事件に確実に関与している、と言えるのだろうか。

「それよりも、コンコースの先に……」

「え、何だって」

ヨブ・貞永は顔をあげた。

「静香という人の思念が残っていたんです。かなり強烈な思念だったわ」

「どこだ。それは」

「メフィス・エキスプレスのゲート入口付近で。それから、彼女の父親という秋山題吾の思念も」

「……………」

ヨブ・貞永も、ラーミカ・由井も知るはずがない。そこは、戦士を志願してメフィスに飛び立とうとする静香に、秋山が泣いて哀願した場所なのだ。両者の強烈な魂の葛藤《かっとう》があった場所だ。もし、残留思念というものが存在するとすれば、残って当然と言える。

「で、他に、どんなことがわかった？」

「それだけです」

「それだけ？」

「静香と秋山という人が、かつて、この場所にいたということくらい。それ以上は無理です」

「そうか……」ヨブ・貞永は溜息を大きくついた。

カフェテリアの外を数人の宙港詰めらしい治安官が走っていくのが見えた。二人は会話を中断し、そちらに注意を向けた。

「何を走っているんだ。この混雑した宙港内を」

「メフィス・エキスプレスのゲートの方角みたい」

「何か、汎銀戦のテロでも、発覚したのだろうか」

その考えは外れていた。すぐにコンコース内にアナウンスが響き渡り、二人は騒ぎの原因を知ることができた。

――宙港内のお客様にお知らせします。ただいま、遠距離航宙用ゲート入口付近で空間溶融現象が発生しております。付近のお客様は、危険ですので係員の指示に従うようお願いします。

なお、出発時間のタイムスケジュールには、影響はございません。重ねてお知らせ申しあげます。ただいま、遠距離航宙用ゲート入口付近で……。

7

静香が連行されたのは、メフィス治安庁本部だった。古い石造りの廊下を通り、空調の良いやや広めの部屋に通された。サタジット邸へ現れた二人の治安官が同行している。

なぜ自分が保護されなければならないのか、ということを静香は治安本部へ到着するまで、さまざまに思い巡らせたりもした。しかし、考え続けたところで、何も思い当たることはなさそうだった。かえって、もどかしさがつのる。

考え続けると何か霧の中の存在のようなもやもやとしたものに突き当たるのだが、かつて大事なものであったかもしれないという思いだけがあり、それ以上、思考を進められなくなる。

サタジット邸で治安官の一人が「同行いただければ、ヤポリス政府より、後に説明があります」と、自分に伝えたのだ。それを待つしかないのではないか。そう考えた。まだ、状況が悪いほうにずれてしまったと決定したわけではない。

「この部屋でお待ちください」

治安官たちは、そう伝えて退室していく。

ベッド、椅子、机、浴室、鏡など、ひととおりの調度品は揃えられているが、贅《ぜい》を尽くしたものではない。一定期間の生活がそこで可能だという、最低限の設備がしつらえてあるにすぎない。

ただ、このメフィスで浴室まで備えられているというのが驚きだった。あのサタジット邸でさえ、循環濾過《ろか》装置付きのシャワーしかなかったというのに。

浴室の蛇口を試しにひねってみた。案の定、一滴の水も流れ出てきはしない。

ここは、外星からの訪問者を、とりあえず表面的に満足させるために設けられた場所らしい。実際の機能性はもとより別として。

ひょっとして、ここに長逗留《とうりゅう》させられることになるのではないか。そんな予感を静香は持った。

部屋に鍵をかけた様子はなかった。そう思った静香は、入口のドアに歩み寄った。

ドアは簡単に開いた。

「われわれは、あなたを保護する命令を受けています。室内でお待ちください」

すぐに、有無を言わせない口調が、耳に届いた。

例の二人の治安官がドアの外に立っていた。静香はすぐにドアを閉じた。

自分は軟禁されたのだ。

兵士として訓練を受けた静香だ。その気になれば、治安官の武器を奪い、すぐにでも脱出することは可能だ。だが、今、それを実行したところで、何もメリットはないはずだ。状況が確認できるまで待つしかない。

静香は肩をすくめ、部屋の隅にあるソファに腰をおろした。ヤポリス政府が自分に何の用があるというのだ。

いずれにしても、今、じたばたしたところで仕方がない。

ドアが開く。

静香は顔をあげた。

ひょろんとした顔の長い男が立っていた。

「神鷹静香さん」

男はそう呼びかける。静香は、はいと答えた。細い目と長い顎をしている。年齢は三十五、六といったところだろうか。

メフィスの人間ではないということが、一目でわかる。白を基調としたメフィスの民俗服ではない。男はヤポリスの公職者が着用する濃紺の服を着用している。

立ちあがった静香に、男は顎を突き出すようにして礼をした。

「どうも、今回はご協力いただいておりまして、ありがとうございます」

静香は、できるだけ皮肉をこめて、挨拶《あいさつ》を返した。この男の目が細いのは、笑っているためだ。静香の答えを受けながら、その目は笑い続けていた。

「あなたが、ヤポリス政府の方なんですか？」

その問いには答えず、かまわず自分のことを名乗り始めた。

「ノア・沢井と言います。異星交流室付、メフィス駐在です」

「異星交流室？」

「ヤポリス外務庁内です。ヤポリス外の異星における総務一切ですな。承《うけたまわ》っております」

「どのくらい、私はここにいなければいけないんですか？」

静香の問いにノア・沢井は少々困ったような顔をした。

「ヤポリスから担当者が到着するまでです」

「担当者ですって？」静香は首をひねった。

「私の担当者ですか？」

「そうです」

「なぜ、私に担当者などいるんですか？」

ノア・沢井は、エヘンエヘンと何度も咳《せき》ばらいをくり返した。

「どうぞ、お座りください。立ち話もナンだ。あたしもヤポリスから担当者が到着する前に、確認しておきたい点が、いくつかあるんです」

何か、自分の知らないところで進行していることがありそうだ。静香は覚悟を決め、ソファに再び腰をおろした。

ノア・沢井は、消失させていたニヤニヤ笑いを取りもどし、ペンと手帳を取り出した。

ということは、公式な調書を作成するといった性質のものではないらしい。

静香は、どうぞ、と言った。話せる範囲はどこまでだろうか。同時に急速度で思考を回転させる。汎銀河聖解放戦線への復讐計画のすべてを話してしまうべきではない。しかし、部分的には許されるはずだ。すべてを隠そうとすれば、逆の目が出てしまう率も高くなる。

「まず、うかがいます。神鷹静香さんは、メフィスのお生まれではありませんね」

「はい」

「どこのお生まれですか?」

「ヤポリスです」

満足そうに、ノア・沢井は首を振った。

「次。生年月日をお願いします」

「三五一年四月十九日」

「はい。ご両親の名前は?」

「母は秋山雪奈《ゆきな》です。父は秋山……」しばらく静香は、考えた父親の名前が出てこないでいる。母の顔はすぐに思い出せた。だが、名前どころか、父親は顔さえ浮かばずにいる。

「ちょっと待ってください。たしか秋山……。どうも、ど忘れしたみたいです」

「落ち着いて。あたし急ぎませんから」

ノア・沢井は、背中をもたせかけた。床の上にどさりと何かが落ちる音がした。ノア・沢井の上着の中の何かだろう。これはこれはと、ニヤニヤ笑いを続けながら床の上に散らばった物を拾った。

静香は眉をひそめた。何に使うのか、わけのわからない金属製の工具類だ。十センチから、大きい物で三十センチの道具。先端が奇妙な曲線でカーブしていたり、二股《ふたまた》にわかれていたりする。

「失礼しました」

ノア・沢井は、白い歯を剥き、笑いながら、それらの道具類を上着を開いて納めた。

そのとき、静香は見た。ノアの上着の内部を。床の上に落ちた工具状の物だけではない。異様な形状の道具類が、ずらりと裏地に差しこまれている。

「さあ、ゆっくりと思い出してください」

ノア・沢井が言った。

静香はうなずいたものの、父親の顔も名前も思い出せないままだ。

部屋に沈黙が続いた。ノア・沢井は凍《こお》ったような笑顔を見せながら、辛抱《しんぼう》強く待ち続けた。

手に持ったペンをもてあそんでいる。ペンの腹の部分を押す。するとペン先と反対の部分から、針状の物が飛び出す。それを親指で押す。すると針状の物は、再びペンの中へ押しこまれる。その動作を辛抱強くくり返している。

「わかりません。どうしても思い出せません」

静香はそう答えるしかない。まったく、いたたまれない沈黙の間だった。ノア・沢井は、再び、無関係な問いを発した。

「静香さんは、きれいですね？」

なぜか、静香の背筋を冷たいものが走った。返答する言葉が思い浮かばなかった。

「静香さんは、あたしがかつて見た女性のうちで、一番きれいだと思います」

ノア・沢井は、細い笑い目で、静香を見据えていた。それは爬虫類《はちゅうるい》の目なのだ。

「…………」

再び、沈黙の時が流れた。

「秋山題吾という名前は、ご存じですか？」

ノア・沢井が再び口を開いた。

その名前を聞いて、静香は首をかしげた。静香の記憶の中に、思い当たる人物はいないし、聞いたこともない。

「さあ、存じません」

本心だった。

「嘘でしょう。静香さん」

「は？」

「あたしを馬鹿にしているんですか？　そんなはずは、ない」

少し、ノア・沢井の顔が、むっとした表情に変わった。「静香さんの父親でしょう」

静香には答えようがなかった。そう言われればそのような気もする。しかし、自分の父親が秋山題吾だと言われたところで、その確信はない。顔さえ、思い浮かばない。

「わかりません」静香はそう答えた。

ノア・沢井は、何度か目を激しくしばたたかせた。

「こんなにきれいなのに」溜息をついた。

「こんなにきれいなのに、あたしを馬鹿にしている」

「そんなわけではありません。本当にわからないんです」

ノアは目をしばたたかせながら、「まあ、いいです。まあ、いいです」と呟いていた。

「じゃあ……。今度は、正直に答えてほしいと思います。あなたは、秋山家から、神鷹家に嫁がれたんですよね。まあ、いいです。それで、ご主人とお子さんの名前を教えてください」

ノア・沢井は質問の角度を変えた。しかし、その問いにしろ、静香に何の反応ももたらすものではない。自分の心の靄《もや》のかかった部分で、何かが隠れているような気はするのだが、形をとることはない。

自分がかつてヤポリスにいたことはわかる。だが、ヤポリスでどのような暮らしをしていたのか、皆目思い出せないし、思い出そうという興味もない。まして、自分に夫や子供がいたと言われても、戸惑いを感じるにすぎない。

「わかりません」と答えた。

ノア・沢井は、黙秘権を行使しているというふうに理解したのかもしれない。ニヤニヤ笑い目のまま、やや顔を紅潮《こうちょう》させた。自分が馬鹿にされていると思った部分もある。そうではないか。かつて生活をともにしたはずのつれあいの名前だけでなく、子供の名前さえもわからないとは。

「神鷹静香さん」それは、明らかに猫撫で声だった。

「あたしが、ヤポリスの異星交流室付・メフィス駐在として、日常どのような仕事をやっているか教えましょうか」

ノア・沢井は、こほんと咳ばらいした。

「あたしはね、訊問《じんもん》が専門なんですよ。ヤポリスからメフィスへやってきた不法労働者とか、ヤポリス人の犯罪者を取り調べるのが、日々の仕事なんですよ。ヤポリスの恥をかき捨てようとする連中は、皆、あたしのところへまわされてくる。

本当の異星交流の仕事は、他に担当者が沢山いるんです。もう、ずっと、あたしはここでこの仕事なんですよ。なぜかっていうと、あたし、この仕事が好きなんです。どんなにふてぶてしい犯罪者だろうと、犯意を否認していようと、もちろん黙秘権を使っていようと、あたしは十分もあれば、どんな奴でもとても素直な人間に性格を変えてやることができるんです。

もちろん、あたしは、メフィスの法ででもヤポリスの法ででも人権的に絶対認められない手法をとりますけどね。大丈夫なんです。メフィスの中で、ヤポリスの人間がやる訊問は、まったくの治外法権ですから。

私がペンを差し出すと、すべての犯罪者が、自主的にしかも喜んでヤポリスへの帰還願にサインするんですよ。

もっとも、あたしの前で恐怖と苦痛で人間性を粉々に打ち砕かれた挙げ句ですけれどね。皆、泣き叫ぶんです。失禁します。脱糞《だっぷん》します。百パーセントそうなんです。そんな仕事、好きなんだなあ、あたし」

静香は、話を聞きながら思った。自分の前にいるのは、異常性格者なのだと。なぜ、そんな話を静香に語るのだ。

「ヤポリスから担当者が到着するまで、あたし、静香さんについての詳細な情報を揃えておくように命令されているんです。

でも、静香さんの場合、〝訊問〟でなく、〝保護〟しながら情報を収集するように指示されている。その点、非常にあたし、まどろっこしいんです」

さきほどの異様な工具類に、静香は思い当たった。あれは、ノア・沢井の〝訊問用工具〟なのだ。そして、この男は異星交流室付などという生やさしい職名は似合わない、単に〝訊問官〟とでも呼ぶにふさわしい男なのだ。

「あたし、今、静香さんに手こずっています。だって、いつもの流儀が使えないんですものね。

あたし、ファイトが湧きました。これからヤポリスに打診してこようかと思います。あたし流の訊問に切り換えていいかどうかというお伺いですよ。

静香さんがふつうの女性だったら、担当者が来るまで、ほったらかしておこうかと思ってました。でも、今はちがいます。考えが変わりました。

あたし、こんなにきれいな人を、まだ訊問したことがないんですよ」

それは、静香を脅そうと思って言っているのではなかった。ノア・沢井の歓《よろこ》びをこめた本音なのだ。

そのノア・沢井が、ふと真顔になった。

ドアを開き、外にいる治安官に何やら耳打ちした。すぐに、ソファのところへもどる。

「いや、ちょっと野暮用だったのですけれどね。いやぁ、ヤポリスからメフィスに来た当初は、まいりましたよ。こんな焦熱地獄とは思いませんでした。静香さんはいかがです。この星は、お好きですか？」

がらりと話題を変えるのが、この男は好きらしいと静香は思う。思考が分裂状態にあるのだろうか。どう答えるべきか迷った。

「この間の、飛びナメパニックのときは、ちょうどこの部屋で訊問していたんですよ。あたし、あの飛びナメには呆れましたね。あんな化け物のいる星だったとはね」

饒舌《じょうぜつ》にノア・沢井が話し続ける途中で、再びドアが開いた。

治安官に引きたてられて、白のメフィス服の初老の男が、転げるように入ってきた。

「外部の壁に張りついて聞いていました。これを使って」

治安官が手に持っているのは、一種の集音装置といったものだろう。

初老の男は、両腕に拘束用のリングをはめられていた。

治安官が初老の男の背をどんと押すと、彼はよろよろとそのまま床の上に転がった。

「ありがとう」

ノア・沢井が、治安官に礼を言った。

「しかし、外で聞いている人間がいるなんてよくわかりましたね。あの厚い壁の向こうの気配が」

ノア・沢井はウインクだけを返した。ドアが閉じられて、部屋は三人になった。

その初老の男に、静香は見覚えがあった。サタジット・グレム邸に何度か顔を出した男だ。

さまざまな物資を運びこんできたり、サタジット老人の側《そば》で、何か指示を受けているのを見たことがある。名前は知らない。

多分、サタジット老人の〝手足〟の一人なのだろう。静香が連行された後に、サタジット・グレムがこの男を放ったにちがいない。もちろん静香の身を案じて。

「おまえ、名前は何というんですか?」

ノア・沢井は姿勢を変えようとせずに、質問した。震えてはいるが、初老の男は一言も答えようとはしない。

「なぜあんなところにいたんですか?」

答えはない。ノア・沢井は目をしばたたかせる。

「わかりました」

上着の内側から、錐《きり》状の細い工具を一本、取り出した。それから、静香に向きなおった。

「この男、あたしを舐《な》めています。どんな訊問をあたしがやるかということをご覧になれる、すごくいいチャンスと思うんですよ。

もっと素直になれば、いろんなことを話してくれるようになる。こちらが聞かないことまで、進んで話してくれるようになるというのに」

ゆっくりと、ノア・沢井は初老の男に近づいていく。男は両腕の自由が利かないまま、じりじりと後へとすさっていく。

「そんなに移動していては、あたし、話もできないではありませんか」

ノア・沢井は、ぴょんと跳んだ。それから錐状の工具を持った右手を、男の背中にまわした。

「ぐ」と男は呻《うめ》き、前のめりに倒れた。男の脊髄《せきずい》の位置に、さきほどの錐状の工具が刺さっている。

ノア・沢井は、再び例のニヤニヤ笑いを取りもどしていた。ノアは静香を見て言った。

「これで、やっと落ち着いて訊問をできるようになりました」

「でも、そんなことをして、半身不随になってしまったら……」

ノア・沢井は大きく首を振る。

「その心配はありません。あたしがどんなに熟練しているか、静香さんはご存じないんです。これは、技術なのですよ」

再び上着の内側を開いた。今回は、静香にその訊問用の工具がじっくりと見えるようにという演技が加わっていた。

そんな上着の裏側を静香はかつて見たような気がした。まるで、盗品の懐中時計を盛り場で売り歩く男の上着だ。

用途もわからないメスのような物、プライヤー、ドライバー、そんな形状の物がずらりと並んでいる。ノア・沢井の人差し指が、どれを使用しようかと迷っていた。

訊問用などという生やさしいものではない。歩く拷問装置だ。

「まあ、とっておきは使わないでおきましょう。これですね。初歩の初歩」

ノア・沢井が選んだのは、やはり錐状のもの。脊髄に使ったものより、ひと回り細い。

それが数本。得意そうだった。

「痛点を外します。それにあたし、あまり血を見るのも好きではない。心理的効果を狙ってみます」

静香は答えなかった。床の上に倒れた男は、意識ははっきりとしているらしい。間歇《かんけつ》的に呻き声だけはあげている。

その初老の男に近づき、数本の針を顔に刺した。一本は、右頬を貫通させ、左頬へ突き抜けさせた。二本目は瞼の皮を突き通す。三本目は額の皮を縫うように刺しこんだ。

「本人は、どのような状態になっているかわからないんですよ。全然、痛くありませんからね。痛点に当たらないように刺してあるから、全然、痛くはないんです」

静香は目をそむけるしかない。

「これは、肉体的苦痛よりも、これですよ」

ノア・沢井はひょろりとした身体で、初老の男を抱きかかえると、鏡の前へ引きずっていった。

「どうだ、今の自分の姿を、見てみるんですよ」

初老の男は、針だらけの己れの姿を驚愕の眼差しで見た。「う」と声にならぬ声を発した。

ノア・沢井の視線は、初老の男には向いていなかった。静香の反応だけをじっと見守り続けている。

「どうしたんです。静香さん。気分でも悪いんですか？」

静香は二人から目をそらした。

「気にすることはありませんよ。この男は苦痛らしい苦痛は何も感じていないんです。感じているとすれば、それは己れの変わり果てた姿を見た視覚的ショックというやつですよ」

さて……と、ノア・沢井は、ひとりごちた。次の道具を取り出して、静香に見せた。それは、細長い金属だった。先端が丸くなっている。

「いよいよ、訊問に入ります。いいですか。この人は、全身が痺《しび》れたような状態で、まったく身体を動かせない。ところがですね、ちゃんと口は利けるし、全身の痛みもわかる。ただ何の抵抗もできないという状態なんです。今回は、これを使います」

男の左手を開かせ、道具を使った。

悲鳴があがった。悲鳴が響き続いている。

「どんなことをやったと思いますか。すごく簡単なことなんですよ。中指の指と爪の間に、ゆっくりとこの道具を刺したんです。かなり、痛いはずです」

それから、初老の男に向きなおる。

「あと指は九本あります。今と同じやり方を残り九本にもやっていくつもりなのです。しゃべりたくなったときでかまいません。あたしは、いちいち、話す気になりましたかとか、問いかけたりはいたしません。話したくなった段階で、自発的にお話しいただきたいと思いますから。

よろしく。

あ、手の指の九本が終わったら、とりあえず足の指に移りますからね」

それから手の甲に一本の針を刺した。悲鳴がふっと途絶えた。

「ここに刺すと、数瞬、麻酔効果で痛みを感じません。なぜそのようなことをやるかというと、のべつ激痛を感じていると、脳内に麻薬物質が自然に生成して、痛みを感じなくなる機能が人間にあるんです。

だから、こちらが与える痛みを、あるがままにとらえてもらうために、麻薬物質の生成を阻止するために、痛み止めの針を、こうやって刺してあげるのです。今、痛くありませんでしょう」

手の甲の針を外した。

初老の男の悲鳴が再び響いた。

「じゃあ、次の爪に行きますよ」

上着の内側から、次の細い針を取り出し、無造作に右手の中指の爪の間に刺しこんだ。

悲鳴がいちだんと甲高《かんだか》くなった。

「ふつうの人間だったら、八割方は、ここで泣き叫び、自白を始めるんです。この男は辛抱強いのかもしれませんね」

「もう、やめてください。この人は、サタジット・グレム邸の使用人だと思います」

静香が叫ぶように言った。これ以上、正視できる光景ではない。ノア・沢井の行動は、常軌を逸している。自分が知っていることを話して救えるのであれば、すべてを話そう。静香はそう考えていた。

ノア・沢井は、にたりと細めた目を、突然に見開いた。それは何の感情もない、死んだ魚類の巨大な目だった。

「だから何だというんです。あたし、この男を訊問しているのですよ。この男が自分の口で素直に話し始めない限り、あたしはやめることはありませんよ」

次の一本を刺した。そして、その次の一本。静香の身体中を震えが走った。この男は、異常性格者などというものではない。そう、狂人そのものだ。

初老の男を救う方法は一つしかなかった。戦士としての蓄積《ちくせき》を使うことだ。それは、静香自身が一般人とかなり異なることを白状するのと同じ結果になるが、この初老の男を救うためであれば、仕方がないと思っていた。

静香は、背を向けて拷問に没頭《ぼっとう》しているノア・沢井の後ろで両腕を引き、拳を作った。今の静香は、この拳で小岩を砕くことができる。

「痛いですか。苦しいですか。まだまだ、続きますよ」

ノア・沢井はすでに躁状態で、拷問に熱中していた。悲鳴だけが続く。

静香は、大きく息を吐いて呼吸を整え、身を構えた。

突然、張りつめた糸が切れたように悲鳴が途絶えた。「おや」ノア・沢井は拍子抜けしたような声を漏らした。「舌を噛み切ってしまった」

ノアの言うとおり、初老の男はぴくりともしない。苦痛に耐えられず、情報を漏らすよりもみずから死を選んだのだ。さすがに、サタジット・グレムの眼鏡にかなった部下にふさわしい。

ノア・沢井は、初老の男の遺体から拷問用の数本の道具を抜き取り、慈《いっく》しむように布で拭きあげながら、上着の裏側に一本ずつ納めた。それから、ドアに近づいて治安官を呼び入れた。

「自白する前に、自害してしまいました」それから静香に向きなおった。「お見苦しい結果になりました。あたしの訊問で、こんなケースは、めったにはないのですけれど」

遺体はすぐに片づけられた。ノア・沢井は一つ小さな欠伸《あくび》をした。

「なあに、もっと楽しみがあるんです。静香さんみたいな、きれいな人の訊問という楽しみが」

それは、ひとりごとに近かった。それから「まただ」と言った。

何が「まただ」なのかは、静香にはわからない。

再びノアがドアに近づいて、開いた。

治安官の姿はなかった。さきほどの遺体を片づけに行っているのだろう。その代わりに小さな男が立っていた。まだ若い。

「何ですか。あなたは」とノア・沢井。

「はあ。神鷹さんのお食事を持ってきました」

そのとき、二人の治安官たちももどってきた。

「ああ、もうディナータイムか」

「そうなんです」

若者はひょうきんな口調で答える。その若者を見て、静香は思わず声をあげそうになった。

ラッツオだ。

メフィス・エキスプレス以来の因縁《いんねん》だが、あの飛びナメパニック終焉《しゅうえん》後、静香は消息を聞いていなかった。まさか、このような場所で出会うことになろうとは。

ラッツオは静香に小さく首を振ってみせた。知らないふりをしておいてくれということらしい。

ノア・沢井は、そんな二人の様子に気がつかなかったらしい。

「じゃ、休憩にしましょう。ゆっくりとお食事をとってください。あたしも飯食ってきます。その後、ヤポリスに打診をしてみるつもりです。

そう……あの件ですよ。担当者が来たら、事情聴取を訊問に切り換えてかまわないかという件です。

返事が来るまでに、こちらで一日はかかると思いますけれど。

その後に、静香さん、ゆっくりと楽しませていただきたいと思います。あたし、こんな機会は、二度とないような気がしてならないのですよ」

あの、にやついた細い目にノア・沢井はもどっていた。それから、ヤポリス式の礼を残して、部屋を出ていった。

「とんだ狂人ですね。あいつ」

ラッツオが呆れ果てたように小声で言った。

「まさか、こんな場所で会うとは思わなかったわ」

ラッツオは片目でウインクしてみせた。

「ぼく、気は小さいけれど、ずる賢さでは決して人にひけはとらないんです。

実は、飛びナメの後、すごい求人パニックがあったなんてこと、ご存じないでしょう。

あんなに死傷者が出て、メフィスシティ全体が人手不足になったんですよね。ぼくみたいな、ホテルとかレストランの経験者は、まったくの貴重品扱い。職場は選び放題。

で、治安庁の職を選んだんです。

とにかく、民間より給与はよかったし、他の条件もまんざらでもない。それに、何よりいいのは安定してますからね」

「そう、それはよかったわ」

「でも、この職も長くはないな」

「なぜ?」

「いえ、こんな現場を知ってしまいましたからね」

「………」

「すぐにドゥルガーさんと夏目さんに連絡をとりますよ。早い時期に、静香さんを救出できるように。それまで我慢してください」

静香がうなずくと、ラッツオはテーブルの上に料理を置いた。

その料理は、飛びナメのシチューだった。

8

ノア・沢井は不機嫌だった。

手持ちぶさたのときはいつも不機嫌なのだ。

神鷹静香の訊問についてヤポリス政府に打診をしている。その返事が来ない。それまで、ノア・沢井は静香を拷問、いや訊問できない。

しかも、その日、静香はヤポリスからの依頼で精密検査を受けているという。

ノア・沢井にも少々の状況は理解できたつもりだ。ヤポリスで何か異変が起こっている。その異変が〝溶融現象〟と呼ばれていることは知ったが、具体的な経過はわからないし、それがどのような異常現象なのかも、詳しくはわからない。

その解明の鍵を握っているのが、あの静香らしい。

ヤポリスから派遣されたという担当者も、現象の原因を静香から探り出そうとするのだろう。精密検査も、その予備調査といったところか。

そんなことは、ノア・沢井にとってどうでもいいことだ。静香が惑星一つ滅ぼすのであろうが、かまいはしない。

ノア・沢井の興味は、今、神鷹静香という女性にしかない。静香を拷問、いや訊問する際に、彼女がどのような苦痛を、いや反応を見せてくれるかという一点だけだ。かつて見たこともない端整な美を備えた女性に、ノア・沢井は自分なりの愛情を表現したくてうずうずしている。部屋中にある、宇宙中から収集した己れのコレクションのすべてを駆使してやるつもりでいた。

あれは、容易に白状しない女性だと、ノア・沢井は直感的に思っていた。そうでなくては困る。苦痛にのたうちながらも、最後までじっと耐え続ける。そして、最後に極めつきを使ったとき、あれは、すべてを語ることになる。

美しい顔を歪ませるだろう。泣き叫ぶこともあるはずだ。

だが、最後はあたしに屈することになる。

どんな内容を白状しようが、あたしには関係ない。今回だけは仕事は抜きだ。白状した内容を材料に訊問する。そして再び何かを話すだろう。次は、その何かについて、もっと語らせる。際限なく続けてやろう。

しかし、なぜ、早く許可が下りないのだ。ぐずぐずしていると、ヤポリスから担当者たちが到着してしまう。そうすれば静香は、あたしの手を離れてしまうことになる。

ノア・沢井にはそれが耐えられなかった。静香を知らなければそれでよかったのかもしれない。しかし、ノア・沢井には小児的な部分があった。自分が欲しいと思ったものは我慢することができないのだ。

ヤポリス外務庁異星交流室のメフィス駐在所で、ノア・沢井は不機嫌ながら、まる一日待ち続けていた。待ち続けている間、急ぎの職務があるわけではない。

机の上には、ノア・沢井の私有物である小物類がずらりと並べられている。小物類は、彼の人生のこれまでの期間に収集されたコレクションだ。用途は、人間の肉体に効果的に苦痛を与えることのみにある。

いつも上着の裏地に揃えている小物は、携帯に便利な品に限られている。しかし、机上のコレクションは、携帯には向かないかもしれないが、いずれも彼にとって愛着のある品ばかりだ。

惑星チャナ製という陶製のやすり。指をはさんで締めつける小型の万力。どれも、ポケットにちょいと納めておくには不都合な形だが。

あのように、訊問相手として素晴らしい素材に出会っておきながら、自分が所在なげに職場で待機していなければならないことが、おもしろくない。使えないコレクションを前に、ヤポリスの返事を待ち続けていなければならないなんて。

ふと、ノア・沢井は決心した。よし、返事が来ようが来まいが、明日、静香を訊問してしまうことにしよう。

今日の精密検査。そして明後日、ヤポリスからの担当者の到着。

とすると、明日やらなければ、静香を訊問する機会は永久に失われてしまうことになる。

そんなことは、自分には耐えられない。耐えられないことを耐えてまで職務をまっとうするのは、人間として自然な生きかたじゃない。あとで咎《とが》められようが、そのときは、そのときと考えるべきだ。

さっき、静香の訊問は仕事抜きでやろうと決心したばかりではないか。

そう考えると、ふっと憑《つ》きものが落ちたような気分になった。そうだ、勝手ながら、明日、あたしが訊問をやってしまえばいい。勝手にやるのだからあたしの趣味を存分に生かしましょう。

するとノア・沢井は、自分の不機嫌がなおっているのに気がついた。鼻唄さえ出ている。気分がよくなっている。

そうだ。

そうすればいいんだ。

机上のコレクションを見る目が細くなっていた。ノア・沢井は人差し指を突き出し、小物の上を迷うように泳がせた。

どれにしよう。どの道具を使ってあげましょうか。あまり静香の美形を損ねないものがいい。しかも一等級の苦痛を与えるもの。

鈍痛。激痛。痛痒《つうよう》感。

なんでもござれです。ふんふんふんふんと、意味もないメロディが、ノア・沢井の口から漏れる。

生皮を使って、徐々に締めあげるか。時間がかかって効率が悪いでしょう。針を局部に使うもの。静香はすでに知ってます。未知の道具がいいでしょう。彼女の想像力を利用することが、訊問の最高の効果をもたらすんですよね。静香がまだ見たことも聞いたこともない道具が、最高でしょうね。

ノア・沢井の人差し指が、ぴったりと止まった。それは、台の上に細いノズルが伸びた合金製の道具。液体を納める部分に、裸女たちが叫喚しているレリーフが無数に施されていた。

「ほほう。これは、まだ使ったことがありませんでした」

蛇のような目をノア・沢井は大きく開いた。それは、惑星シュルツの古道具屋で彼自身が買い求めたものだ。たしか、シュルツ酸と〝どんでん辛子〟を混ぜ合わせたものを机の上に垂らしていくと言っていた。

惑星シュルツで汎銀戦のゲリラが民間人たちに捕らえられたとき、必ず、この『絶叫の沐浴《もくよく》』の洗礼を受けることになると、彼は説明されていた。

シュルツ人たちは、私刑《リンチ》で人を殺すことはしない。しかし、死に勝る苦痛を与えることはうまいという。シュルツ人たちが、中でもいちばん好んで使用するのが、この『絶叫の沐浴』だ。

第一に、最高効率の苦痛を与える。

第二に、薬品を使用するのだが、中和剤を併用することによって拷問の痕跡《こんせき》さえ残すことはない。肌も肉体も無傷のままだ。

ノア・沢井は、『絶叫の沐浴』のノズル部分をやさしく撫でた。そうだ。これにしましょう。

合金は錆《さび》一つ浮かんでいない。『絶叫の沐浴』の曲面に映ったノア・沢井の歪んだ顔は放心しているように見える。彼は今、空想の世界を漂っているのだ。翌日、目の前で泣き叫ぶ静香が、その世界にいる。

「シュルツ酸が必要です」

ノア・沢井は真顔にもどった。

そうだ。その器具だけでは、何の役にも立ちはしない。シュルツ酸と〝どんでん辛子〟の混合物で満たした『絶叫の沐浴』を横たわった静香の胸にベルトで固定する。垂れた液は、ノア・沢井の持つ刷毛《はけ》で薄く伸ばされる。すると、静香は苦痛の反応を返してくれることになる。苦痛にのたうちまわれば、それだけ液は再びこぼれ出ることになる。苦痛の再利用だ。

もともと、シュルツ酸は、シュルツの調味料として食生活に欠かせないものだ。それがやはり同じシュルツのスパイスである〝どんでん辛子〟と混じり合ったときに、途方もない拷問用の液と化すことになる。

『絶叫の沐浴』は惑星シュルツの人々の生活の中から生まれた知恵ともいうべき道具だろう。汎銀戦のゲリラたちの略奪に終始脅え続け、肉親を殺されて、それでも反撃の力を持たなかったシュルツの民衆が、ひょんな拍子で逃げ遅れた汎銀戦のメンバーを捕まえたときに、その憎悪の鋒先《ほこさき》を向ける道具として自然発生的に生まれたものだ。

シュルツ酸にしても、〝どんでん辛子〟にしても、少し規模の大きな食料品店へ出掛ければ、すぐに手に入れることができるのだ。

すでに、ノア・沢井は『絶叫の沐浴』を使用する決心をしていた。とすれば、今日中に、シュルツ酸を揃えておく必要がある。

時計に目をやると、まだ宵《よい》の口だ。では、今のうちに揃えておくことにしましょうか。ノア・沢井は、上着を着てゆっくりと立ちあがった。

メフィス治安庁を出る。

五分も歩けば、繁華街へ行くことができる。

ゆっくりとしたスピードでノア・沢井は歩く。静香の苦しむ表情しか、頭の中にはない。細い目だけが、期待に膨らむ歪んだ快感を笑みとして表現している。

「ノア・沢井さま」

背後から、男に声をかけられた。

「誰だ」

自分の名前を呼ばれたら、誰でも驚くのが当然だ。誰が名前を知っているというのだ。このメフィスで。

振り向くと、メフィスの白い民俗服を着た小男が立っていた。顔中に白い布を巻きつけており、人相まではわからない。

「情報があります」白い布の男が言った。

「おまえは、誰だ」

ノア・沢井の問いには答えようとはしない。

「情報があります。シズカというヤポリスの女性のことです」

「ん」

ノア・沢井は眉をひそめた。しかし、興味をそそられた。

「ちょっと、そこの角まで。立ち話ではなんですから。話がこみいってますので。必ずや、お役に立つと思います」

顔のわからない小男は、そこまで言うと、くるりと背を向け、暗がりのほうへ歩き始めた。

これは何かの罠《わな》ではないか。そうノアは思った。しかし、あんな小男、その気になれば、自分の力でも対抗できる。やっつけてもやれる。

「おい、ちょっと待ちなさい。あなたは誰ですか？」

小男は今度は返事をせずに、さっさと歩き去っていく。

小男は横町の角を曲がった。

あわてて、「おい。おい！」と呼ぶと、ノア・沢井は後を追った。

奴は、なぜ自分の名を知っているのだ。

小男の消えた角を曲がった。

ノア・沢井の顔面に衝撃が走り、目の前が真っ白になった。そのまま、意識が途絶えることとなった。


後頭部に、まだ痛みが残っていた。短い周期で、その痛みが鈍く頭を刺す。

薄暗い部屋だった。

三人がノア・沢井の周囲にいる。一人は天井に頭が届こうかという男。いや、女か。性別はわからない。男女の差など超えた化け物のような存在だ。もう一人は痩身《そうしん》だが、がっちりとした体格の男。そして、ノア・沢井を罠にかけた小男だ。

三人ともが、たっぷりとしたメフィス特有の白い民俗服で身体を覆っている。しかも、頭にすっぽりと白い三角頭巾をかぶっているため、その正体はわからない。ぎらぎらとした激情に満ちた目だけが、頭巾から覗いている。

ノア・沢井は立ちあがろうとした。

しかし、身体がぴくりとも動かない。ソファに座らされているが、その両手両足は身動きができないようにぐるぐる巻きに縛りあげられている。それだけではない。素っ裸なのだ。

ノア・沢井に、初めて恐怖感が走った。

「な、何ですか。あなたたち。

あたしを、どうするんですか」

ノア・沢井が叫んだ声は悲鳴に近かった。だが、三人は黙したまま答えようとはしない。

痩《や》せた男が、ノア・沢井の上着を持っている。その裏地の部分から、ノア・沢井愛用の拷問用小物を珍しそうに一本ずつ抜き出し、テーブルの上に並べている。

「こんなことをして、ただではすみませんよ。あたしは普通の人間とちがいますからね。あたしに変なことをすると、メフィスとヤポリスの……せ、せ、星間問題になるんですよ。そ、そ、それがどんなに大変なことか、わかっているんですか」

巨大な人物が、ゆっくりとノア・沢井のところへやってきて、突然に平手うちをした。

「ぎゃあ」

痛烈な、突然の痛みだった。ノア・沢井は他人の痛みに対してはかなりの寛大さを持っているが、自分自身の痛みには、はなはだ耐久力が欠けているらしい。情けない悲鳴だった。

再び巨人の手が振りあげられたとき、痩せた男の声がした。

「やめておこう。そこまでだ」

大きく目を見張ったまま、ノア・沢井は溜息をついた。しかし、どう反応していいものやら。下手に抗議しても、今のように平手うちが飛んでくるだけだ。

いったい、この人たちは何者なんでしょう。何のために、あたしを誘拐したんでしょう。身代金目的なんでしょうか。でも、あたしを欺したときに、餌に静香の情報をちらつかせましたね。と、すると静香の仲間？

あたし、シュルツ酸を早く買いにいかなければならないのに。でないと、ヤポリスから来る担当者たちに静香をとられてしまうではありませんか。

ノア・沢井の推理は当たっていた。

巨人はドゥルガーだし、痩せた男は夏目郁楠だ。もちろん、小男のラッツオの通報によってノア・沢井を誘拐したのだ。

「おまえ、訊問のプロフェッショナルだそうだな」

夏目が、静かな口調で訊ねた。ノア・沢井は黙したままだ。

ドゥルガーの平手うちが二連発で飛んだ。瞼の裏でいくつもの星が閃光《せんこう》を発した。ノア・沢井は、自分の両頬が腐る寸前の果実のように膨《ふく》れあがっているだろうと思った。

「そうか？」

「そうです」

ノア・沢井は、やっとそう答えた。

「私は、訊問に関しては、ある程度の知識を持っている。だが、拷問はやったことがない。しかし、必要になれば、拷問だろうが虐待だろうが何だってやるつもりでいる。できるだけ協力してもらったほうがいい。私も労力を費やさなくてすむし、あんたも苦痛を味わわなくてすむ」

夏目がそうノア・沢井に伝えたとき、縛られたままの彼は小刻みに震えていた。怖いのだ。

「まず、神鷹静香を〝保護〟した理由は何だね」

夏目の問いに、ノア・沢井は答えない。震えてはいるが、その震えから逃れるための、知識を言葉に変換しようという努力がなされていない。

「そうか……」と夏目は溜息をついた。「もっと利口な人物かと思ったのだが、そうでもなさそうだ。もっと、自分の身を可愛がる人かと思ったのだが。いや、ひょっとして、私の拷問技術にたかをくっているわけではないだろうね。

じゃあ仕方がない。拷問は素人《しろうと》で、プロの方に施《ほどこ》すのは恥ずかしい気がするが、情報を得るためには、背に腹は代えられない。せめてもの罪滅ぼしに、ノア・沢井さん、あなたの拷問道具を使わせていただくことにしよう。あなたの上着に入っていた愛用の品々をすべて使用することにして」

テーブルの上から、夏目は先端がヘラ状になったメスを一本取りあげた。

「これは、どうやって使うんだろう」

それは、サタジット・グレムの部下に対して前日、ノア・沢井が使用した品だ。爪の間にそのヘラ状の部分を突き刺して用いる。そのメスを持って、夏目はノア・沢井に近づいていく。

「教えてもらえないか。あなたの道具だろう」

ノア・沢井は激しく瞼と頬にチックを起こしていた。驚愕《きょうがく》の表情をしたノアの顔面に夏目はメスを突きつけている。

——これは何ですか。逆ではありませんか。

ノア・沢井の思考にウロが生じている。

自分は本来、拷問をする立場の人間だ。なのに、縛られ、ソファの上に転がされている。しかも素っ裸のままだ。自分が拷問される立場にあるのだ。

——あたし、こんな立場になったことはありません。しかも、この人は拷問は素人というではありませんか。

恐怖に震える他、今は何の能もないのだ。

——素人だなんて。あたしを痛くする加減も何も知らないくせに、あたしを拷問するんですか。

拷問人としての、訊問官としてのプライドが崩れ落ちた。ひょっとして、自分に痛みを与えた後、後遺症を残すかもしれない。こいつら、まるで素人なんだから。

夏目は、メスをノア・沢井の乳首に当ててそっと突いた。

「いいのかね。ノア・沢井」

ノア・沢井はひえっと叫び、ぼろぼろと涙を流し始めた。股間《こかん》からは、とめどなく小水が流れ、湯気を発している。

泣き続けてはいたが、さすがに口は閉ざしたままだ。

「もう一度、質問しよう」

ノア・沢井。静香が保護された理由は何だ？」

「知りません。あたし」

メスが沢井の左胸を皮一枚、浅く切った。三ミリほどの長さの傷ができ、ゆっくりとした速度で血が滲《にじ》んできた。

ノア・沢井は目をしばたたかせ、信じられないような顔をした。

それから悲鳴をあげた。

「知らないことまで話せとは言わない。知っていることを言ってくれればいい」

覆面の夏目にノア・沢井は激しく何度も首を小刻みに震わせた。

「言います。話します。知ってること、あたしの知ってること、皆、言います。もう、しないでください。いじめないでください」

ノア・沢井は、そのとき、従順な羊に変わったのだ。夏目はメスをノアから離し、かわりにやさしくその頭を撫でた。

「そう。全部、話してしまったほうがいい。楽になる。そして、嘘を言わなかったら、ごほうびに、あなたの肉体と生命の安全を保障してあげよう」

ノア・沢井は安堵《あんど》し、再び涙を流し始めた。自分が今まで訊問した人々は、いつの時点でオチていたろうか。自分がオチたのは早かったのだろうか、人並みだったのだろうか。そんな考えが、ふと、脳裏をよぎった。

それから、今の自分がどのような態度をとれば、この三人の謎の人物たちに好まれることになるのだろうかと、真剣に考え始めた。


（以下下巻）

解説——壮大な建築物

田中芳樹《たなかよしき》（作家）

この作品が英語で書かれていたら、とっくにハリウッドで映像化され、ミラ・ジョヴォヴィッチあたりが大画面の中でテロリストたちを薙《な》ぎ倒していたにちがいない。容易にそう想像できるほど、普遍的な物語の魅力と、映像的な表現効果と、圧倒的なパワーとを兼ねそなえた大作である。

一九九一年度の日本SF大賞（第十二回）受賞作だが、読者にはあまりジャンルの枠にこだわってほしくない。たしかに舞台は未来の宇宙空間だし、惑星メフィスの「飛びナメ」のようにSFならではの怪生物やアイテムも登場するが、この作品の骨格は古風なほどにオーソドックスな復讐譚《ふくしゅうたん》である。

愛する者を不当に奪われた主人公が、苦痛に耐えつつ巨大な敵に挑む。ギリシャ古典悲劇の時代から、読み手や聴き手の心をとらえて放さない、物語の王道だ。その王道に大小無数の枝道がからみ、力感と量感にあふれた作品世界を形成していく。

文庫版上巻の二六九ページに、つぎのような記述がある。

「因果の綾《あや》にはそれを織り成す糸が存在し、それは一つにたぐられていく性質を持っているのではないか」

ヒロイン静香《しずか》（何と古風な名だ）がサタジット・グレムと対面する場面だが、これこそフィクションというものの真髄を示す一文だ。

現実世界には、単なる偶然というものが存在するし、無意味な出来事や「そしてそれっきり」で終わる事象はいくらでもある。だが小説では、そうはいかない。伏線はかならず生かされねばならず、Aという原因はA′という結果に結びつかねばならず、キャラクターは為人《ひととなり》にふさわしい最期をとげねばならない。でないと、作品世界を見守る読者《かみさま》が承知してくれない。

というわけで、因果の綾をなす縦横の糸をあざやかにあやつってみせるのが、作者の力量ということになり、作者の梶尾真治《カジシン》氏が名人芸を披露したのが、この大作『サラマンダー殲滅《せんめつ》』ということになる。解説者としては、この作品を、織物というより壮大な建築物に譬《たと》えたい気がしている。

というのも、解説の大役をおおせつかり、メモなどとりつつ再読して気づいたのだが、この作品の構造は、おどろくほどシンプルなのだ。この作品には、「味方だと思っていた人物が、じつは敵のスパイだった」とか、「死んだ夫には意外な過去があり、それがテロの原因になった」とか、「敵の蛮行にはおどろくべき根拠があった」とかいう類《たぐ》いのどんでん返しは、まったくない。味方は最初から最後まで味方だし、敵は巻頭から結末まで敵である。

作品の後半に至って、ヒロイン静香のアイデンティティは大きく崩壊していくが、それは薬の副作用によるものであり、意外な事実によって彼女の価値観がゆらぐわけではない。白はあくまでも白のまま、黒はどこまでも黒のまま、なのだ。

敵役たる「汎銀戦」は、誕生の経緯からして読者のシンパシイを呼ばないが、その最期に至って、二十世紀の「人民寺院」や「オウム真理教」を想記させる醜悪なカルトとしての相貌をあらわにする。作者は「汎銀戦」を、健全な近代市民感覚を持つ読者にとって理解不能な存在として設定し、描き切ったように思われる。作品の前半では、醜悪なりに存在感のあるテロリストが「個」としてあらわれるが、後半ではそのようなキャラクターはいっさい登場せず、「汎銀戦」は生身の人間たちと隔絶した非道なシステムとして死と破壊をまきちらすだけになる。共存は不可能であり、タイトルどおり殲滅するしかない。

敵は敵、味方は味方。白は白。黒は黒。ゆえに「構造はおどろくほどシンプル」と述べたのだが、ではそのシンプルさが作品にとって弱点となっているか、というと、そうではない。むしろ逆で、この大作の質量をささえるには、シンプルさこそが最善の技術なのだ。重い神殿の大理石の屋根をささえるのは、装飾過剰の細い柱ではなく、ただ太くて丈夫な石柱であるように。

別の表現をするなら、作者は、ストライクゾーンのどまんなかに、時速一六〇キロ以上の豪速球を投げこんだのだ。変化球もコーナーワークも打者との駆け引きも、いっさい必要なし。当てられても、バットをへし折るだけのこと。その強烈な自負《じふ》とパワーとのあらわれが、この作品なのである。

もともと梶尾氏は、『美亜へ贈る真珠』でデビューして以来、『おもいでエマノン』シリーズで読者の熱い支持を得るなど、その作風は、抒情的あるいは軽妙といういいかたをされてきた。名手としての評価は早くから確立されていたのだが、それに安住するのをいさぎよしとしない創作家としての覇気《はき》が、巨大な質量を持つ作品世界として結実した、それが『サラマンダー殲滅』であったと思われる。このタイトルからして、それまでの梶尾真治作品のイメージをくつがえすストレートなものであった。

構造がシンプルだということは、ストーリーが単調であることを、むろん意味しない。スピード感と視覚的効果とが最高度に洗練された形で展開され、読者は息つく間もなくページをめくらされる。その間、脳裏のスクリーンには、個々の読者の視覚的想像力の限度いっぱいに、キャラクターが躍動し、飛びナメが乱舞し、都市が消失し、灼熱地獄のなかでマトリョーシカが炎上する。その炎の色さえ、読者は実感できるだろう。

この作品を読み終えたとき、多くの読者はくたくたに疲れているにちがいない。その疲労感は、充実感という別名を持っている。壮大なスケールの作品世界を踏破した、という思いは、ささやかな日常性に終始する小品を読んだときには、けっして味わいえないものであり、それこそが読者の疲労に対する正当なごホウビである。

さて、これまで、大作であることを強調してきたが、にもかかわらずこれが「抒情派」梶尾氏の作品史において正統の嫡出子であることを示す実例はいくらでもある。誰しも気づくのは、最初ずいぶんクセのあるキャラクターとして登場したはずの夏目郁楠が、しだいに圭角《けいかく》が取れていく過程。記憶をうしなっていく静香に向けられる夏目の眼差《まなざ》しのせつなさは、これこそ梶尾ワールド。旧来の読者も満足かつ感動したであろう。

作品のラストで「虚しいよな」と発言するのはニキ・ガルシアという脇役だが、この人物がそんな悟りすましたことをいうのは、バチあたりというものだ。中途半端に野心的で、清純な少女にストーカー的な恋情を抱く若者、というキャラは、アメリカ産のモダンホラーなどにもよく登場する。愚行をくりかえし、恋する相手に嫌われたあげく、怪物に食べられたり、悪魔の手下になって破滅したり、という役まわり。それがこの作品では、一世一代の勇気ある行動で主人公たちの脱出を成功させ、恋する相手と結ばれるのだから、心やさしい創造主に感謝して然《しか》るべきである。恋女房《アミ》のいうことをよく聞いて、せっせと働き、あたらしい世代を産み育てなさい。それが生きのこったキャラの義務である。

この作品で、めでたく恋を成就させたカップルがもう一組ある。もちろん、ヨブ・貞永とラーミカ・由井のことだ。ヨブは水平方向にワイドな体形を持つ凡庸な公務員として登場し、どう見てもヒーローという柄《がら》ではないのだが、ラーミカとの再会以来どんどんカッコよくなっていく（外見的に、ではない）。聖性を持つ美少女と触れあうことによって、さえないオジサンが内なる可能性にめざめ、使命をはたし、美少女と結ばれる。男性読者の永遠の夢であり、凄絶な作品世界のなかで本筋にからめながらハートウォーミングな恋物語を描き出す。「どうせこうなると思った」とニクマレ口をたたきながら、読者は、このカップルを祝福せずにいられない。そう、ラーミカの同僚たちと同様に。

太い柱は重い作品をささえ、巨大な器は豊かな世界を容《い》れる。今回の文庫化によって、より多くの読者が、読書でなくては得られない楽しみに浸ってくれるよう、心から望んでいる。

二〇〇六年八月

（光文社文庫版より再録）

この作品は2006年9月に刊行された光文社文庫を底本にしました。なお、本作品はフィクションであり実在の個人・団体などとは一切関係がありません。

徳間文庫

サラマンダー殲滅《せんめつ》上

2018年12月15日　初刷

著者　梶《かじ》尾《お》真《しん》治《じ》

発行者　平野健一

発行所　株式会社徳間書店
東京都品川区上大崎三-一-一
目黒セントラルスクエア　〒141-8202
電話　編集〇三(五四〇三)四三四九
　　　販売〇四八(四五一)五九六〇
振替　〇〇一四〇-〇-四四三九二

印刷
製本　大日本印刷株式会社

ISBN978-4-19-894415-5　(乱丁、落丁本はお取りかえいたします)